新宿鮫

SHINJUKU ZAME

THE SAINT IN SODOM

大澤在昌

ARIMASA OSAWA

ARIMASA OSAWA

大澤在昌作品集 1

導讀——

行走於新宿街頭，嫉惡如仇、強悍獨行的悲劇英雄

暨南大學推理同好會顧問　余小芳

大澤在昌，一九五六年三月八日出生於愛知縣名古屋市，東海高中畢業後，前後進入慶應義塾大學法學部及文化學院兩間大學，然而皆以輟學的方式黯然收場。其求學生涯受到美國冷硬派小說及日本少年漫畫影響甚深，因此創作的類型多以冒險小說、冷硬派、警察小說為主。

伴隨歐美冒險小說的引進，一些年輕作家嘗試地在六〇年代後期零星創作日式風味的冷硬派小說；根植於生島治郎、大藪春彥、西村壽行、勝目梓等諸位人士被歸類於暴力特色的寫作方向和基礎，漸有作家於日本七〇年代後期投入此類型的書寫行列，他們各自經營、描繪不同類型的冒險作品，致使文壇上洋溢著一股日式冒險小說的創作熱潮。

一九七九年，先前投稿未果、父親悄然辭世衝擊著大澤在昌的心靈，當時〈感傷的街角〉獲得第一屆小說推理新人獎，對於他的創作有著極大的鼓舞作用；大澤在昌時年不過二

十三歲的年輕小夥子，該作中登場的主角佐久間公是名律師事務所的失蹤人口調查員，其以年輕族群為主要描寫對象，貼合作者的人生歷練及個人對冷硬派風采的想像，相較於苦悶沉重的成人世界，刻鑿在文句中的氣息挾帶著青澀和未熟的特質。

八〇年代日本冒險小說的代表作家首推北方謙三。當時文壇仍習慣以撰寫短篇為起始，漸次轉為長篇寫作的形式，然而北方謙三以充斥暴力場面的長篇作《弔鐘はるかなり》出道，爾後推出《眠りなき夜》、《檻》、《渇きの街》（台譯《慾望街頭》）等作品，一舉拿下日本冒險小說協會大獎、吉川英治文學新人賞、日本推理作家協會賞等獎項，其中《檻》更入圍直木賞候補作，使得他的聲勢水漲船高。與北方謙三書寫路線相仿的大澤在昌，在力求突破之時，創造出打工偵探系列；主角是一名十七歲的高中生冴木隆，跟隨開設偵探事務所的父親做事，以輕快的筆調塑造青春歷險的風味，彌漫著濃烈的動漫特性，既包藏冷硬派原有的特徵，卻又顯得愉悅輕鬆。

可惜得獎之後，此後十年間的作品，依然未能讓大澤在昌的知名度顯著提升。直至《新宿鮫》於一九九一年榮獲第四十四屆日本推理作家協會賞與第十二屆吉川英治文學新人賞，並獲選為JICC出版局（後改為寶島社）舉辦的專家票選年度第一名，才讓他聲名大噪，而同系列第四作《無間人形》於一九九三年出版，並奪下第一一〇屆直木賞。

八〇年代日本英雄式冒險小說轉為九〇年代日式冷硬派小說，大澤在昌無疑是個重大推手。一般對於歐美冷硬派小說的印象，通常是以私家偵探馳騁於某個城市的殘酷街頭為主，他們凝視著底層社會的罪惡和苦情，以冰冷的目光看盡社會的不合理現象，入世、叛逆且深深理解人性，同時秉持正義的原則來維護其生存社會的秩序。然而大澤在昌所形塑的鮫島系列，脫離作者原本擅長描繪的六本木，轉而以東京都的新宿區為書寫舞台。

新宿區的歌舞伎町是個繁華喧鬧的生活天地，外來者和當地居民群聚相混，白天與夜晚的生活樣貌不盡相同，由於深夜仍燈火通明、人潮洶湧，素有「不眠之街」的稱呼；其聚集著電影院、聲色娛樂場所及酒吧等，合法及違法的活動同時混雜於這個空間內為一大特色。想要在新宿街頭存活，必須熟悉的便是刑法和暴力這兩套法律。

在絢爛擾攘的街道上，被安插於此的不是私家偵探，而是一名被黑道深感恐懼而稱為「新宿鮫」的落魄孤獨警察體系人員；鮫島警部行走於新宿區歌舞伎町，是個不講求人情義理、誓死嚴正守護該地的浪漫騎士。

他通過國家公務員第一種考試，是為特考組菁英成員；二十四歲時，以警部補的身分被任命至新宿署實習，二十五歲畢業於警察大學，其階級已提升至警部；然而不投靠任何派系，卻無端被捲入爭鬥之中，又因握有警方高層的秘密信函而被放逐至新宿署的防犯課，至三十三歲依然是警部，階級未有晉升之跡象。

由於同事隱約察覺其對抗日本警察體系的意念，導致沒有任何刑警願意和鮫島編列於同一組，於是其以單槍匹馬、特立獨行的姿態馳騁於殘酷市街內，雖則為公權力的化身，卻以一己之力衝撞著日本腐朽黑暗的警察組織，試圖以其利牙咬啃、吞噬新宿街道的罪惡。

擁有敘事明快、伏筆巧妙之特性，鮫島系列其他引人注目之處，是以小說背景和角色魅力風靡廣大讀者；重要角色的雕塑，讓主角無奈苦澀的背影置入些微溫暖的氣味。

鮫島警部於三十六歲的年紀登場，蓄留著長髮遮掩著頸背的刀疤，透過每日例行的慢跑維持削瘦結實的好身材，他秉持剛正不阿的性格穿梭於高度凝縮犯罪的空間，彷彿欲違逆自己宿命般地隻身奮鬥著。

作者給予他最殘酷的命運，同時賜給他最柔情的牽掛，讓鮫島和小他十四歲的年輕女搖滾歌手晶交往；這名女性活潑直爽，有時刁鑽蠻橫，卻能適時展現成熟的性格。另外，防犯課的課長桃井有著「死饅頭」的稱號，因為十四年前的交通事故而變得陰沉不已，然而於緊要關頭展開行動和顯現魄力，足見內心的警察魂未曾死盡。

在流暢的劇情中，搭配合宜的人物角色設計，弒警事件中彰顯了新宿的生活樣態，揭發警察內部的黑暗面，並於鮫島警部出入歌舞伎町酒館的身影，坦蕩直率的犀利目光中，透視深沉的哀嘆及真相。

種種的寫作筆法和人生經歷的結合，突破日式冷硬派既有的特質，不再單純描寫犯罪與暴力，而是進一步安排人性的糾結和共鳴，同時一反警察小說的沉悶緩慢印象，再納入大澤在昌以前幾乎沒有的動人情節，《新宿鮫》著實是等同作者之名的雷霆萬鈞力作！

1

慘叫聲響起時，鮫島正疊著脫下的牛仔褲和馬球衫。手邊的動作停頓了片刻，但還是繼續關起置物櫃的門，上了鎖。鑰匙上附有魔術粘的腕帶，可以固定在手腕上。他將浴巾圍在腰間，正要走出更衣室時，再次聽到了慘叫聲。

更衣室對面的走廊盡頭，有間三溫暖烤箱，再前面是休息室和小憩室。

慘叫聲是從小憩室傳出來的。小憩室面積約十坪，只點著一顆電燈泡，相當昏暗。

兩個星期來，鮫島已經是第五次光顧這間位於新大久保車站附近、一棟住辦大樓最高樓層的三溫暖。這間三溫暖在有那方面特殊興趣的圈內小有名氣。離開浴室，在休息室互相評分打量之後，相偕鑽進小憩室的毯子裡。小憩室裡可以聽到激烈的呼吸聲或者木質地板韻律規則的嘰嘎摩擦聲、喘息聲。

鮫島在小憩室前停下腳步。一個年輕人從這間暗室裡連滾帶爬地逃了出來。

他的臉頰通紅，鮮血正從摀著鼻孔的手指間滴了下來。

「救救我……」年輕男人幾乎是爬著躲到鮫島背後，就快要哭出來。

鮫島的視線回到小憩室的出入口。在年輕男子身後，一個身材高大的男人追了出來。年輕男子和那個壯漢，都全身光溜溜的。

隨後追來的男人年紀大約四十出頭，頭髮剃得極短。從他的體格看來，年輕時應該相當精壯，但之後顯然因為暴飲暴食而堆了不少贅肉。胸部和腹部的顏色泛白，手臂和脖子以上的部位曬得黝黑。男人注意到鮫島，停下腳步，說：「你幹嘛？」

聲音很低沉。看來是樂子被打斷，不怎麼高興。看鮫島沒有說話，對方瞪著鮫島，直盯著他的臉。「怎樣？有意見嗎？」

對方應該是判斷鮫島比自己年輕。三十六歲的鮫島看起來比實際歲數年輕了將近十歲，原因在於他頭部後方留著長到稍微蓋住衣領的一頭長髮。身體沒有多少贅肉，而給人精瘦的印象，這是他幾乎每天持續慢跑的成果，看起來瘦卻一點也不弱。

鮫島低頭望向抱著他的腿並渾身發抖的年輕男人。

「怎麼？你他媽的想管閒事是吧？」

「你有那種興趣啊？」鮫島盯著壯漢，很平靜地說。

「你說什麼？」

「喜歡邊打邊搞的興趣？」

「是又怎麼樣？別人愛怎麼搞就怎麼搞，關你屁事！」

壯漢往前跨了一步，鮫島一動也沒動，看得出壯漢氣勢大減。

鮫島問年輕男子：「你喜歡被打嗎？」

「不要！痛死人了，我才不喜歡呢。」年輕男子激烈地搖頭，鼻血滴落在鮫島的腳背上。

「他說他不喜歡。」鮫島的目光回到壯漢身上。

「你這傢伙……」壯漢的口氣突然變得冷靜。「口氣還挺大的嘛，嗯？」

他偏著頭，目不轉睛地打量著鮫島的臉、身體。鮫島感覺到男人的視線集中在自己的左手和臉頰附近。鮫島大約猜到了男人的職業。他不是流氓，如果是流氓，在這番一來一往之前，早就已經動手了。

「既然會到這種地方，就表示有什麼隱情吧。說話這麼囂張不要緊嗎？嗯？」

鮫島沉默著沒說話。

「老子是來這裡找樂子的。被你這麼一攪和，害我想到工作上的事。我總覺得在哪裡看過你這張臉……」

「是嗎？」

「你先在這別走。聽到了嗎？別逃喔！」他似乎已經不在乎剛剛那個年輕男人。就像趕狗一樣，踢了那年輕男人一腳，走回更衣室去。他推開正在換衣服的上班族男人，轉過頭來的臉上掛著竊笑。看到鮫島老實待在原地沒有離開，壯漢滿意地露齒一笑，拆下綁在手腕上的置物櫃鑰匙，打開了門。

「你走吧。」鮫島對年輕男人說。

「啊？」

「到休息室去吧。」

「可是……」

「去冰敷一下鼻子。」一邊看著男人單手伸進置物櫃中，鮫島說。

「謝謝。」年輕男子說著，畏畏縮縮地離開鮫島。不安和怯懦，浮現在他沾滿血跡白皙端正的臉上。

壯漢回來了。手裡拿著一本黑皮警察手冊❶。「喔。」發現自己的獵物消失，男人停下了腳步。但是他並沒打算追出去，他將手冊推到鮫島面前。

「所以呢？」這是鮫島的回答。

「小子！別太囂張了！」男人的怒氣一股腦兒爆發。他本以為亮出手冊就會嚇壞鮫島，看來算盤打錯了。他正想把手冊摔到鮫島臉頰上，但鮫島比他快了一步，揪住他的手腕。

「你這傢伙膽子挺大的嘛！看來得請你來署裡坐坐，我就不信抓不到你一、兩個小辮子。」男人甩開鮫島的手，掐住他脖子，把鮫島的臉拉近。

「免了吧，沒什麼好稀奇的。」被掐住脖子的鮫島說。

「你說什麼？」男人深深盯著鮫島的眼睛，這時候他才終於感覺到些什麼。

這個乍看之下只有二十七、八歲的長髮小夥子，眼中彷彿可以嗅到跟外表不同的某種氣息。這時，他才終於察覺到鮫島的真正身分。

「你這傢伙——」男人倒吸了一口氣。「不、不會吧。」

「闖進別人地盤，還敢亮什麼簿子。」鮫島慢慢將男人的手拉開脖子，逐漸增強扣住對方手腕的力氣。男人驚覺不妙的心情已然寫在臉上。

鮫島直直望向對方的臉，男人則低頭看著地面。嘴角還緊張地打顫。「那、那傢伙他好像在嗑藥，所以我才忍、忍不住想查查……」

「想在人人都赤條精光的三溫暖大撈一票？」

男人閉上嘴。眼睛眨個不停，看來很緊張。

「你……你是哪裡的，新宿嗎？」

「我說了你也得說，這樣好嗎？」

「也……也是，不太好。要是被知道在這種地方脫得光溜溜的……」

鮫島放開男人的手。「要使壞，回自己的地盤去。」

男人無話可說。

「走吧。」鮫島說完，男人張開嘴。

「走吧。」鮫島又說了一次。

❶本書所提及的警察手冊，係指二〇〇二年前的舊式警察手冊，形狀類似一般筆記本，封面裝有金黃色旭日章（警徽），下方標註該警官隸屬的組織。打開封面後第一頁為脫帽制服照片、姓名、階級、隸屬單位，以及身分證編號，後面附有可抄寫筆記的內頁。至於目前常見的二〇〇二年後的新式手冊封面則為深褐色，完全沒有任何圖案文字，也未填裝可寫筆記的內頁。打開後上方是身穿冬季制服的脫帽上半身照片及階級、姓名等資訊的塑膠卡式身分證，下方是金屬製徽章。

男人閉上嘴。不甘的表情凝成一片陰影，一瞬間蒙上了他的臉。但他什麼也沒說，安靜地退後。離開幾步的距離後他才轉身換了方向，跑進更衣室。他打開置物櫃，頻頻回頭看著鮫島，一邊穿上內衣。鮫島一直等到男人穿上襯衫、繫好領帶，才邁步走開。他找過三溫暖室和有溫水及冷水池的大浴場，但並沒看到他想找的那張臉。

他再次回到小憩室前。每次得進去裡面找人，都讓他覺得麻煩。不是差點被正在纏綿的男同志們硬是拉著要他加入，要不就是被誤會在偷窺而遭人痛罵。

小憩室裡也沒看到想找的男人。休息室裡排著長椅，電視一直開著沒關。赤腳身穿蝴蝶領結制服的男服務生，靠在提供飲料和輕食的櫃台邊，望著電視。一旁貼有一張告示：「男服務生的工作不包含對顧客的服務」。

看過躺在長椅上的幾張臉後，鮫島走進後面房間，這裡設了一整排化妝台，可以嗅到廉價化妝品的味道。鏡子和洗臉台排成一列，放置化妝品的架子裝在水龍頭上方。年輕男人坐在最後面的化妝台前。鼻血好像已經停了，他戚然地盯著鏡子裡腫脹的臉。

察覺到鮫島站在背後，他吃了一驚轉回頭來。

「他走了。」鮫島簡短地說完。

「太好了。」年輕男人用雙手捧著自己的臉輕聲說著。

「你常來這裡嗎？」鮫島問。

「還好。」年輕男人搖搖頭，「一個月一、兩次吧。怎麼了？」

怎麼了，他說這幾個字時，是有點大舌頭的甜膩語氣。
「跟他是第一次嗎？」
「嗯。」年輕男人不假思索地點了頭。
「不過我之前見過他。他好像喜歡瘦一點的人，沒想到他會那樣。」
鮫島望了望周圍，沒有其他人在用化妝台。「你認識一個叫木津的男人嗎？身材很瘦，但曬得很黑，左肩上有刺青。」
「什麼樣的刺青？」
「蠍子的刺青。」
年輕男人瞪大了眼睛，看著鏡中的鮫島。「他是你男朋友？」
「的朋友。」鮫島避開了對方的視線。
「是喔……」
突然察覺到膝蓋內側一陣搔癢，鮫島往下一看。年輕男人正豎起右手拇指指甲，劃過鮫島膝蓋內側。「我知道這個人。而且，我看上你了。」
鮫島搔了搔下巴，說：「抱歉，我今天沒時間，改天吧。你在哪裡見到木津的？」
「什麼時候？」
「下星期怎麼樣？」
「下星期的什麼時候？」

「跟今天一樣，星期五。」

年輕男人馬上點頭。「跟今天一樣時間，那我在這裡等你喔。」

「那，你是在哪裡見到木津的？」

「西新宿一家叫『阿伽門農』的店。他讓我看了刺青。」

「你們上床了嗎？」

年輕男人搖搖頭，說：「有情人在身邊。」

「你的？」

「他的。」

「是嗎？」鮫島點點頭，把手放在年輕男人單薄的肩頭。年輕男人在他手上重疊上自己的手掌，微微一笑。

「下次吧。」

「嗯……下次喔。」

鮫島發現年輕男人的雙腿之間似乎變得精力充沛，再次移開視線。跟男子體格不太相稱，大小幾乎是剛剛那壯漢的一倍。

回到更衣室，壯漢已經不在。鮫島打開自己的置物櫃，穿上刷白的牛仔褲和白色馬球衫。手錶指著晚上九點十分。看到時間他才想起自己有約會。「Who's Honey」的現場演唱九點結束，他答應晶到時候會去接她。假設安可曲有三首、共約十五分鐘，回到休息室整理樂器等等大約會再花十分鐘。

要是九點半之前沒有趕到Live House，晶一定會不高興。今天晚上的約會是三星期前就定好的。守不了的約定就別答應，這是晶的口頭禪。要是答應了又不遵守，一定會被嚴厲追究，況且今天晚上的約，還很難得地是鮫島自己提出來的。

鮫島一穿好鞋子就衝進電梯裡。今天早上他根本完全忘了這個約，當然，可不能讓晶知道這一點。晶的壞脾氣在樂團夥伴之間也很有名，以前曾有個喝醉酒闖進Live House，擾亂晶歌曲前奏的小混混，被晶用酒瓶砸過頭。

走出大樓，鮫島猶豫了一會兒。晶現場演唱的會場ＴＥＣ表演廳在ＴＥＣ會館裡面，地點在歌舞伎町二丁目，位置在新大久保車站和新宿車站中間，比較靠近新宿。

搭計程車反而來不及，只能選擇用走的，還是搭山手線坐一站到新宿。他已經可以想見從東口通往歌舞伎町的人行道有多麼擁擠。

這時眼中映入從高田馬場方向逆時針方向駛來的山手線綠色車身。鮫島開始奔跑。列車正要停進月台。沒時間買車票了。他從牛仔褲的後袋抽出警察手冊，給剪票口的站員看過後，衝上階梯。

電車停在月台上，車門還開著，他跳進去之後門剛好關上。整個背後汗如雨下。特地去了一趟三溫暖，結果只是等於把衣服脫下來再重穿一次。不過，換來的結果還挺值得。

鮫島倚在門上，俯瞰著逐漸接近的新宿街景。

歌舞伎町的人潮依舊。新宿通附近的人並沒有太多，但是到了新宿三丁目的麥當勞旁邊，人潮的流動就急遽減緩。到達歌舞伎町前，停在橫跨靖國通斑馬線這頭等候燈號變換的人成群聚集，多到人行道根本塞不下。

不過，跟平常週末最大的不同點，是站在各十字路口周圍的制服員警人數，這些是為了明天起週末兩天在新宿御苑舉辦的國賓園遊會而設置的警力。鮫島心想，這些以新宿通、靖國通、明治通為中心，配置在主要幹線道路的員警人數，雖不知道總數有多少，但光是新宿區內，一定就不下千人。

制服警官不只配置在御苑周圍，幾乎遍及了東京都區內整個區域。而新宿區和大使館集中的港區，更特別實施了路檢等嚴格警戒。管制的規模媲美大喪之禮，除了警視廳❷轄內的警官，還請求鄰近千葉、埼玉、神奈川三縣縣警前來支援。

「怎麼滿街都是警察啊？」

等待行人用燈號變成綠色的期間，鮫島聽到有人這麼說。

「有什麼不好？這樣就可以安心喝酒啦，那些出來混的也會老實點吧。」

「話是沒錯啦。可是……」接下來的話沒能聽清楚。燈號變了，人潮形成一股巨大的力量從身後推擠，奔瀉到靖國通上。

鮫島看了看手錶，九點二十七分。晶差不多要開始找自己了。斑馬線上的車輛彷彿缺齒的梳子般，前後參差不齊地停著，鮫島穿梭在這其中開始奔跑。靖國通上不只是人，車輛也塞得嚴重。最大的原因就是違規停車，而現在配置在各大十字路口前的路檢用的機動隊巴士也堵住了車道，讓塞車更加嚴重。

通往科瑪劇場❸前的道路，是入夜後新宿人潮最多的一段路。小鋼珠、電玩中心、居酒屋、咖啡廳、拉麵屋、偷窺屋、餐廳、理容院、眼鏡店、中華料理屋、酒店、麻將屋、夜總會、地下錢莊、幫派事務所等，都聚集在這條路上。這些店家都坐落在住辦混合大樓裡，一問舒適慵懶的酒吧樓上可能有特殊服務的理容院，眼鏡店的地下室是舞廳，咖啡廳樓下的麻將屋其實是掛羊頭賣狗肉的幫派事務所。

街上擠滿了前進的人和要離開的人，要超越人們緩慢的步伐穿過人群，幾乎是不可能

❷類似我國警政署。日本警察體系是由地方政府各自運作，各設有警察本部，而警察廳則位於此體系當中的樞紐，為避免各地警察制度產生歧異，警察廳居於監督指導的地位，負責統一全國的通信、裝備、鑑識、警察教育等事務。或負責聯絡、統合各地方政府的警力，以處理單一地方政府無法解決的大規模案件或重大天災人禍。警視廳的轄區只限東京一地，但因為東京是首都，因此除了保護東京都市民之外，也有保衛國家的責任。其他地區的警察本部只接受警察廳的間接監督，唯有警視廳是直接受警察廳監督。警視廳的最高首長稱為警視總監。

❸Koma Stadium，コマ劇場。一九五六年在歌舞伎町一丁目開幕，舞台模仿希臘時代劇場式樣，採用圓形設計，同心圓狀配三重環旋的舞台，可表現出旋轉與上下運動的多樣舞台效果。日文名稱中的「コマ（陀螺）」，即取自此狀似陀螺的設計。二〇〇八年由於客數減少以及建築物老朽決定閉館，走入歷史。劇場拆除後與周邊土地一同進行再開發。

的。如果脫離人群，又會撞上招攬客人的酒店小姐或者電玩中心的旋轉招牌。

走向歌舞伎町的人潮速度，一穿過靖國通，就好像頓時放下心來，變得更慢了，彷彿走路本身就是他們前往歌舞伎町的目的。儘管如此，鮫島還是穿梭在成雙成對的男女之間，與醉醺醺的上班族錯肩，在撩起長髮女孩們髮梢的輕拂下，快步前進。混合著酒精、食物還有空調灰塵的味道，吸收了香水和體臭，愈往歌舞伎町後方，新宿的氣味就愈濃厚。

歌舞伎町廣場對面已經可以看到目的地TEC會館，就在這時，鮫島停下了腳步。

電玩中心前聚集著一小撮人，這群人有著與剛才的行人完全不同的面孔。直覺告訴鮫島，有人在打架，而且還有流氓牽扯在其中。要是一般人打架，圍觀的人潮馬上就會暴增。可是在新宿，如果打架牽扯到流氓，往往只有一小群人圍觀。經過的行人生怕跟自己扯上關係，只敢短暫停下腳步。站立的情侶們開始移動，鮫島也慢慢看出這場架的內容。他忍不住想嘖舌。這稱不上吵架，根本就是圍毆。三個男人圍著猛踹一個蹲在地上的男人，其中一個人還揪著地上男人的衣領。蹲在地上的這個男人低著頭，幾乎沒有做出任何抵抗。

踹踢的男人當中，有一張熟悉的臉孔，是加入花井組的小混混，其他兩個人應該也是類似的來歷。鮫島迅速環視周圍一圈，附近沒有制服員警。

蹲在地上的男人很明顯地已經失去戰意，這些小混混們也無意要他的命。

鮫島的第一個念頭是，真蠢。為了迎接園遊會，新宿署可以說傾全力進行戒備。掃黑組的警察應該對各組施加了相當大的壓力，因此，不可能是小混混主動挑釁，而且還以多對一找一般人的麻煩。被揍的男人好像沒有同伴。是逃走了？或者去叫警察了？如果只有一個人，那他一定是趁著醉意，幹了什麼觸怒這些小混混的事。如果只是被對方多看兩眼，當地的小混混還不至於下手這麼重。

鮫島討厭流氓。說來奇怪，但比起一般人，有不少警官跟流氓比較談得來。其中當然有人像鮫島一樣打從骨子裡厭惡流氓，也有人跟流氓交情不錯。

之所以討厭流氓，是因為不喜歡他們的價值觀。跟流氓稱兄道弟的警官也不少，他們的說法是，跟流氓相處比跟一般人在一起更能了解彼此。其實從某一個角度看來，警察組織和流氓組織的構造確實挺相似的。

鮫島嘆了一口氣，走向那些流氓。流氓跟暴走族不同，他們很懂得怎麼揍人。

所以其實就算不去管它，這個被揍的男人也只會有一、兩個星期的瘀青和鼻血。可是既然看到了，鮫島也不能裝作不知道。幫了這個被打的男人，會讓我被晶痛揍一頓——這個諷刺的想法在心裡一閃而過，但鮫島還是壓下了這些念頭，往前走近。

他繞過剛剛停下腳步觀看的兩人組。小混混的制裁大致已經結束，鮫島接近他們身邊時，花井組的男人正把右腳遠遠往後拉，打算蓄勢踹下最後一腳。鮫島故作不經意地掃過花井組那男人的左腳。沒注意到背後的小混混，因為身體重心被踢晃，整個身體往後仰，翻倒在地。

「你幹什麼！」「渾蛋！」其他兩個人滿臉兇相，轉向鮫島。

「住、住手……」一屁股坐在地上的小混混仰頭回望看到鮫島，匆忙地制止。
「搞什麼啊！這傢伙。」
他站起來按下另一個人揪住鮫島領口的手腕。「您別介意，大人。這小子還不懂事。」
鮫島完全沒在意這些，只低頭看著倒地的男人。
「為什麼！大哥，這傢伙——」
「別說了！過來啦，這個笨蛋！」
倒地的男人看來傷勢並沒有太嚴重。嘴唇破了，和著鼻血一起流著血，但是並沒有其他大不了的傷。反而是在大庭廣眾下毫無抵抗地被人打得這麼慘這件事，讓他受到打擊。
這種例子並不稀奇。對方是流氓，而且又不只一個人，在繁華街上遭人施暴的被害者，往往會留下精神上的創傷。即使醫好身體上的傷，往後可能會厭惡鬧區，或者極度懼怕流氓或暴走族。鮫島蹲在倒地男人面前。「喂，還好嗎？」
男人還很年輕，看起來大約二十五歲左右。上唇和下巴沾著血和口水。他閉緊了眼睛，低聲沉吟著。可以嗅到些微的酒精味。看來並沒有喝太多，但確實已經醉了。牛仔褲和T恤外穿著輕薄黑布做成的短外套。隨身聽的黑色耳機線從外套口袋掉了出來。
「喂？」鮫島再次搖男人的肩膀。男人嘴裡喃喃唸著些什麼，聽起來像在罵著「渾蛋」。
「站得起來嗎？」
「不要你管！」那男人揮開鮫島的手，吐了一口口水。「少管我！渾蛋！」

他瞪大眼睛看著鮫島，充血的眼睛裡滲著眼淚，左臉頰上有青黑色的瘀血。

鮫島正打算帶他到派出所去，男人搖搖晃晃地站起來。右手摀著被踢的側腹，身體彎成個く字型。站起來之後，鮫島發現這個男人的個頭比想像中高。膚色雖白，但是體型並沒有太纖瘦。

「等等。」鮫島把手放在男人的肩上。男人使出一股狠勁抓住這隻手，然後甩掉。鮫島的手竄過一陣被指甲戳進的刺痛。

男人被長劉海蓋住的眼睛，盯著鮫島。那是一雙蒙上陰影的眼睛。

「可惡……」

外套另一個口袋鼓鼓地塞著一張揉成團的紙，看起來像是電影的傳單。

那男人就這樣蹣跚地走向車站。也不知道是因為醉了，還是因為身體受傷的關係。

他那對陰暗的眼睛給鮫島留下深刻的印象。男人的背影沒入歌舞伎町的人群中時，鮫島看著自己的右手背。男人的指甲在鮫島手上留下兩道細長的紅色腫痕。

花井組的那些小混混，早就跑得不見蹤影。莫名地覺得一肚子火。他並沒有期待對方感謝自己，那種天真的想法他早就已經拋棄了，因為新宿跟其他地方不一樣。

外勤的警官通常要有三、四年經驗，才能獨當一面。但是在新宿署，只消一年時間就可以培養起一個人，因為這是一個充斥大量事件和犯罪的街道。

鮫島開始擔任外勤，早在十一年前，而且時間只有短短半年。但是那半年足以讓鮫島了解新宿署外勤警官的辛苦。

這條街上有兩套法律──刑法和暴力。這裡的居民多半對這兩種都相當精通。住在新宿的人，幾乎都在新宿討生活。只要想在新宿生存，就必須熟悉這兩套法律。

鮫島摸著手背上的傷痕，繼續往前走。看熱鬧的人群散去，只剩下零星幾個好事人，好奇地看著鮫島。

ＴＥＣ會館位於歌舞伎町派出所斜對面。ＴＥＣ表演廳就在這棟會館的地下二樓。穿過科瑪劇場、東寶會館，然後在派出所那個轉角轉彎。負責執勤到早上十點、輪第二班的巡查正站在派出所前。他注意到鮫島後敬了禮。年紀還很輕，大約二十四、五吧。年紀大的巡查不會被分發到歌舞伎町派出所。這裡年紀最大的也不過三十五、六左右。

鮫島停了下來，猶豫著要不要告訴對方剛剛發生的狀況。只要說一句「有人鬧事」就行了，但是被揍的男人和打人的那群小混混都已經不在現場了。就算還在，制服警官連日來執行特別警戒，想必都已筋疲力盡了，何必讓他們特地跑一趟已經空無一人的現場呢？

他輕輕點頭回禮，便衝下ＴＥＣ會館的階梯。

推開ＴＥＣ表演廳的大門，只見一片空蕩蕩的座位。亮著燈的只有橫長型的舞台，看起來器材已經整理好了。晶正坐在舞台邊緣，晃著露出來的一雙長腿。皮製大膽的迷你裙下穿著黑色的褲襪。往上撩起挑染了紫色的劉海，將手中的玻璃杯拿近嘴邊。

發現鮫島的身影後，她仰頭把杯子一乾而盡。「怎麼這麼慢哪？笨蛋。」

雖然嘟起嘴，但看起來並沒有在生氣。想必演唱會的反應不錯。

「抱歉。」鮫島停在距離舞台幾步的位置，仰頭看著晶。

晶剛滿二十二歲，現在的「Who's Honey」是她的第二個樂團。之前的樂團她身兼貝斯手和主唱，在「Who's Honey」裡只負責主唱。輪廓分明的臉上，可以清楚地看出她激烈的個性。穿衣服時雖然不會做無謂的性感打扮，但以她的身材，只要一般的穿著，就已經足夠讓觀眾感到性感。將近三十五寸的胸圍配上二十三寸的小蠻腰，讓鮫島有時候會半開玩笑地叫她「火箭波」。而且站上舞台時，晶多半不穿胸罩，聽說她的理由是被胸罩綁著沒辦法盡情吶喊。他們兩人是一年前認識的。

「開完會了嗎？」鮫島問道。

晶點點頭，乾了手中的玻璃杯。她將剩下的冰塊含在嘴裡，把空玻璃杯放在一邊。接著用力擺動雙腳增加反作用力，從舞台邊緣跳下來。

這是一個深信鮫島會接住她的動作。事實上鮫島也確實往前踏出兩步，抱住了晶。混著些微汗味和香水味的柔軟身體，跳進鮫島的胸膛。

「喂！別亂來啊——」鮫島話還沒說完，嘴巴就被晶的嘴唇給堵住，她的舌頭同時撬開鮫島的牙齒，把冰塊推了進去。

晶移開嘴唇，盯著鮫島的眼睛，在喉嚨深處發出格格的笑聲。

「笨蛋。」鮫島咬碎冰塊吞了下去，才開口說。

「很好吃吧。」

舞台上還有幾個Live House的工作人員。晶完全不在乎這些人的眼光。晶一骨碌滑下地面站著。

「想去哪？」

「肚子餓了嗎？」

「餓！早就餓扁了。」

「要不要吃烤肉？」

「嗯，好啊。」

「其他人呢？」

「你要請客啊？」

鮫島聳聳肩。「演唱會很成功吧？」

「八十分。」

「很好啊，那我幫你們慶祝慶祝。」

鮫島伸長了脖子望向舞台後方。「Who's Honey」的成員除了晶以外還有四個人。鼓手、吉他手、貝斯手，還有鍵盤手。是個很單純的搖滾樂團。

「大家都走了。」

「為什麼？受不了任性的主唱女王殿下嗎？」

晶咧嘴笑了。「人家是不想跟條子一起吃飯。」
「妳這傢伙。」鮫島揪住晶的領口。
「很痛欸！你這個暴力刑警！誰快去打一一〇啊。」
「妳再胡說八道，我就拿手銬把妳關進籠子裡去。」
「然後你想在後面房間幹些見不得人的事對吧。」
「沒錯。妳不知道警察那個有多厲害吧。連職業摔角手都要甘拜下風的。」
「哇～～喔～～」
晶沉下腰，跳起扭扭舞，一邊擺動著膝蓋以上的身體一邊抬頭望。
「還真敢說呢妳。」鮫島苦笑著，搖搖頭。
「我最近看到少年科的人，就會忍不住緊張。擔心對方會拿我跟妳的事來說教。」
「開玩笑，我可是好人家的大家閨秀呢。」
「走吧。」鮫島作勢來個空手劈掌，一邊說著。
來到區役所通的烤肉店時是十一點多，和晶兩個人掃光了四人份的牛五花、兩人份的鹽味牛舌，還有四瓶啤酒。表演之後晶總是很能吃，可能是因為她用盡全身力量在唱歌吧。
吃飯時他跟晶聊著演唱會的事。能容納一百五十人的ＴＥＣ表演廳，今天有五十人左右買站票。
晶的樂團以東京為中心，每個月大概舉辦五次現場演唱。上個月剛決定跟經紀公司簽約，預計在半年以內出道，推出首張專輯。「Who's Honey」共有三十首原創曲，幾乎都是晶來作詞，其中幾首曲子的填詞是由鮫島來操刀。

鮫島和晶從區役所通往靖國通的方向走去。

一年前認識晶的時候，鮫島正在追查一個批發甲苯的集團。說是集團，其實成員都是將近二十歲、或者二十出頭的少年。這群人是國中同學，不屬於任何一個幫派，為了賺取自己的零用錢，到油漆店偷甲苯，再批給認識的銷贓賣家。其中一個賣家是個混過暴走族的十七歲少年，被地盤上的流氓刺傷。大腿被刺傷的少年，因為失血性休克而死亡，刺傷人的流氓到新宿署去自首。批發集團因而解散，其中帶頭的男人，就是晶朋友的情人。

那個男人自己並沒有吸毒，賺來的錢都花在自己樂團的器材和租錄音室費用上。晶的那個朋友自願當這個樂團的經紀人，在酒店打工陪酒，把薪水都花在樂團上。

為了追蹤消失男人的行蹤，鮫島找上逃到晶住處的那個女孩。晶那時候住在代代木車站附近兩層木造公寓的小套房。晶接聽對講機應門時的那張臉，鮫島一輩子都忘不了。

眼睛周圍有黑色瘀青，裂開的嘴唇腫成將近兩倍。鮫島後來才知道，這些傷是追殺逃亡集團首腦的流氓下的手。

「給我看你的警察手冊。」鮫島自稱是警察，晶開口先要求他證明身分。鮫島打開警察手冊的身分證明那一頁，隔著門鏈讓她確認。

「你一個人啊？」

「對。」

「這很少見吧？警察不是通常都兩個人一組嗎？」

晶扭曲著腫脹的嘴唇，鮫島花了一點時間才分辨出來她是在笑。

「我通常都一個人行動。這傷是誰幹的？」

「流氓。」晶很乾脆地回答。

「哪裡的？」

「不知道。你有什麼事？」

「我在找妳朋友，秋月美加。」

晶聳聳肩。「等一下。」

她關上門。下次再開門時，站在門口的不是晶，而是秋月美加。晶在房間後方戴著耳機，瞪著五線紙。當時晶穿著牛仔褲和背心，秋月美加則穿著連身迷你裙。

「可以進去嗎？」鮫島問道。

美加回頭看看晶。晶似乎對兩人的談話一點興趣都沒有，埋頭認真地在五線紙上寫著東西。

「她在幹什麼？」

「作詞，有一首曲子必須在明天之前寫好詞。」美加表情僵硬地回答。

鮫島和美加在公寓狹窄的廚房裡面對面坐著。

「你們在找阿克嗎？」美加先開了口。首腦的名字叫克次。

「沒錯。」

「你們要抓他？」

鮫島點點頭。美加的一頭長髮垂在低俯的臉前。她的雙手摀住整張臉，包括臉前方的頭髮，一動也不動。鮫島等著她。終於美加從她摀著臉的手掌之間，斷斷續續地吐出這段話。

「我、我、一直都、拚命在支持阿克。阿克的音樂、我最喜歡了……而、而且、阿克他也對我很好……阿、阿克說、雖然有那麼多追星族，但、但是，他還是最愛我。那件事也是一樣，阿克他、他都是為了樂團，才會……」

「妳知道有人要追殺他吧？」

美加點點頭。

「我昨天差點被抓，是晶救了我，但是她卻代替我被打了一頓……」

鮫島回頭看看晶。晶板著臉，正在刪掉寫了一半的文字。

「她知道嗎？」

「不知道。她什麼都沒問，就願意幫我，她說，因為我們是死黨。」

美加嘆了一口氣，吸著鼻子。「但是已經夠了，我不能再替阿克瞞下去，晶為了阿克和我這樣被人打……」

「她什麼也沒問，就護著妳甘願被流氓打嗎？」

美加依舊掩著臉，點點頭。

「報案了嗎？」

「沒有。我說要去，但是晶說，要是去報案，我們會有麻煩的……」

鮫島知道美加正在發出求救訊號。一開始或許不希望自己的男朋友被警察抓走，但是現在，她更擔心被流氓盯上的男友安危。換句話說，在警察手上反倒安全。

「他人在哪裡？」

「你願意幫他嗎？你會救阿克嗎？」

「我盡量。如果妳擔心，我不會告訴他是妳透露的。」

「真的？」

鮫島點點頭。「我跟妳保證。」他確實這麼想。

美加說出了克次的藏身之處。是吉祥寺的一家Live House。

「好，我馬上過去。」鮫島站起來。

「我還是跟你一起去好了！」美加突然彈起身子站起來。

鮫島看著她的臉搖搖頭。「還是別來了。要是跟我在一起，會被他誤會的。」

「不管。帶我去。」

鮫島正想要繼續說服她。

「我跟你一起去。」晶開口說。鮫島回頭看著晶。

「打傷妳的那些傢伙可能就在附近埋伏。」

晶面無表情地說：「他們又不敢殺了我。而且還有條子跟著，不要緊的。」

「妳的長相會被他們記住的。」

「沒關係。我既沒嗑藥、也沒賣藥。」

與其只帶美加一個人去，這似乎不失為一個方法。

「好吧，那走囉。」鮫島說。

鮫島和晶進了在區役所通的一間小Gay Bar。這間店的「媽媽桑」以前是礦工，店名叫「媽媽弗思」。時間還早，店裡沒多少人。坐八個人就滿了的吧台座位前，只有一個男人面前放著一杯威士忌加水，正在看書。穿著女裝的媽媽桑在吧台裡蹺著腳，讀著文庫本。

「呦，還真是稀客哪。」

兩人一走進店裡，他就闔起書站起來。吧台的男人也認識鮫島。

「好久不見了，飛田先生。」說著，鮫島隔了一個位子坐下。
「這種客人真討厭，在酒店的吧台攤著判例集，炫耀什麼啊。」媽媽桑幾乎是吼叫地說。
鮫島微笑著。飛田是國選辯護人❹。跟朋友兩個人在西新宿開了間事務所，是專辦刑事案件的律師。飛田微微一笑。中等身材戴著眼鏡，頭髮整整齊齊地分邊。大家都知道，除了在法庭之上，他絕對不會戴律師徽章。
「聽說這裡快要被炒地皮的人盯上了，我來給你當保鑣啊。」
「別開玩笑了。炒地皮的人要真來了，我還要高高興興請他們拿大把鈔票打在我臉上呢。律師成天在這兒賴著，我才覺得礙事呢。」
媽媽桑反唇相稽。晶對飛田低頭行了禮。
「好久不見了。」
「喔，是妳啊……看起來精神不錯嘛。」
替克次辯護的就是飛田。
「受您關照了。」晶的語氣相當有禮。
鮫島瞪了她一眼，說：「怎麼？對方如果不是條子，妳還是會說人話的嘛。」
「別囉嗦了你。」晶沒好氣地回答。

❹類似我國公設辯護人，但我國公設辯護人為政府公務員，而日本國選辯護人是與政府簽約、由政府支付費用的律師。

媽媽桑一陣爆笑，在吧台上排放著Jameson的酒瓶和冰桶，拿出玻璃杯。端出來的小菜是燉煮螺肉。

「媽媽桑，你聽過『阿伽門農』這家店嗎？」鮫島手裡拿著威士忌加水問道。

「知道啊。」正打算回到文庫本的媽媽桑看著鮫島。

「是什麼樣的店？」

「一間只做熟客的店，陌生的客人應該進不去吧。異性戀一進去，馬上會露出馬腳。」

鮫島嘆了一口氣。「店裡的人你認識嗎？」

「吧台有個小子，之前在二丁目的時候我就認識了。」

「可以請你幫個忙嗎？」

「這個嘛，也要看是什麼忙啊。」

「如果有某個人到店裡，希望能通知我一聲。」

「這可能有點難吧。」

「但是總比我自己到店裡去東問西問好吧。」

「你來了店家肯定不高興的啊。特種行業雖然討厭流氓，但也一樣討厭警察。」

「我不會給店裡添麻煩，我打算等那個客人出現在店裡的時候逮住他。」

「那傢伙是幹什麼的？」

「改造槍械。」

一直裝作沒在聽的飛田突然抬起頭來。

鮫島沒理他，繼續說下去。「因為那傢伙賣的槍，死了一個人，另一個人受了重傷。大概在三星期前吧。」

「喂……」飛田說著。

鮫島拿起玻璃杯，含了一口威士忌加水。

「是他嗎？」

鮫島看著吧台後方。

「是左肩刺了東西的那傢伙嗎？」

鮫島終於回頭看了飛田。「沒錯。多虧了你在他的長假上討價還價，他去年底出來了。搬了家，又走回老本行。」

長假指的是長刑期，這話飛田顯得有點尷尬。

鮫島說：「不過這不是你的錯，那傢伙打從骨子裡喜歡造槍。就算關在監獄裡，只要找得到工具，他照樣能用鐵窗和牙刷來造槍吧。他只管做，做出來之後東西的去處一概不管，哪怕是出人命，還是讓人一輩子坐輪椅。」

「不應該把他關進監獄，應該廢了他雙手十指的。」飛田感慨地說。

鮫島聽了很驚訝，看著飛田。飛田的表情相當認真。

「我雖然是律師，但是並不認為所有委託人都是無辜的。其中也有很多人，讓我覺得應該判處比檢察官求刑更重的刑罰。」

「比方說他？」

「從法律上來看，對他求刑四年是太重了些，但這是就檢察官握有的罪狀來判斷。在法庭上只會討論檢察官掌握的罪狀，所以問題在於他私造槍械，而不在於因為這些槍械導致有人被殺。法律就是這麼一回事，我們也只能根據這個原則來辯護。」

「是啊，有些人即使沒殺人，也很想判他死刑呢。」媽媽桑說。

飛田點點頭。「一點也沒錯。殺人在刑法裡是最重的罪，但是也有些人犯的罪雖然比較輕，其實骨子裡更殘忍。一個不忍心疼生病的孩子沒有將來，而殺了孩子的家長，和欺騙老人家騙走所有財產的渾蛋比起來，在法律上殺了兒子的罪比較重。」

「你不應該當律師，比較適合去當法官的。」鮫島說著。

飛田苦笑了一下。「我司法考試合格的順序從後面數起來還比較快，這種人怎麼可能當上法官。」

鮫島搖搖頭。接著他望向媽媽桑，說：「不管怎麼樣，還是請你幫我聯絡那個『阿伽門農』的小子吧。」

追趕克次的那批流氓，也已經發現他藏身在吉祥寺的Live House。鮫島跟美加和晶一起從車站走過來，發現附近停著的車裡有一台他很眼熟的賓士車。

「在這裡等著。」鮫島留下兩人，走向賓士車，敲敲駕駛座的車窗。裡面坐著指揮小混混埋伏陣勢的少頭目。「我是新宿署來的。」鮫島先報上了名，不給對方開口的時間。「開車，回你們事務所去。」

少頭目雖然認得鮫島的長相，卻不知道他是怎麼對待流氓的。

「我憑什麼要聽你的啊？你交通課的喔？新宿署不該管到這裡來吧？」

或許因為自己的手下就坐在身邊，他態度顯得很強硬。

「下車。」鮫島簡短地說。少頭目沒理他，正打算升起放下的車窗。

就在這個瞬間，鮫島拉出特殊警棒，敲破了車窗。

特殊警棒是便服刑警平時經常隨身攜帶的道具，這個直徑兩公分、長度十五公分的金屬製警棒，甩出去之後可以伸長到四十公分。

看到愛車的窗戶被敲碎，流氓臉色大變，跳出車外。「媽的！」

鮫島掐住他的臉頰，直接壓在碎裂的車窗上。臉被壓在碎玻璃片上，流氓發出了呻吟聲。

「我這是在問話，有什麼意見嗎？」他所謂的問話，是指警察出於公務上的詢問。換句話說，可以適用妨礙執行公務法。聽了之後流氓們老實了下來。

「你也下來。」鮫島也叫坐在前座的小混混下車，讓兩人的手撐在賓士車車頂上，對他們進行身體檢查。小混混的夾克裡，插著一把長二十公分的登山刀。

「這是什麼？」

「不知道。」

「很有種嘛。」鮫島從後面踢了小混混張開的雙腳之間。

「你幹什麼！再怎麼說這也太過分了吧！」看到慘叫後屈身蹲下的手下，少頭目大聲抗議。

「就算要動手，也犯不著在大馬路邊吧，連掃黑的也不會這麼幹！」

「我可不像掃黑的，還給你們面子。」鮫島說。

聽了這句話，少頭目倒吸了一口氣。「你是哪裡的條子！」

「防犯的鮫島。想討回公道的話，最好把我這張臉看清楚一點。」

聽到鮫島的名字，少頭目的臉上浮現出後悔的神情。

警官跟流氓的價值觀之所以相似，是因為兩者都是徹底的階級社會結構。上層的命令要絕對服從，不允許反抗。到頭來，屬於命令系統下游的現場執事者，都具有類似的體質。

這相似之處就是看重「男人的面子」，是一種出自「受人關照（關照他人）」、「欠人情（給人情）」等俠義精神的發想。

在警官和流氓之間，也會有給彼此面子，或者互欠人情的關係產生。

在幫派抗爭當中，許多犯人之所以「自首」，目的並不在於減輕量刑，而是在於給掃黑組一個面子，企圖建立今後和諧的共存關係。

警察組織的高層儘管不時宣導要「殲滅幫派組織」，但是身在現場的非官僚階級都心知肚明，幫派不可能輕易被掃蕩乾淨。與其讓不成氣候的組織解體、成員四散，現場的警察反而希望能清楚掌握各個成員的隸屬單位，比較容易應付。所以如果是掃黑組，反而不會採取鮫島的作法。很可能會說：「這裡就看在我的面子上，今天先回去吧。」

除了掃黑組以外的刑警，也會先打通掃黑這一關再開始行動，所以現場的流氓一般會接到總部事務所的聯絡，知道如何處理。新宿署唯一完全不理會這種「面子取向」作法的刑警，就是鮫島。鮫島的作法固然在署裡引起不小的風波，幫派更是看他不順眼。

這個刑警完全不吃「打招呼」那一套。拒絕收買的刑警並不少，但是如果連打招呼都行不通，就會讓人感到不安，不管是多麼小的罪，都可能馬上被「帶走」。

容易產生這種「打招呼」文化的另一個原因，來自刑警們必須面對的龐大文書工作。從申請逮捕令開始，到請求支援、逮捕、偵訊、製作口供書。假設這些都完成了，有時也可能因為證據的狀況等等無法送交檢方，不了了之。這麼一來，之前的辛苦作業全都徒勞無功，甚至可能被承辦檢察官視為眼中釘。因此，除非是比較容易取得自白書的自首犯人，即使確知對方是幫派成員，也不會隨便逮捕。

「媽的！渾帳東西！」少頭目破口咒罵。

鮫島默默地在少頭目右手銬上手銬。手銬另一邊穿過賓士車的門把。小混混啞然看著眼前這一幕。「喂！你別這樣。」

被手銬扣在車門上的少頭目，發現自己正受到路上行人的注目禮。
「你不會就這樣把我留在這裡吧？」
鮫島給這流氓一道冰冷的視線。「有什麼不可以？你是妨礙公務和違反刀械管制條例的現行犯。」
「知道了、知道了，那我馬上走可以了吧？」
「來不及了。」
鮫島慢慢轉過身去走開。被銬住的流氓大聲怒吼，但他並沒有回頭。
「走吧。」鮫島回到美加和晶站的地方。
「他們埋伏在這裡嗎？」晶看著大叫的少頭目和在一旁不知所措的小混混，如此問道。
「嗯。」
「阿克他沒事吧……」美加又快要哭出來。
「還不會有事。對方應該是知道一踏進Live House，就有人會通報警方，所以才埋伏在外面，很可能還安排了其他手下在店附近。」
「你一個人有辦法帶他出來嗎？」晶問著，語氣很沉著。
「我盡量。」
「你真的好怪。」
「會嗎？」

鮫島站在Live House的入口。這間店位於細長型住辦混合大樓的地下室，通往樓下的階梯牆壁上，畫滿了各種塗鴉。

鮫島點起菸，觀察著四周。可疑的皇冠和西瑪各停了一台，馬路對面的咖啡廳裡，也有一群拿著行動電話的小混混，隔著玻璃窗注意著這裡。鮫島想起賓士車上裝有車用電話。看來少頭目打算不進入現場，而是在稍遠的地方下指令。

監視的人總共約有八、九人。Live House入口的門是關著的。門上掛著「準備中」的牌子。那群流氓一定是在等克次走出這扇門，衝上去包圍他，然後帶到其他地方去。

鮫島踩熄香菸，對晶說：「你認識克次嗎？」

「當然。」晶看著鮫島的眼睛回答。

「他是個什麼樣的人？」

「有副好嗓子，他唱的藍調會讓女人掉淚。這個男人雖然糟糕，但是歌唱得確實很棒。」

鮫島移開視線。耳邊拿著行動電話的流氓，一直從二樓窗戶俯瞰著這裡。

「好。妳到下面去把克次帶出來，我留在這裡。如果是他自己爬上這道階梯，就算自首，要是我下去，就不算自首。妳這麼告訴他。」

晶深深地吸了一口氣。「那美加呢？」

「跟我一起留在這裡。他要是問起，妳就說，美加是為了從流氓手裡救出他才來的。否則，她打死都不肯透露他的藏身地點。」

「知道了。要告訴他外面有人在監視嗎？」

「可以。妳再告訴他，等我們回去之後，那幫人遲早會闖進來，到時候就不是一隻手、一隻腳可以了事的。」

鮫島察覺到周圍有人行動的聲息。一回頭，晶已經衝下半道樓梯了。

「欸！」彩繪玻璃檯燈映照出紅綠交織的光影，晶說。

「什麼？」

「我還沒去過你住的地方耶。」

「是喔。」

鮫島把菸灰抖落在放在赤裸胸膛上的菸灰缸裡。離開「媽媽弗思」之後，兩人來到晶位於下北澤的住處。晶住的房子隔局是一房一廳，公寓一樓有錄影帶出租店和冰淇淋店。從代代木的木造公寓搬過來，大約過了將近半年。

「還不行嗎？」

「幹嘛問這些，一點都不像妳。妳以為我有老婆了嗎？」

「笨蛋。」

躺在小雙人床上的晶轉身過來，豐滿的乳房剛好壓在鮫島的左肩上。「你有事瞞著我。」
「那當然有。如果要把我出生之後的事全告訴妳，可要花上三十六年啊。」
「少跟我裝傻。你不想讓我接近你家，是怕有人知道我的存在對吧？我不是指女人，是討厭你的那些傢伙。」
「要是一天到晚在意這些事，以後怎麼跟妳一起走在歌舞伎町路上。」
「那你到底在擔心什麼？」
鮫島沒有回答。他嘴裡叼著菸，發亮的菸頭火光，映照著手背上的腫痕。
「你手怎麼了？」晶看到了他的傷。
「有人在吵架，我去勸架。」
「一點也不像你。真粗心。」
「是嗎？我身上到處都是粗心受的傷。」
「脖子上也是？」
鮫島笑著。第一次上床時，晶問過他留長髮的原因。鮫島沉默地撩起蓋過衣領的長髮給她看。在後頸上方靠近髮際附近，有一道斜向橫貫十五公分左右的傷痕。
當時晶並沒有繼續追問。
「脖子的傷是怎麼弄的？」晶深深地望進鮫島的眼睛。鮫島看著自己映在她黑亮大眼睛裡的臉龐。一股肥皂香味竄進鼻子裡。晶的眼神很認真。

「日本刀劃的。」

「真傢伙？」

「不，是沒有刀刃的模造刀。真傢伙不會留下這麼粗的痕跡，不然就是腦袋整個飛了。」

「對方知道是模造刀才動手的嗎？」

「難說。可能是一時衝動，忘記這回事了吧。要是有意要殺我，早就一刀刺下去了。」

「不過幸好脖子部分沒有骨折呢。」

「先砍到肩膀，然後才一刀滑砍到這個位置。要是正面砍下來，就危險了。」

「看來還是有殺意吧。」

鮫島沒回答，將香菸捻熄在菸灰缸上。透過陶製器皿底部，一陣炙熱傳到胸口。

「對方是流氓嗎？」

「不是。」

「那是一般人拿著日本刀，打算殺你？」

鮫島拿著菸灰缸，撐起上半身，說：「是警察。」

克次爬上樓梯之前，鮫島都沒有離開半步。晶敲敲門，請裡面的店員讓她進去，到她再次出門中間隔了將近十分鐘。

「阿克。」聽到美加這麼喊，鮫島回頭望著樓梯。一個高個子、蓄著短髮的男人，跟在晶身後爬上樓來。他的臉頰瘦到凹陷下去，但眼睛很大，表情像個愛鬧彆扭的男孩。眼睛周圍混雜著天真和滿不在乎，醞釀出一股獨特的氣氛。克次面無表情地仰頭看著鮫島，看來已經厭倦了不斷逃亡。

鮫島的視線跟克次對上了短短一瞬間，之後他再次將目光拉回周圍。玻璃窗邊的流氓已經不見蹤影，皇冠和西瑪的車門正敞開著。流氓們出現在咖啡廳這棟大樓入口。彷彿在呼應著他們的出現，另外幾個流氓也紛紛從兩輛車上下來。

車上的流氓們站在車邊，正緊盯著這裡。離開咖啡廳的流氓們，站在鮫島和克次，還有晶跟美加周圍。總共有五個人。右手拿著行動電話的男人往前走進。他的年紀還很輕，大約二十五、六吧。膚色白皙，體型結實，眼裡浮現著毫不鬆懈的銳利目光。他身穿直條紋的兩件式西裝，沒繫領帶。

「鑰匙。」年輕男人用沙啞的聲音說著，嘶啞的程度聽來不像這個年紀該有的聲音。

「少頭目交代，要跟您借用一下鑰匙。」用字雖然有禮，但是說話的態度卻很魯莽。他伸出了左手。

「就這件事嗎？」鮫島筆直地望著年輕男人的眼睛。

「就這事。」年輕男人眼睛眨也沒眨，說道。

「少頭目這樣被手銬銬著，面子上很掛不住。」

鮫島躲開對方的視線，從休閒褲袋取出手銬的鑰匙。他二十五、六的年紀就能統率這一幫手下，似乎在誇示著若有必要，自己隨時都有進牢房的心理準備。

「你叫什麼名字？」鮫島問對方，手裡還拿著鑰匙。

「我姓真壁。」年輕男人回答。並沒有移開視線。

「看來下一個接班的就是你了，是嗎？」

真壁沉默地低下頭。

「我是新宿署的鮫島。」

「我知道，『新宿鮫』。」抬起頭的真壁從正面看著鮫島說著。

「你從誰那裡聽來的？」

「在自己的地盤內放亮照子，是我們流氓的份內工作。」

「你家老大好像就不認識我。」

「得罪了。」真壁用低沉又壓抑的聲音說道，眼睛依然望著鮫島。

鮫島將鑰匙丟在真壁手上。「手銬就還給去找你們的掃黑組。」

「不，在下會親自登門奉還。」真壁說。

「為什麼？」

「我們丟不起這個臉。」

「你覺得這很丟臉？」

「一個人在大馬路當中被隨便修理給人看，這不是丟臉是什麼？」

鮫島慢慢吸了一口氣，他感覺到身體底部傳來陣陣緊張。

真壁不是一般的流氓，如果是流氓，看到對方是警官，多半會退讓。

「是嗎？」鮫島點點頭。真壁也點頭回禮。

雖然並沒有特別盛氣凌人，但是真壁散發的力量，早已經超過他的少頭目。

「失陪了。」真壁那散放強烈視線的目光行過一禮後，慢慢地轉變方向，邁步離開。對克次看都沒有看一眼。

鮫島看著真壁坐進西瑪後座。替真壁開車門的，是個明顯比真壁年長的男人。不久的將來，勢必要跟真壁對決——鮫島心裡有這樣的預感，而且到時應該不會草草收場。

鮫島將真壁的臉牢牢地刻在腦中。攔下經過的計程車，鮫島讓克次坐進後座。

美加正要鑽進車裡，晶開口說：「那我先回去了。」

「上車吧，那幫傢伙還在附近晃。」

「沒關係。」說完這句話晶就走了。

計程車關上門，發動引擎。好一會兒，都沒有人開口。克次閉著眼睛，把頭靠椅背上。美加反而睜大了眼睛，直盯著前面的座位。克次終於開了口，但眼睛還是閉著。「我到監獄裡，會被殺掉吧？」

美加看著克次，又看看鮫島。

「對吧？」克次自暴自棄地尋求鮫島的附和。

「為什麼會這麼想？」

「那些人不會忘記我，他們一定不會放過我的。」

鮫島笑了。

克次聽了一肚子火，抬起頭來。「你笑什麼？」

「他們可沒那個閒工夫。而且──」

「而且什麼？」

「你沒那個份量。」

克次無言地瞪著鮫島。但過了一會兒，他吐出一口紊亂的氣息。其中帶著幾分安心。

「阿克……」克次沒有回應美加。「阿克──」她的聲音開始哽咽。克次失焦的眼睛望著窗外。「你在生我的氣嗎，阿克？」

鮫島慢慢望著克次的側臉。那張臉上的笑意，讓人很難分辨是死心了，還是在自嘲。

「──出來以後，我還會繼續搞樂團。到時候要來看啊。」

克次說完，美加開始哭泣。鮫島看著前方的車窗。

隔天，鮫島再次造訪晶的住處。早上剛過九點。來到公寓樓下，看到晶身穿牛仔褲和運動衣正走下樓梯。看到鮫島後，她在樓梯中段停頓了一下。手裡抱著紙袋和隨身聽。

「要出門？」

「正要去吃早餐。」她的眼睛望向公寓對面的家庭式餐廳。

「方便一起去嗎？」

「有事嗎？」鮫島沒有回答，反問她。

「歌詞寫好了嗎？」

「還沒。熬了一整夜還是寫不出來。」說著，晶已經走下了樓梯，就這樣朝著家庭式餐廳的方向繼續前進。

餐廳裡沒什麼客人。後方角落的包廂座位裡，鮫島在晶的對面坐下。點完菜後晶把耳機塞進耳朵，從紙袋裡拿出五線紙。「你說，我聽得到。」說著，一邊打開隨身聽的電源開關。

鮫島小口喝著送來的淡咖啡，沉默地看著。晶用左手指尖打著拍子，拿筆在一張便條紙上寫下幾個字。紙上已經排列好幾個句子。

先寫了「最糟」，又刪掉，改成「最底層」。在「鋼鐵的眼淚」、「水泥般空虛的笑」之中把「鋼鐵的眼淚」圈起來。接著她寫下「為什麼不能不幸福」，皺起眉頭，直盯著紙。倒帶了好幾次，重複了好幾次同一個部分。看來她對這個句子不太滿意，又想不起其他代替的新詞。

透過晶的耳機，鮫島也聽到了鍵盤演奏那個部分的旋律。晶自己也哼唱著。

鮫島讀著五線紙上目前寫的歌詞。

Get Away 大家都說最好快點遠去 這裡是城市最底層 哭喊的聲音 每夜 每夜
Get Away 大家都說最好快點遠去 這裡是城市最底層 哀嘆的聲音 今天 明天
But Stay Here 喝乾一百公升的眼淚 為什麼不能不幸福 我不想讓別人來決定
你無法明瞭的快樂 過了午夜之後 就在這裡
Get Away 大家都說 最好快點離開 這裡是黑暗的最底層 哭叫的聲音 每夜 每夜
Get Away大家都說 最好快點離開 這裡是黑暗的最底層 哀嘆的聲音 今天 明天
But Stay Here 喝乾一百公升的眼淚 為什麼不能——

看來她想不出But開頭的第二段，正在傷腦筋。鮫島望著嘟嘴埋首在五線紙上的晶。

他們在位子上坐定後，大概維持了這個狀態將近十分鐘。晶似乎決定在鮫島開口說話前，專心作詞。「這要錄成唱片的嗎？」鮫島先開了口。

晶抬起頭，沉默地搖搖頭。看鮫島沒有再繼續說什麼，她再次把視線拉回眼前。

「第二段不要用黑暗的最底層，改成正中央比較好吧？」

鮫島說。晶有一會兒什麼都沒說。終於，她動起筆來把「最底層」改成「正中央」。

「……我不會付你錢的喔。」

「我知道。」

晶抬起頭，瞪著鮫島。臉上的表情似乎在生氣。

「要是不喜歡，就照妳的意思改。是我不對，隨便插嘴。」鮫島說。

晶的嘴角稍微鬆弛了一些。

「這是搖滾，可不是演歌。」

「我也不覺得妳會穿和服，揮著小拳頭。」

晶仰望著天花板，嘆了一口氣。「好吧，你找我有什麼事？」

「妳昨天沒事嗎？」

「昨天？喔，你是說我回家的路上嗎？沒事啊。」晶冷淡地搖搖頭。

「就這件事？」

「妳臉上的傷，不打算去報案嗎？」

「不必。」

「因為怕對方報復？」

晶很受不了地看著鮫島。「你這個人真的很討厭流氓欸。」

「為什麼這麼說？」

「該怎麼說呢，就是覺得，你好像不想放過任何一個打擊他們的機會。要是他們在路邊吐痰，應該也會被你抓走吧。」

鮫島望向窗外，並沒有回話。

「——我不會報案的，不是怕被報復，只是覺得麻煩。」

「是嗎？」鮫島說完，伸手去拿帳單。

「欸！」

「什麼？」

「你為什麼這麼討厭流氓？」

鮫島看著晶。「我討厭的不只是流氓。還有明明幹了觸法的壞事，卻以為只要不被發現，自己就是個規矩人，這些傢伙我全都討厭。」

「照你這麼說，全日本都是這種人吧。」

「沒錯，但是這個國家對流氓特別寬容。表面上說要嚴格取締，實際有太多流氓即使殺了人，還能大搖大擺地在街上走。」

晶安靜地聽著。

「那些傢伙的生財工具就是恐懼。他們讓大家覺得流氓很可怕，然後這些流氓就可以予取予求地撈錢。一般人會認為，與其跟流氓扯上關係吃到苦頭，還不如乖乖聽流氓的話，要是跟流氓槓上受了傷，就算下手的人被抓去關，對自己造成的傷害也不可能一筆勾銷。」

「會這樣想是很正常的吧。」

「我就是討厭這件事變得正常。一旦變得理所當然，就會出現想利用這種現象的人。比方說，明明是安分守己的企業家，卻找流氓來處理回收債款或者要求別人出讓土地，這些人比流氓還可惡。」

「但是上面的人可不這麼想。」

「就是啊。」

「警察抓到的，始終都是犯下微不足道小罪的人。而真正幹壞事的政治家或者大企業，他們卻視若無睹。不是嗎？大家都這麼想的。可是要是把這些話掛在嘴邊，大家就會說你幼稚，因為這個社會就是這樣，所以最好活得聰明一點。」

「根本沒有所謂聰明的活法。會這樣想的人，總有一天會吃到苦頭。」

「如果沒有呢？」晶問道，眼睛裡閃著挑釁的光芒。

「那我就會讓他們嘗到苦頭。」

「因為你是警察？所以可以一手拿著警察手冊、一手開槍殺人？」

「不是。」

「那為什麼？你應該也不想、也會害怕受傷或者被殺吧？」

「當然害怕。」

「你今天打壞了流氓的車不是嗎？還修理了那個很跩的傢伙。要不是因為你是條子，那些傢伙早宰了你了。」

「可能吧。」

「那你怎麼能說得這麼囂張？你是不是以為全世界條子最了不起？」

「我沒有這樣想。但是，我也不喜歡因為是工作，才不得已去做的想法。」

「其實你只是愛出風頭嘛。」

鮫島彎起嘴角笑了。「愛出風頭也無所謂，不要自以為了不起就好。」

晶驚訝地看著鮫島。

「一般人都討厭開超速罰單的警察，但是卻喜歡自己被醉漢糾纏時前來幫忙的警察。不是嗎？」

「你不會自以為了不起？」

「覺得我自以為了不起的人，是比我更自以為了不起的人。那些傢伙不能忍受看到自己以外的人擺出自以為了不起的態度。」

晶一直看著鮫島的臉，然後問：「為什麼人家叫你新宿鮫？」

「因為我的名字叫鮫島。」

「只因為這樣？」

「沒錯。」

「難道不是因為對那些傢伙來說，你就像鯊魚一樣，會逼近他們，然後一口吃掉嗎？」

鮫島沒有說話。晶對女服務生示意，請她撤下用完餐的盤子。她點起一根菸，直直地看著鮫島。「我的願望，就是新宿再也沒有會這樣稱呼我的人。」

「你是指那些壞人？」

「是啊。」

晶吐出一口菸，望著鮫島的眼睛。「但如果真的這樣，新宿就會變成一個無聊的地方，再也不會有人想來玩了。」

「或許吧。但是至少不會變成那首歌裡描寫的地方。」

晶點點頭，接著微微一笑。露出笑臉後，那彷彿眼底藏著利器的尖銳表情一轉，露出宛如少年般的開朗神情。「你喜歡搖滾嗎？」

「喜歡。」

「你該不會告訴我，除了吉米・罕醉克斯❺以外，其他都不是搖滾吧？」

「頂多到深紫色❻吧——騙妳的。」

「下次來聽我們演唱會吧。」

「好。」鮫島說。

鮫島確實去了。在那之後隔了兩星期的演唱會，他發現題為〈Stay Here〉的那首歌，歌

❺Jimi Hendrix，原名James Marshall Hendrix，一九四二～一九七〇，出生於美國西雅圖。美國黑人搖滾吉他手、歌手、作曲人。被譽為搖滾歷史上最偉大的電吉他天才，現代搖滾吉他的先驅之一。

❻Deep Purple，一九五八年成軍的英國搖滾樂團，被譽為重金屬搖滾的先驅。

詞改成了「黑暗的正中央」。演唱會結束，聽眾幾乎都走光的時候，脖子上掛著毛巾的晶從休息室探出頭來，叫住鮫島。「怎麼樣？」晶流了滿身大汗。

「不差，還可以囉。」

「你不是說自己不會自以為了不起的嗎？」

晶瞪著鮫島。結果〈Stay Here〉的歌詞跟鮫島看到的時候沒有兩樣，從「為什麼不能不幸福」以後，跟第一段完全一樣。

鮫島從外套口袋掏出一張摺疊好的紙。

「給妳參考。」

「這什麼？」收下後晶打開紙。看了之後她吃驚地瞪大了眼睛。

「歌不錯，但是少了一點氣勢。」

「這是你寫的？」

「對。要是不喜歡別人寫的東西，丟掉無所謂。」

晶把紙摺好，插進上衣寬大開敞的領口。這張紙上寫的是〈Stay Here〉第二段的全新歌詞。

「一起喝一杯吧。不過，你要是敢擺警察架子，我可是會趕人的。我想讓團長看看這歌詞。」

「我到下面等。」這是鮫島的回答。

鮫島等晶睡著後才鑽下床。穿上脫下的衣服，小心不發出聲音躡手躡腳地往玄關走去。卸下門鎖，正在轉動門把，晶睜開眼睛。

「要回去了？」

「嗯。」

「下個月初還會辦一次演唱會，到時候會發表正式出道的消息。你要來喔。」晶用惺忪的聲音說。

「下次要一開始就來喔。」

「喔。」鮫島繼續敷衍地回應。接著聽到咚的一聲，頭落在枕頭上的聲音。

「你這個大騙子。」

「晚安。」鮫島打開門。

「要是你敢不來，我就打一一〇報警！」

晶的聲音聽起來像在說夢話。

2

總共有六百名員工的新宿署，包含了兩百八十五位制服警官，其中七十二位制服警官配置在有新宿署三派出所之稱的歌舞伎町、東口、西口這三間派出所。每間派出所的二十四名警員分為四班，每班六人，以日班、第一班、第二班、休假的順序來輪班。

另外新宿署在官拜警視正的署長以下，有警視階級的副署長，以及各由警部擔任課長的警務課、會計課、警備課、防犯課、刑事課、交通課、巡邏課等七個課。

鮫島所屬的是防犯課，以少年輔導、特種行業等為中心，也負責處理麻醉毒品、興奮劑、稀釋劑❼、安非他命等地下買賣。

鮫島住在中野區野方的一房一廳。三年前被分配到新宿署，之後就一直沒有調動。在這之前，他住在警視廳的宿舍。對鮫島來說，在新宿署執勤已經是第二次了。但現在的境遇跟第一次到這裡來時，已經截然不同。

第一次到這裡來的時候鮫島二十四歲，以警部補的身分被任命來實習。當時他大學畢業，剛考上國家公務員上級❽考試。一般高中或大學畢業的警察官，在警察學校畢業後，分別需要經過四年（高中畢業者）或一年（大學畢業者）的巡查勤務，之後才能獲得巡查部長考試的應考資格。報考警部補考試，必須在當上巡查部長後，分別經過三年（高中畢業者）

或一年（大學畢業者）執勤經驗才能獲得資格。之後的警部考試，無論高中、大學畢業者皆需再有四年的經驗。（以上關於警察階級及組織，請見書末簡介。）

鮫島到新宿署的執行實習勤務，是他還在警察大學上課期間當中的九個月。警察大學畢業的二十五歲那年，鮫島的階級已經升到警部。

其他高中畢業的人最快三十歲、一般大學畢業的人至少也要到二十八歲才能到達的地位，他卻在大學畢業後短短不到一年半的時間就達成。

在警察組織中，官僚組（國家特考合格）和非官僚組之間有著令人咋舌的不同待遇。第一次在新宿署執勤時，鮫島是個「寄放行李」。這是個重要的行李，周圍的警察官對待他，就像照料腫傷一樣小心翼翼，不敢讓他受傷。

這也難怪，像鮫島這種官僚組的警察官，升任警部後經過警視廳的兩年見習，在地方和中央來來去去之間，快的話不到三十歲就可以升任警視。警視階級即使在這巨大的新宿署裡，也相當於副署長。難怪這些資深巡查部長，要耗費精神來照顧他。

這種心境就好比接收一個，將來確定會當上總公司幹部新員工的分公司現場主任。而鮫島在往後的八年深切地體會到，這種官僚制度正是日本警察組織的最大隱憂。

❼用來揮發有機溶劑的物品，揮發出的氣體吸入人體之後，可以達到吸食毒品的效果。
❽一九八五年廢止上級、中級、初級的分類，改稱一種、二種、三種。

鮫島的階級是警部。照理來說，他的階級相當於自己所隸屬的防犯課課長，但是鮫島只是一名防犯課的搜查員。不僅如此，沒有一個刑警願意跟鮫島編在同一組。這是為什麼？不僅是因為鮫島是官僚制度中的不想往上爬的那種異類，更是因為大家隱約察覺到，這個警察打從根本反抗著日本的警察組織。

二十七歲時，鮫島被分配到某個縣的警察本部。以官僚組的發展方向看來，他的分發單位是很穩當的警備局公安三課。官僚組的警察官幾乎都經過轉任地方警察的公安單位要職，才一步一步登上出人頭地的階梯。

公安三課的任務在於監視反政府主義團體，特別是左翼團體。

在政府機構裡也有色彩相同的單位，公安調查廳。隸屬公安調查廳的公安調查官具有調查權，不過並沒有警察的逮捕權、搜查權，但是他們卻能巧妙地接近左翼活動家，監視其活動內容。大部分的手法都是透過內部通報者，也就是所謂的臥底。

吸收臥底的方法很多。比方說靠現金收買，或者假裝有共通興趣跟對方接觸，等到交情加深後再表明身分，然後以半威脅的型態逼迫對方，如果不想讓其他活動家知道自己跟公安調查官有來往，就得答應協助。當然，如果願意幫忙也會有相應的報酬，簡單地說，就是視情況並用鞭子和糖果來獲得情報的典型手法。

但是，兩個具有相同目的的機構存在，結果只會讓雙方產生激烈的競爭意識，而不是互助心態。比方說麻藥毒品取締官和警察官之間的關係，其實也是一樣。

在這種競爭背景下，成為犧牲品的當然不會是公務員。警察官或公安調查官具有強烈的反共意識。因此偶爾也會發生犧牲掉左翼活動家，而完全沒有罪惡感的案例。

鮫島擔任主任警部的公安三課，希望在某個激進派左翼團體裡安插臥底。雖然是個地方都市，但好歹也是縣政府所在地，人口多，同時這個地方從前有許多礦工，是左翼活動相當活躍的區域。

鮫島手下有一位名叫龜貝的警部補。他只有高中畢業，但是工作態度積極，再加上遠遠超越同儕的辦案件數，讓他在三十多歲就爬升到警部補的位置。但是這種類型的人往往具有右傾性格，同時也有異常強烈的警察權力意識。他是一個激烈的反共主義者，因為這個因素有時會對右翼分子的行為產生共鳴，縣警高層對此有所警戒，所以同樣在公安課裡，特地把龜貝安排在負責左翼的單位。

剛上任的時候，雖然還不清楚地方的特質和這個部下的個性，但鮫島也開始逐漸察覺到龜貝的危險性。官僚組的警察官原本很少實際指揮搜查活動，因為轉任各縣警，也只是當上警視之前的一種「觀摩」。即使在任期間部下發生醜聞，只要沒有太深刻的關聯性，周圍都會寄予同情，覺得是一場無妄之災，對往後的晉升並不會有太大影響。

龜貝對鮫島表現了該有的敬意。但是身為當地警察官，他也明顯地表明態度，自己的搜查活動並不想一一徵求頻繁轉調的菜鳥官僚警部許可。

——這裡的東西好吃，酒也香。警部大人，這一年左右，您就認真唸書，準備考試吧。

這是上任後龜貝對鮫島說的第一句話。

轉任到地方的官僚組新人警官，多多少少會面對這種態度。對地方上的非官僚組來說，跟官僚組新人的接觸期間過短，對將來幾乎不會有任何影響。

這種時候官僚組所採取的態度，大致可以分為兩種類型。

一種是意識到自己外來者的身分，小心不讓自己的存在對地方警察官帶來負擔。另一種是無視於這些關係，在任期中為了克盡職責，熱切地想掌握部下。鮫島則屬於後者。

「謝謝。不過，我不是奉派來這裡休養的。我希望從今天馬上開始努力執勤、善盡職責。今後還有許多要請教你們的地方，再請您多多幫忙。」

他的態度很明顯地引起龜貝的反感。鮫島要求空閒的課員，立即提出搜查中案件的完整資料和補充說明。不久之後，當鮫島知道龜貝在背地裡稱呼他「乳臭未乾又愛搶功的跩小子」，也並沒有太驚訝。龜貝打算在激進派的左翼團體裡安排臥底。

——總有一天要把那些傢伙一網打盡。這是龜貝的口頭禪。

那個團體確實在幾年前因為內部鬥爭事件造成有人死傷，縣警公安部也將之視為密切注意的團體。而龜貝知道，地方公安調查局的公安調查官，曾經嘗試跟其中一位組織成員接觸。那個成員名叫淵井，是位二十三歲的補習班老師。他的活動資歷還很淺，因為同事教師是成員，他才開始參加團體的聚會。

注意到淵井的是一位名叫兼倉的資深公安調查官。兼倉知道淵井參加了一個磯釣俱樂部，所以他也入會，藉此接近淵井。兼倉和淵井經常一起去釣魚，龜貝一位當海上保安官的朋友無意間發現他們，這時龜貝才發現兼倉的間諜工作。

團體成員對淵井的信賴程度，還不足以讓他獲得內部活動的詳細計畫。因此兼倉才有可能這麼輕易地達到接觸的目的。如果是激進派團體的重要分子，不可能被允許隨便跟陌生人接觸，除了活動家夥伴以外，都不會知道住址跟真名。

兼倉花了很多時間，跟淵井建立起深厚的交情，並且利用這段期間等待淵井成為更加滲透進團體核心的成員。當然，在這當中他並沒有透露自己公安調查官的身分。

壞就壞在，龜貝很討厭兼倉。

——兼倉那傢伙，根本是吸血的水蛭，手段太陰險了。

獲得兼倉與淵井接觸的情報後過了幾個星期，龜貝跟同事一起以違反道路交通法的嫌疑帶走淵井，但他並沒有把淵井帶到縣警本部，而是龜貝的親戚所經營的料理旅館。

進入旅館深處的房間後，龜貝告訴對方自己是公安警察官。也告訴淵井，兼倉也是公安調查官，他盯著淵井因為過於震驚而發青的臉。

龜貝還給淵井看了兩組照片。一組是用望遠鏡頭拍到，跟兼倉一起開心釣魚的淵井，另一組是幾年前的內部鬥爭事件的屍體照片。看著看著，淵井全身開始顫抖。

「只要把你跟兼倉的事稍微在你那些夥伴前告個狀，你的下場就像這樣。」龜貝說。

淵井一言不發地顫抖著。龜貝擁著淵井的肩膀，將他拉近自己。

「我也是不得已的，這都是工作嘛。不過呢，我這個人不像兼倉那麼陰險。只要你參加集會之後，稍微透露一些情報給我。不管發生什麼事我一定會保住你，怎麼樣？」

「讓……讓我考慮一下。」

「好啊，你大可慢慢考慮。但是你不要忘了，我們並沒有逮捕你，所以就算你逃到其他地方，我們也不會去追你。但是你那些朋友可就不一樣了。不管你跑到哪裡，他們都會窮追不捨地想辦法找到你，敲碎你的腦袋。你知道嗎？通常會有七、八個人來，先打斷你的腳，等到你不能動之後，再按照順序一個、一個用鐵棍敲碎你的頭，就像砸西瓜一樣。動手的人也是拚了命地幹。因為要是不下手，自己就會被認為是叛徒。資歷還淺的傢伙，根本就是一邊吐一邊打。而且他們通常會讓這些傢伙先動手，讓你沒辦法死個痛快。整張臉被打得不成形、血肉模糊，一邊痛苦地掙扎，然後慢慢斷氣……」

淵井終於點頭，答應當龜貝的臥底。

鮫島事後才從當時在場的龜貝同事口中知道這些經過。

鮫島之所以知道龜貝的威脅行為，是因為兼倉向當地公安調查局長報告，自己的接觸工作受到妨礙，因而向公安三課提出了非正式的抗議。

聽到龜貝的手法，鮫島心中燃起強烈的怒氣。龜貝所採取的手段非但不合法，而且也太過危險。要是威脅行為被所屬團體知道，淵井真的會面臨生命危險。

鮫島嚴厲地責備龜貝，並且禁止他跟淵井接觸。龜貝激烈地反彈。好不容易掌握住可能摧毀激進派組織的線索，這年輕上司竟然想奪走。

「我為什麼要聽個一年後就要離開這裡的警部指手畫腳啊?!」他的臉色大變，進逼上前。

鮫島冷靜地對他說：「今後如果讓我知道你跟淵井有接觸，哪怕只有電話聯絡，我都會請本部長把你調離公安三課。懂了嗎？」

龜貝的臉由紅轉為蒼白。他逐漸變得沒有表情，眼睛裡浮現出地獄業火般的憎恨。

龜貝一轉身背向鮫島。退出房間時，可以聽到他輕聲地丟下一句。

——就這麼捨不得自己的官位嗎？

龜貝不懂，鮫島是認真在擔心淵井的生命安危。

幾天後，淵井在自己家中遭到武裝集團的襲擊。雖然保住一命，但是卻因為腦挫傷變成了植物人。不僅如此，淵井還在唸大學的弟弟恰巧也在當場，被打到脊椎損傷，一輩子都得坐在輪椅上生活。現場散落了許多張淵井跟兼倉見面的照片。

縣警搜查一課和公安三課設置了共同搜查總部，抓到了武裝集團的一半成員，共四名。其中也包含邀請淵井加入團體的補習班同事。

其餘沒抓到的四個人，是這類武力活動的專家，也就是所謂的「職業」打手，是從其他縣來支援的。這些人被指名通緝，最後還是有兩名並沒有逮捕歸案。

搜查總部解散的那天，鮫島等在縣警本部的地下停車場。

晚上八點多龜貝下到停車場來。可能是在總部喝了不少祝酒，腳步也有點蹣跚。好不容易把鑰匙插進自己車門、上了車的龜貝，剛發動引擎，鮫島就站到車前去。

發現頭燈的光芒下映照出人影，龜貝急忙踩了緊急煞車，停下車來。「你搞什麼啊！」

鮫島對從車窗探出頭來怒吼的龜貝說：「酒駕現行犯，我現在逮捕你。」

「什麼！」龜貝終於發現對方是鮫島，倒吸了一口氣。

「下車。」鮫島簡短地說。從淵井被襲擊、設置了搜查總部，一直到今天解散為止，他們兩人除了公務以外完全沒有任何交談。

「你這是什麼意思？」看到鮫島拿出的東西，龜貝低聲嘶啞地說。

那是手銬。「我說過，我要逮捕你。」

龜貝下了車。「挺神氣的嘛，警部大人。」

「照片是你寄去的吧。」

龜貝沒說話，嘴角浮現出淡淡的笑。

「是你去密告，讓淵井遭到凌遲的。」

龜貝側過臉去。「不知道。」喝了酒泛紅的脖頸被汗水沾濕。梅雨季節將盡的悶熱氣候，讓這人跡罕至的地下停車場沉澱著飽含水氣的濕重空氣。

「你現在心情應該很好吧。如你所願，瓦解了那些傢伙。」

「是不錯。」龜貝看著鮫島說，眼睛裡閃著亮光。

「那些我不認識的人渣怎麼了，關我屁事？人渣之間自相殘殺，功勞可是落到公安三課頭上。主任警部大人有意見嗎？」

「都是因為你，公安三課才會都是人渣。你幹的事情比人渣還不如。」

龜貝的嘴角稍稍揚起。下一個瞬間，他左拳捶向鮫島的胃。

龜貝揪住一邊呻吟、一邊往前彎下身子的鮫島頭髮，扭了一把。

「小夥子，少跟我說什麼大道理了。當心我埋了你，對了。地方上的右翼，有個做工程的傢伙，只要我跟他打聲招呼，你就等著被埋在土砂底下吧。」

他拿著鮫島的額頭去敲車子的引擎蓋。鮫島眼前一片黑，往上仰躺在停車場地面上。龜貝一腳踩在他的胸口。「這本來就是個不太平靜的地方。新來的警官要是迷了路，累倒在舊礦山裡，誰也不會覺得奇怪。」他吐了一口口水在鮫島往上仰的臉上。

「你跟右翼交情很好是吧？」鮫島氣喘吁吁地說著，割傷的額頭滴下的血流進眼睛。

「比你這個替陌生人渣撐腰的菜鳥好多了。」龜貝說著，迅速地環視了停車場一圈。看來他認真想要收拾掉鮫島。

鮫島的右手動了動。他將手裡握的手銬敲向龜貝另一隻小腿。龜貝破口大罵，跳著避開。鮫島一手支地撐起身體。「我到這裡來之後也調查了不少地方上的事。四年前，礦山公司的工會委員長被車撞死，肇事者事後逃亡。撞死他的，是一輛工程公司的卡車，開車的是個剛滿十九歲的實習生。那個人後來到局裡自首，但是肇事現場跟工程公司還有那個司機的住處都沒有關係，是在一個廢礦坑旁邊。

「被害者的家人說，被害者半夜接到電話被叫出去。稍早之前，正在附近巡邏的警車目擊到一個叫龜貝的刑警人在現場。當然，這個消息也被封鎖，最後終究不知道被害者到底是被誰叫出去的，被當成單純的事故來處理。」

龜貝面無表情地看著鮫島，接著突然打算上車。

鮫島抓住他的肩膀。龜貝用力揮開他的手，鮫島則用手肘撞上他的側頭部。衝擊力道讓龜貝另一邊的側頭部撞上車頂，倒在地上。

鮫島揪住龜貝的衣領，讓他站起來。「你聽好了！人渣是當不了警察的！」

龜貝低沉地怒吼，推開了鮫島。鮫島的背抵在另一台車上，龜貝跳到他面前雙手勒緊他的脖子。鮫島的膝蓋踢向龜貝的雙腿之間，踢到第三次，龜貝的手才終於放開，往後退下。

鮫島一個直拳打在以痛苦表情瞪著鮫島的龜貝臉上。他的拳頭傳來打斷鼻梁的衝擊，龜貝倒在自己的車上。龜貝就這樣癱著，沒有要起身的跡象。鮫島大口地喘著氣，轉過身去想撿掉在地上的手銬。

「去死吧！」背後聽到一聲怒吼。他還沒有來得及回頭，就在從肩口到脖子處感覺到一股力道，鮫島直挺挺地往前倒下。

他手撐在地上回頭仰望，看到龜貝正揮著日本刀。他應該是拔出了放在車裡的傢伙吧，左手正緊握著刀鞘。龜貝的臉上因為被打扁的鼻子和鮮血，已經分辨不出五官。

鮫島在千鈞一髮之際縮回身子。日本刀的刀尖落在地上，擦出火花。

鮫島覺得脖子熱燙燙的，看到地上滴落著鮮血。龜貝似乎想起了這把日本刀是沒有刀刃的模造刀。他雙手握住刀柄，落在腰部位置擺好了姿勢。「看我捅了你！」

他把刀尖朝向鮫島，直刺過來。鮫島一邊倒下一邊飛腿掃過。疼痛太過劇烈，讓他沒有力氣站起來應戰。

被絆倒的龜貝，往前空踩了幾步。但動作還是煞不住，日本刀刺穿了停在一旁的警車側邊車窗，玻璃碎裂的聲音響遍了整個停車場。龜貝的手有半隻插進了車窗。他試著掙扎想抽出手臂，但是卻因此傷到手臂，流得全身是血。鮫島往手銬爬去。低頭一看，汩汩流出的血經過脖子，從下巴滴落到地面。他覺得視野愈來愈狹窄，身體異常沉重。但他還是努力想撿起手銬，在龜貝抽出手臂之前，用手銬將龜貝的腳踝和警車的保險桿銬在一起。

接著他靠在警車門上，等待有人趕來的期間中，便失去了意識。

七個月後，鮫島被任命轉任警視廳警備部警衛課。這個單位負責皇族的警衛。

龜貝受到懲戒免職，但並沒有受到刑事追訴。當初，警視廳高層本來打算讓鮫島轉任人事、福利等內勤管理部門。但可能是判斷不太適合，隸屬警衛課兩年後，轉調到公安部外事二課。階級依然是警部。

三年後，鮫島三十三歲時，又發生了另一樁新事件。對外的說法，是警視廳公安部公安二課的警視自殺事件。警方公佈的自殺理由為過勞導致的神經衰弱。這名警視跟鮫島同期進入警界，是個以驚人速度往警察組織金字塔上飛攀的男人。

死前幾天，鮫島收到一封他寄來的信。之所以託付給鮫島的理由很簡單。因為他很清楚，鮫島已經不會爬上同一道階梯了。鮫島知道自殺的真相。而公安高層部也知道，鮫島知道這件事實。只要鮫島當一天警察，就會有一天生命危險。

鮫島被捲入了公安部內部的暗鬥。

暗鬥還沒有結束，過世警視留下的遺言，鬥爭雙方無論如何都想弄到手。他們對鮫島施加過壓力、威脅、懇求、收買等各種手段。這封信不管對哪一方來說，都具有爆炸性的震撼力。而鮫島完全無視於這些手段。警視廳的高層裡，沒有人站在鮫島這一邊。

其中只有外事二課的課長一個人站在中立立場，但他已經年屆退休。

外事二課的課長知道鮫島無意辭去警察的工作，建議他轉任轄區警署。

——就算不當警官，也不能擔保生命安全沒問題，甚至可能更危險。既然如此，這個選擇應該好過留在警視廳。

當然，這種人事異動前所未有。左遷、降職。既然能夠踢掉鮫島這個燙手山芋，當然雙方都欣然接受。這項人事任命案的執行速度超乎尋常地快，鮫島馬上就收到轉調新宿署的任命。之所以會選上新宿署的原因也很明白。這裡管轄著日本最大的繁華鬧區，署員二十四小時都得忙於職務。高層部一方面擔心鮫島躲到無法伸手掌控的地方。但話雖如此，他們也擔心管區內職務清閒的鮫島會企圖造反、揭露事實。

在形式上鮫島由新宿署長代表接收，被分配到防犯課。對課員來說，他是個從天而降的偶像。而且，這個偶像懷裡還抱著一顆時時可能從根底動搖警察組織的炸彈。

鮫島不打算就這樣讓炸彈永不爆發。嘴上雖然沒有說，但是周圍的人都發現到鮫島的警察魂並沒有「死盡」。

——那傢伙很危險

——說不定哪一天會被殺

更衣室的耳語，讓鮫島更加被孤立。

這讓鮫島成為新宿署唯一的單槍匹馬的調查官。表面上是同事，在刑警辦公室也擺有他專用的桌子。但鮫島總是一個人。危險性高的調查、逮捕活動，多半都由鮫島單獨進行。

鮫島的行動對其他同事來說也相當神秘。其實他沒有意思要隱瞞，要是有人問，鮫島多半會交代清楚。只不過沒有人會開口問他。

經過三年的單獨行動，他在新宿署防犯課留下了破紀錄的重要罪犯逮捕率。

對新宿署裡這個總是無聲無息悄悄接近，攻其不備的單騎刑警，被追逐的對象懷抱著恐懼，給鮫島取了一個「新宿鮫」的別名。

3

這週已經是第三次到新宿來了。這個月已經丟了兩份打工工作。第二份工被老員工狠狠地罵過一頓後，給炒了魷魚。

——我最討厭像你這種隨隨便便的傢伙。人生隨隨便便過就好，工作也隨隨便便敷衍，這種不知道是活著還是死了的傢伙，我最討厭了！照照鏡子吧，你的眼睛根本就已經死了。這裡才不想要你這種腐臭掉的傢伙呢。

他在心裡偷偷給這傢伙取了一個外號「熱血」。這傢伙不管任何事都拚了命似的幹，要是老闆交代什麼，就只會說：是的！我一定全力以赴！跟個笨蛋似的。

其他打工夥伴背地裡都叫這傢伙馬屁精，不過其實這傢伙沒那麼聰明。這是在某天下班後被對方帶到居酒屋去，那傢伙幾杯生啤酒和氣泡酒下肚，喝醉之後開始說教時，他發現到的。

——聽好了，這個社會沒那麼簡單啦。要是不努力，總有一天會吃到苦頭。就算在沒人看到的地方偷工減料，一定會被人看到。就像今天，進貨的傳票……

每個打工夥伴看起來都深有感觸，很認真地聽。其實大家都暗暗期待「熱血」會付掉一半的帳單。沒有全部請客雖然聽起來很小家子氣，但是大家都知道，儘管「熱血」是正式員工，這間吝嗇的公司也沒付給他多少薪水。換句話說，大家是抱著同情的心態，讓他只出一半的錢。「熱血」當然不知道這件事，他只是單純地想出風頭。這種愛出風頭的人，喝得愈醉話愈多，語氣也跟他尊敬的老闆如出一轍。而且他出完風頭了之後，馬上就會突然轉為感觸良多的口氣。

——不過你這傢伙，人一定也不壞啦，看你平常都這麼認真。

聽「熱血」說這些，簡直蠢到讓人想發笑。

——喂，發什麼呆啊，你看，你都沒在喝嘛，不會不能喝吧，多喝點酒量就會變好的啦。

他告訴對方，自己的體質不能喝酒。

——你窸窸窣窣說些什麼，我聽不到，大聲一點啊。體質？那只是藉口啦，藉口。我不是經常跟你說，不要找藉口嗎。

接著對方搖搖頭。

——真不懂這傢伙在想什麼。

露出一種憐憫的笑容。

——不是啦。別看他這個樣子，其實這傢伙很努力的。他只是個性陰沉了一點。

打工夥伴中其中一個人，討好似的這麼說。一開始，他以為只有這個人是自己的朋友，兩個人的興趣看來還滿接近的。但是他錯了。那個人到他的房間來，看到模型槍和手銬、海報，也沒有表示任何興趣。跟他聊到電影或錄影帶，他也沒什麼興致。

雖然表現得很親切，也沒有露出不耐煩的臉色，但總覺得這個人跟外界有點脫節，後來到他家去住過一次，終於知道為什麼會有這種感覺。

三坪大房間的正中央，坐鎮著一座跟衣櫃差不多大的佛壇。

——這要多少錢？

——一百二十萬日幣。

他不知該說什麼，只是看著對方。

——我有貸款啦，不過還真是吃力呢。但是自從有了它，我就變了。我開始學會認真聽別人說話，也不太跟人吵架了，怎麼說呢，就好像心裡變得踏實、有寄託了。

本來打算問對方想買這座佛壇的來龍去脈、在哪裡買的，結果沒問。因為他知道，要是開口問了，對方一定會認真起來，開始向他推銷某些東西。那種人老是想拉攏更多夥伴。一起參加讀書會、交流會之類的集會，藉由增加夥伴來感受到活著的意義，真令人噁心。

他心想，你這種人才不配說我陰沉呢，但是他並沒有開口反駁。

反正大家都一樣蠢，對一個不知道自己有多蠢的人，再怎麼解釋都沒有用。

——你該不會是阿宅吧？

聽到「熱血」這麼說，他的胸口猛然一跳。那個人最清楚，他並不是社會上所謂的御宅族。但是在其他人的眼中，自己或許就是個御宅族吧。那個人會怎麼跟「熱血」回話呢，只有在這個時候，他相當認真地看著對方。

但是對方什麼也沒說，只是露出一種帶點悲傷的表情。他下定決心，如果那個人說「一點也沒錯！這傢伙就是阿宅啦」，他一定會把佛壇的事抖出來。

看來那個人也知道這一點。「佛壇的事要是曝光，我可能會被打工的地方開除，所以請你別說出去。」從對方住處回家時，那個人在送他到車站的路上這麼對他說過。

「好啊，反正這跟我沒關係。」他答應了對方，然後去搭私鐵離開。而那一天他並沒有直接回自己家，而是到新宿的警察用品專賣店「極限男子漢」去。

「極限男子漢」的店長井川先生，是最了解他的人。井川先生都叫他艾德。艾德是他蒐集的錄影帶裡，數量最充實的「無敵鐵探長」中登場的刑警名字。「無敵鐵探長」的早期系列裡，除了艾朗西探長和艾德之外，還有一個名叫意芙的女警。意芙・懷特費德。

艾朗西是坐在輪椅上的舊金山市警探，而艾德是他的助手，但是非常有刑警的味道，是他很喜歡的角色。其他還有「掃蕩三人組」、「檀島警騎」、「聯邦密探隊」、「反黑組」、「科幻智多星」、「警網雙雄」等，都在他收藏的錄影帶之列。

國產作品中他還收藏了「向太陽怒吼！」的通心粉刑警❾和牛仔褲刑警篇、一部分的「特別機動搜查隊」、「異端刑警」，還有「無情執照」早期系列。他試著找過同樣是天知

❾六〇年代至七〇年代前半的由義大利製作在西班牙拍攝的西部片。英、美及義大利等地稱呼這種西部片為義大利麵西部片（Spaghetti Western），但日本影評人淀川長治認為「義大利麵太細、感覺很柔弱」，因此改稱通心粉。系列中的主角因蓄長髮、身穿當時流行服裝持槍的姿態，類似此種西部片的風格，因此被戲稱為通心粉刑警。

茂主演的「一匹狼」，但到現在還沒有找到。

「極限男子漢」是家賣警察服裝和模型槍的店。警察服裝類的商品多半以制服警官的備品為中心，大部分的客人都是制服迷，對警棒種類或者皮套的類型都很挑剔，但是井川先生深知他的偏好，所以如果有便服刑警用的稀有珍品，馬上就會通知他。目前為止他在「極限男子漢」買到的最棒收藏，就是便服刑警用的連蓋皮套和警察手冊。

警察手冊的封面寫著「福島縣警」。其實他最想要的是印有「警視廳」標誌的警察手冊，但是這實在太難找了。他還有LAPD（Los Angeles Police Department，洛杉磯警察局。）的警徽。皮套是個扁平的三角形，要放進新南部⑩的短槍身，厚度似乎過薄。井川先生說，這可能是昭和二十年代的東西，當時的日本警官還不像現在這樣統一用新南部的槍枝，所以可能也有攜帶自動手槍的刑警。

自動手槍當時的主流，是來自美軍的柯爾特M1911，和戰前的日本就有許多的勃朗寧M1910，從皮套的大小看來，勃朗寧最適當。

他開始嚮往刑警，是國中二年級左右。那時候他迷上電視的「刑警連續劇」。刑警帥氣地抽出警察手冊的那個瞬間，讓他無可自拔地著迷。

從這一點看來，制服警官就遜色多了，只要穿上制服，任誰看了都知道這是警官。打扮上完全看不出來，但是一亮出手冊或徽章，壞人們馬上就知道是警官，瞬間臉色大變——這才是讓他覺得有快感的部分。

另外當然還有槍。啪的一聲帥氣的掀開外套，從腰間或腋下抽出槍來。他不知曾在鏡子前練習過多少次。最擅長的就是左手用力往前伸，同時右手伸到腰後拔出槍來的「ＦＢＡ式快速拔槍」。這時與其用大型的自動手槍，不如用麥格農的二點五寸左輪手槍。

「警察！」亮出手冊，驚嚇的惡人急忙拔槍對抗。下個瞬間，他從外套下抽出槍來，擊倒對方。接著，要對同事這麼說。「叫救護車！」

不過，他發射的子彈當然已經貫穿胸部。惡人在到達醫院前就已經死亡。

手銬像日本警察那樣放在皮套裡掛在皮帶上，就太遜了。還是應該要拿出來，一邊銬在休閒褲上，比較瀟灑。槍手銬的組合要不經意地從外套或在夾克下若隱若現，這就是便服刑警。走在新宿熱鬧的街上，身邊這些對他毫不感興趣的人們，要是一個不小心暴露了自己便服刑警的身分——光是想像就令他興奮得胸口跳個不停。

可愛的女孩注意到他的佩槍，瞪大了眼睛害怕地後退。

「別害怕，我是警察。」一說著，不忘對女孩投以微笑。電影「終極警探」裡，在飛機上就有同樣的一幕，忍不住讓人發笑。原來大家想的都一樣啊。

今天到新宿，也是為了到「極限男子漢」去。

⑩美蓓亞（舊名新中央工業）公司生產的點三八口徑官用左輪手槍。一九六〇年被警察廳採用，故有「Ｍ六〇」之稱。新南部之名取自美蓓亞（新中央工業）的前身「中央工業」創設者、日本槍械開發第一人者南部麒次郎。

跟往常一樣打了電話給井川先生，問：「有什麼好東西嗎？」

「嗯，這個艾德你應該有興趣吧，有警廳的內部照片和無線的錄音帶。」

「錄音帶？」

「警廳和警署的警署類無線通話。不少客人都在看，還滿搶手的。」

他也知道警察或消防、救護車使用的無線訊號，如果是區域內，可以稍微修改市面上的無線機器來接收，而且只需要稍微改造手持大小就行。車用電話也可以用這種方法接收。

「有什麼內容？」

「交通事故或路邊搶劫之類的。還有監察官移動中，請執行警戒等等，有些真的很好笑。」

「可以讓我聽聽嗎？」

「好啊，你過來吧。」

從他的住處到新宿，搭西武新宿線一班車就可以到，不用換車，大約三十分鐘。

走出新宿車站東口是下午兩點多。他起床時將近中午，在附近的小餐廳打了電話到「極限男子漢」。到「極限男子漢」這條路，他從西武新宿車站出發，沿著職安通往兒玉神社的方向走。「極限男子漢」在兒玉神社附近一棟住辦混合大樓的二樓。一樓是一家專賣地下樂團的唱片、CD店，地下室是漫畫專賣店，歌舞伎町的賓館街就在附近，但只有這棟大樓附近，較常出現跟這個區域格格不入的年輕人。

新宿他只去過這間「極限男子漢」、電影院，還有書店。他對電玩中心沒興趣，更別說居酒屋或舞廳了。但如果自己是刑警的話，還真想試試在舞廳追逐犯人。在女孩子們大聲尖叫逃跑的背景中，自己跟犯人上演一場激烈的槍擊戰。最後為了掩護暴露在犯人火線上的女孩，被擊中左腕。當然，他也射殺了犯人。

女孩跑到為了保護自己而受傷的刑警身邊。

「不要緊，只是點皮肉傷。」自己會對她露出微笑。他不會妄想之後能跟女孩有什麼樣的發展。救她是自己的工作，儘管對方對自己有意，他還有下一趟危險的任務在等待，沒有時間應付她。

走在通往「極限男子漢」的路上，他腦中浮現出各種想像。與其在房間想像，像這樣一邊在街上走一邊想像，來得有趣多了。到「極限男子漢」的常客中，真的有人會在西裝下掛著模型槍，或者身穿ＳＷＡＴ⓫服裝。但是其中有人根本不適合穿西裝，或者體型太過虛弱根本不像ＳＷＡＴ，看起來反而更不堪。還有人身穿深藍色西裝、吊著一把Ｓ＆Ｗ⓬的Ｍ五九，然後穿白襪黑皮鞋，真是讓人忍不住發笑，想問問對方到底在想什麼。

如果自己是刑警，絕對不會在西裝褲下穿白襪子。而且，穿深色西裝的，最好不是刑警，而是ＦＢＩ。刑警還是穿牛仔褲或者棉質長褲加上外套，帶點輕便的感覺比較適合。

⓫Special Weapons And Tactics，反恐特警組
⓬Smith&Wesson，史密斯與威森公司，美國最大的槍械製造商。

美國的刑警總是隨身攜帶槍械，所以一定得穿外套。不過日本的刑警只有特別的時候才會攜帶槍械。電視連續劇裡日本刑警總是隨身攜帶槍械，但是他知道那都是假的。

其實根本原因在於日本幾乎不會發生刑警和犯人槍戰的場面。如果槍戰頻繁發生，日本的刑警或許也會隨身攜帶槍枝吧。

快到鬼王神社前，他看到了旋轉的紅色警燈。不只一個，同時有好幾個在閃動。而且停在前面的不只黑白兩色的警車，還有灰色和黑色的便衣警車，以及鑑識課的廂型車。

他的胸口突然開始劇烈地鼓動。

那裡是歌舞伎町二丁目的賓館街。一定有事件發生，而且從附近的警車數量看來，應該是出了人命的事件。只要是有警官開槍的事件，他一定會剪報保留下來。其中多半是威嚇性的射擊，而且幾乎出自制服警官之手。便服刑警使用槍枝，大部分是在嫌犯挾持人質事件中，要強行攻堅突破的時候。但像這種大事件一年頂多一次。

他腦裡最先想到的，是在賓館裡發現屍體這類案例。女人在歌舞伎町的賓館裡被殺，是常有的事情。賓館的員工發現客人遲遲不走覺得奇怪，偷偷看了房間後，發現屍體，大概不脫這樣的模式吧。他慢慢被吸進旋轉的紅色警燈和群聚的圍觀人群當中。

現場正在進行蒐證。周圍拉起了繩索，道路上用粉筆標示出人形。暗黑色的血跡擴散到周圍。大馬路上。事件發生在賓館和賓館間的狹窄小巷中。人形有兩個。周圍還四處放著寫有「A」、「B」、「C」等文字的三角形塑膠板，戴著臂章的鑑識課員正拍著各種角度的照片。

是交通事故嗎？這是他想到的第一個可能性。

就在這時候，他發現倒在人形粉筆線旁邊的兩台自行車。自行車塗成白色，一眼就可以看出是警用自行車。從鄰接現場的賓館，走出了兩個男人，中間夾著一位六十歲左右的女性。他很快就發現男人們是刑警。其中一個人攤開筆記本，兩個人的耳朵裡都塞著行動收訊器的耳機。這應該是在進行偵訊。到底發生了什麼事。

相機的閃光燈亮個不停，鼻尖湊近馬路的刑警彷彿在嗅著味道一樣，四處走動著。不知不覺中，他已經來到圍觀人群的最前排。

「好了、好了，往後退一點、請往後退。」站在繩索旁戴著「防犯」臂章的制服警官張開雙手。雙手上戴著白手套。

「請問，發生什麼事了嗎？」他鼓起勇氣開口問。

但是那位警官並沒有回答，面無表情地盯著賓館的招牌。

「有警察被殺了。」一個剃著小平頭，看起來像流氓的男人就站在他身後。外表有點嚇人，但說起話來卻不然。

「警察？」他重複著對方的話，看著那男人。

「被槍打死的，兩個人都是。」

視線回到倒在路旁的自行車。這麼說，那些就是被害警官騎的車。除了制服警官之外，還有一個身穿深藍色工作服的男人緊鄰著繩索內側站著。他下垂的左手裡拿著無線電，正發出聲音。無線電發出一陣雜音之後，流出一段語氣公式化的文字。雖然聽不清楚完整的內容，但是從這個深藍色衣服的男人下一個行動可以看出，他應該是被叫到現場來的。

「喂，我是葉村，已經到現場了。」

「呃，現在開始跟警視廳、公安三，機動搜查隊會合。」

「是，了解。」男人透過無線電傳送回覆後，再次垂下手。在稍遠的地方注視著案發現場。持槍殺害警官，他大大地深呼吸了一口氣。感覺幾乎要窒息。是幫派幹的嗎？不，說不定是激進派。現場的氣氛緊繃。這不是單純的殺人事件。被殺的，是自己的夥伴。要是電影或電視裡，趕到現場的主角刑警，一定會低聲咒罵「可惡！」這時候他確實聽到了嘖舌聲。發出嘖舌聲的是身穿工作服的男人，名叫葉村的那個刑警。

他焦躁地看著現場，不耐地發出「切」的嘖舌聲。他很生氣。似乎在說著，一定要逮到犯人。令人顫抖的興奮和緊張，讓他僵在現場無法動彈。只有腦中散發出不尋常的熱度，高速旋轉著。真想進入那繩索中，成為搜查陣容，以刑警的身分追查犯人。

對方持槍殺害了警官。這個刑警，還有那個刑警，從明天開始一定都會開始帶槍。然後，大家會召開搜查會議，來統整蒐集到的情報。

多希望能參與這一切。真想成為他們的一員。這不是想像的世界，是真真實實的殺人現場。就一根繩索，竟能將內外分隔得如此清楚。要是現在自己能拿出警察手冊（當然是警視廳發的版本），給站在繩索邊的制服警官看，進到繩索裡的話……

制服警官一定會對自己敬禮，替自己撩起繩索吧。

警笛聲傳來。不是一般的嗡～嗡～聲，而是更顯急迫的那種嗚嗚警笛聲。

他轉過頭，才發現背後的圍觀人群已經倍增了好幾倍。

「快讓開！」制服警官突然伸出戴著手套的手臂，圍觀人群形成的人牆被分出一道裂縫。簡直像鋪出一道紅毯大道。通過這條路的是六個男人。六人都穿著深藍或者灰色的西裝，感覺像是體格健壯的上班族。隊伍最前面的男人走向葉村，俐落地敬禮。

「辛苦了。」

「現場負責人呢？」這個戴著眼鏡年約四十五的男人問道。

「是刑警課的外山科長。在那邊。」

「好，辛苦了。」男人跨過了繩索。六人組出現之後，現場再次彌漫起緊繃的空氣。

他們是什麼來頭？一定是階級更高，配得起指揮這種重大事件搜查的刑警吧。

在這裡的每位便服刑警，看起來都抱著特定的目的在行動。原本就很緊張的空氣，在那個男人出現了之後，大家的身手顯得更加俐落。

如果自己是那個男人。不！自己是承擔不了那種責任的。那個男人一定不會親自拿著槍追捕犯人吧。自己還是比較適合當個在現場四處活動、追蹤犯人的調查人員。

繩索後站在人形旁邊那戴著眼鏡的男人，正在聽取一直守在現場、年約五十歲的刑警進行說明。多希望自己也在那裡。多希望能參與這現場、參與這份工作，站在繩索內側，對模糊的犯人形象進行種種猜測討論。

現在這個瞬間，他並非身在想像中的世界，而是真實的搜查現場。而在這個現實世界中，一根繩索卻說明著，自己清清楚楚是個局外人。能進入那繩索裡的，只有極少數的人。他既非警官，也不是自己憧憬的刑警。即使沒有槍、必須做上班族般的打扮都無所謂，他只希望自己是個有資格進入繩索內的刑警。

再不然，攝影師或新聞記者也好。或者是目擊者之一也無所謂。

他非常不甘心，自己無法提供調查人員任何情報。如果自己看到了什麼、聽到了什麼，或者自己能親手抓住犯人。要是現在能站在繩索裡，該有多好。

他有生以來第一次親眼看到犯罪現場，而且還是殺人事件。而這個事實卻讓他悲傷不已。自己是局外人，只是圍觀人群之一。這讓他心裡有萬般不甘。

幾台電視轉播車出現。現場的空氣又呈現出一陣慌亂。拿著攝影機和麥克風的記者們，密密麻麻地包圍在繩索外。打扮跟殺人現場完全不搭調，身穿體面西裝的男播報員和散發著亮麗氣息的女記者們一對著攝影機開始說話，就吸引了圍觀人群大部分的注意力。

特別是女記者注意髮型和化妝的樣子，大家都相當新奇地注視著。

於是他懂了。這些人也不能進入裡面。雖然說著嘴上這是個驚人事件、光天化日下竟然有警察被射殺云云，但他們完全沒有想進到繩索內的念頭，同時也不能這麼做。能夠進去的，只有警官和被害者，還有犯人而已。他一直待在當場不動。直到夜晚來臨，這繩索依然沒有解開。繩索快解開。繩索快解開。

他像唸著咒語一樣在心裡反覆唸著。肚子餓了，也很想上廁所。但，這可是一輩子或許再也看不到的犯罪搜查現場，他要好好地把這些景象，烙印在眼底。

4

「媽媽弗思」的媽媽桑，指定了這家位於青山一丁目大樓一樓的露天咖啡店。那是鮫島和晶到「媽媽弗思」的三天後。早上七點，「媽媽弗思」的媽媽桑打電話到鮫島家裡。

「你起得還真早啊。」知道對方是誰後，鮫島說道。

「什麼早！我是現在才回家。」媽媽桑說。

「繼續晚上的活動嗎？」

「現在開始才是我的晚上。上次你說的，就是想找『阿伽門農』的小子那件事。」

「聯絡上了嗎？」

「他今天可以跟你見面。白天，我是說你們的白天喔，也就是我的晚上。」

「幾點？」鮫島剛慢跑完回來。T恤和棉褲都被汗水沾濕，差點要感冒。每天早上跑一個小時左右，是鮫島的例行活動。

「他說四點左右可以。到店裡上班之前，可以跟你約在新宿。」

「新宿不行。如果遇到認識我的人，會給他添麻煩。」

「知道了。那青山一丁目怎麼樣？我家附近。」

「你住的地方挺不錯的嘛。」

「二丁目⑬的我是為了討生活戴的假面具。」
「那好。約在哪？」
「青山雙塔大樓的一樓有露天咖啡店。那裡有兩家，我說的是面對中庭的那家。紅茶很好喝。」
「我知道了。約四點嗎？」
「約在那裡的話三點好了。」
將近兩點的時候，人在署裡的鮫島聽到了通知。內容是這樣的。
歌舞伎町二丁目X的X號，「蒙太拿賓館」前，在十三點零五分左右接獲一一〇報案，聽到槍聲，之後通報者「蒙太拿賓館」員工發現警備巡邏中的警察官兩名，倒在該飯店前的馬路上，打了一一九通報。兩名警官分別為於歌舞伎町派出所執勤的尾上房男巡查和坂敏道巡查，救護車到達時，尾上巡查已經死亡，坂巡查也在到達醫院前死亡。該署搜查課以及警視廳搜查一課目前正在蒐證中。全署員應留意今後的通知，注意管區內的可疑分子。
尾上和坂兩人都只有二十幾歲，鮫島曾在歌舞伎町派出所見過他們。鮫島正準備出門，從防犯課的位子上起身。鮫島的桌子跟其他課員分開，安排在課長座位的旁邊。
「鮫島。」課長桃井叫住他。

⑬指歌舞伎町二丁目，即媽媽弗思店所在地。

防犯課的刑警辦公室空空蕩蕩。有的人比較晚吃午餐、有的人外出搜查，大部分的人都不在辦公室裡。

鮫島沉默地看著桃井。桃井留著一頭乾澀沒有油脂、黑白夾雜的頭髮，是個表情陰沉的五十二歲男人，階級跟鮫島一樣是警部，在新宿署已經待了十八年。桃井雖然身為非官僚組，但從前卻是被寄予厚望的警官。但是據說十四年前發生的那場交通事故，斷送了桃井的未來和希望。停在高速公路收費站的桃井自家用車，被邊打瞌睡邊開車的卡車司機追撞。卡車司機當場死亡，跟桃井同車剛滿六歲的兒子也死亡，妻子受了重傷。之後桃井跟妻子離了婚。從那之後，大家都說桃井就像一個「死饅頭」。

桃井一向跟笑容無緣，很少看他換上不同表情，也幾乎不參加聚會。通常身為管轄署的防犯課長，會親自指揮青少年輔導，或者走上街頭從事刑警活動，但桃井並沒有這麼做。日復一日，他固定坐在課長席上，戴著老花眼鏡看資料。大家都認為，鮫島被分配到防犯課，是桃井被「強迫推銷」。實際上其他部署的負責人都以會擾亂團隊合作為由，拒絕接受鮫島，只有桃井沒有拒絕。代替桃井完成他大部分工作的是新城這位課長輔佐，階級是警部補。自從鮫島被分發過來，新城就一直採取忽視的態度。他似乎希望在防犯課多賺點分數，將來有一天能榮調到公安。

——我們課裡真傷腦筋，課長是個死饅頭，還丟來一個沒人想要的廢物。

鮫島曾經聽新城故意這樣說過。當時桃井也在場，但是桃井的臉上依然沒有任何變化。

「坂巡查他——」桃井低聲對他說。

「我知道。」鮫島點點頭。

坂這個年輕人雖然不是官僚組，但他在大學畢業後當上警官，父親是新宿區的區議員，被認為是下任區長的有力人選。

「聽說你在追木津。」

「是的。」

「有眉目了嗎？」

「那傢伙剛出來，就大張旗鼓地重操舊業。可見得一定有十足的把握，或者是可能打算海撈一票，把國家賣了吧。」

桃井沒有說話。

「等我找到他的巢穴，請讓我申請逮捕令。」

「看你覺得好就怎麼辦吧。」

鮫島點點頭，走出防犯課的房間。署內彌漫著緊張的空氣。警戒線的配備和搜查總部的設置都已經完成。署內現在一個搜查總部都沒有，在新宿署來說，這算是很少見的情況。新宿署轄內的重大罪犯，跟其他管區相比確實特別多。

鮫島心想，御苑園遊會才好不容易剛順利結束，署長一定很頭痛吧。況且又是警官被殺害的事件，再加上跟園遊會的關聯，警視廳公安一定會出動。採取高壓態度的公安菁英加入調查，一定會發生摩擦。大家常說「公安就像真空吸塵機」，他們光是吸收走情報，但什麼也不會吐出來。

「真空吸塵機」加入搜查團隊，往往讓搜查工作很難進行。簡單地說，勤於走動蒐集情報的工作全都由現場的兵隊來進行，而動腦的工作就交給公安。

同樣是警視廳，搜查一課和公安課幾乎沒有交流。搜一要求提供資料時，公安會不會回應還是個問題。

鮫島離開署裡，往車站的方向走。新宿署位於西新宿。仔細想想，警署如果位於歌舞伎町所在的東新宿似乎比較方便，但是東新宿的交通狀況不佳，就算地點在東新宿，警車可能也派不上用場吧。新宿通、靖國通的交通阻塞呈現慢性化現象。接獲一一〇通報後即使警車馬上出動，有時候遇上車輛塞到動彈不得甚至可能無法出車。所以歌舞伎町才會設置那麼大型的派出所，在事件頻繁的深夜時段，單車比汽車更方便迅速移動。

鮫島在青山一丁目站出了地下鐵，踏進指定的露天咖啡廳。

玻璃櫥窗裡展示著蛋糕，和座墊深軟的沙發間隔排列的桌子，讓人感到這個地方獨特的氣氛。坐在桌前的客人也不光是談生意的商人，還有買完東西要回家的主婦。說是主婦，其實應該是從沒穿過圍裙的貴婦人。會話的內容多半也圍繞在別墅或高爾夫球會員證上。
媽媽桑一個人坐在露天咖啡廳後方的座位。如同電話裡所說的，他點的紅茶茶壺放在鋪著桌布的桌子上。他戴著大型太陽眼鏡和帽簷很深的帽子，穿著寬鬆襯衫，搭配廣寬口長褲。臉上沒化妝。鮫島一坐在對面，他就從正在閱讀的精裝書上抬起頭來。
「點紅茶吧。放很多砂糖的奶茶。」
身穿燕尾服的侍者剛好站在旁邊。鮫島一點頭，侍者便無言地走開。
「給你添麻煩了。」
「小事。對了，最近街上好像問題挺多的。」媽媽桑闔上了書本。
「這年頭什麼樣的人都有。」鮫島回答。
媽媽桑點點頭，看著鮫島的服裝。鮫島穿著淺綠色西裝搭配麻質襯衫，沒打領帶。「這顏色不錯。那女孩挑的？」
「我自己選的。」
「沒想到鮫島還挺會打扮的嘛。我喜歡時髦的人。」
「別嚇我了。」
媽媽桑露出微笑。「你別緊張。那女孩我挺喜歡。」
接著他輕輕舉起左手。鮫島一回頭，看到一個短髮瘦削的少年正走進咖啡廳的入口。
「這孩子叫冬樹，可別嚇到他喔。」

少年身穿白襯衫和緊身牛仔褲。街上隨處可見這種類型的人，像受驚小鳥般有著大眼睛和紅色嘴唇。「你好。」少年站在桌旁，也不知在對誰說話。聲音很細。

「坐下吧。不要緊，這個人是我的好朋友，不會欺負你的。」

鮫島點點頭。「我以前被媽媽桑甩了。從那之後我在他面前就一直抬不起頭來。」名叫冬樹的少年這才稍微笑了。「媽媽桑交往的警察好多呢。」

「笨蛋，開玩笑的啦。」

「不過警察多倒是真的。」鮫島說著。

冬樹看看鮫島、又看看媽媽桑。鮫島拿出名片。這是一張只寫著自家和防犯課電話號碼的名片，上面既沒有警察等字樣，也沒有頭銜。冬樹收下名片，低下頭。「我是冬樹。在『阿伽門農』店裡工作。」

「嗯，聽媽媽桑說了。我就開門見山地問了，你認識一個叫木津的男人嗎？左肩上有蠍子的刺青。」

「我認識，這個客人還滿常來的。」冬樹用細小的聲音回答。

「最近一次是什麼時候來的？」

「昨天，十一點左右。」

「昨天是星期天吧？」

「星期天有時候也會開店。」

「他一個人去的嗎？」

「昨天是一個人來的沒錯。」

「每次來都待很久嗎？」

「不一定。有時候大概一個小時左右就會回去，也有時候會待到關門。」

「關門是幾點？」

「基本上是三點。」

「我們也是。」媽媽桑說。

「雖然說是三點，不過如果有中意的客人，就會一直開著。」

「一星期會來幾次？」

「一次或兩次。不過之前大概有十天左右沒來。」

「聽說他有情人。」

冬樹很快地點點頭。

「對方是什麼樣的人？」

「從前我們店裡的人，大家都叫他和雄。以前好像是暴走族之類的，感覺很可怕。」

「年紀大概多大？」

「和雄嗎？大概二十或二十一吧。」

「最近開始交往的嗎？」

「好像是吧。看起來，和雄好像很尊敬他。」
「尊敬木津？」
「對。」
「木津是被和雄帶到你店裡來的嗎？」
「感覺應該是。」
少年很常在句子裡加「感覺」兩個字。
「兩個人感情很好嗎？」
冬樹點點頭。「之前和雄還在店裡的沙發上，含過木津先生的。」
「這種事常有嗎？」
「很少。因為媽媽桑不喜歡這樣。不過和雄本來就很可怕，跟木津先生在一起以後，怎麼說呢，就更強了，好像連媽媽桑也不好說什麼。」
「和雄為什麼要離開店裡？」
「因為有客人抱怨。」
「抱怨？」
冬樹看看媽媽桑的臉。媽媽桑說：「不要緊，什麼都可以說。」
「因為，之前和雄曾經跟客人一起到店外約會，好像去飯店吧，但是早上起來之後，和雄已經不見人影，錢包裡的錢都不見了。」

「報警了嗎？」

冬樹搖搖頭。「那個客人是個普通的上班族，家裡有老婆、小孩，所以不能報警。」

「現在木津跟和雄住在一起嗎？」

「不知道。可能吧。」

如果住在一起，和雄可能知道木津的工作，從旁幫忙。「他們兩個在哪裡認識的？」

「聽說是在酒店。辭掉我們店裡以後，和雄去工作的酒店。我不知道名字。他說是在門仲那附近。」

「門仲？」

「門前仲町。木場那邊。」

「現在已經辭掉了嗎？」

「嗯。」

「住在哪裡？」

「沒聽說過。可能我問過，他沒告訴我吧。」

「今天等一下要到店裡去嗎？」

冬樹點點頭。

「如果木津再來，可以通知我一聲嗎？和雄一個人來也沒關係。打這個名片上的電話，就像跟朋友聊天一樣地講話。」

「為什麼？」冬樹很不安地說。

「店很小嗎？」

「很小。大約二十個人左右就坐滿了。所以不能隨便亂說話。」

「那你就說，把我借你的錄影帶還給我。」

「還錄影帶？」

「沒錯。還有，如果木津在旁邊，最好不要說出我的名字。」

「他認識你嗎？」

「知道。」鮫島沒告訴冬樹，上次逮到木津的就是自己。

冬樹沉默地看著鮫島一會兒，終於開口問：「你會給我謝禮嗎？」

「你想要什麼？」

「錢。」

媽媽桑看著鮫島。「你要多少？」

冬樹攤開一隻手。

「五萬嗎？」

「五十萬。」

鮫島嘆了一口氣。「我拿不出那麼多。聽好了，木津他是個壞人。他的工作是改造槍械。有人因為他所製造、販賣的槍而死，以後可能也還會有人死。我想阻止這種情況發生。」

「如果他知道是我告的密……」

「別擔心。我不會在你店裡抓人的。我會等他離開店之後才動手。我也絕對不會告訴他地點是你透露的。而且，這次要是逮到他，至少要蹲五年才出得來。」

「但是，他很可能從其他地方知道是我說的啊？木津他是流氓吧？」

「他不是流氓。他沒有加入任何一個幫派。流氓是他做生意的對象，但是他並沒有喝過任何一幫的結盟酒，所以沒有人會替他復仇。」

冬樹想了想，說道：「那酬勞呢？」

「這樣吧，我給你十萬。」他想了想，開口說。

「現在能給我嗎？」

「一半的話可以。剩下的等我抓到那傢伙再給。」如果是公安，馬上就能支付這類調查協助費。但是鮫島很懷疑，防犯課出不出得了這金額的一半。動用不需要收據的費用，是公安最拿手的。

「那先拿來吧。」

鮫島拿出錢包。裡面只剩下數張千圓鈔。

「那先這樣。」收下錢後，冬樹站起來。這時候鮫島才知道冬樹什麼也沒點。

「等等。告訴我你的住址和名字。」

冬樹站著說了。他不假思索地一口氣說出來，鮫島判斷應該是真的。他住在高圓寺。

「電話號碼也告訴我。」

是杉並區從三開頭的號碼，聽起來應該也是真的。

「知道了，謝謝。別跟任何人說，我等你聯絡。」

冬樹走出露天咖啡廳，鮫島很快地抽出警察手冊，做了筆記。

「挺精明的嘛。」媽媽桑說得很無奈。

「五十萬？還真敢開口。說不定拿了之後就再也不會到店裡去了。」

「很有可能。」鮫島一邊收起手冊、一邊說著。他打算待會兒打電話到「阿伽門農」，確認冬樹是不是真的有去上班。要是沒去，就得埋伏在店附近等著木津出現。最糟的情況是冬樹向木津通風報信。木津知道有人在追自己，應該會躲起來吧。這麼一來暫時就很難找到他的下落。他會去新大久保的三溫暖，也是為了找出木津。

「不過，他真的會到新宿來玩嗎？想找可愛的男孩子，六本木或者赤坂都多得是啊。」媽媽桑說。

「壞人的世界很小。一般人玩的地方有所謂習慣或不習慣，壞人也是一樣。壞人比一般人更討厭陌生的地方，所以最後終究會回到新宿。」

「然後等著被抓走？真是蠢極了。」

「不蠢，怎麼會犯下要被警察抓的罪呢。」這就是鮫島的回答。

5

鮫島回到署裡時，警戒線已經部署好了。新宿一帶的主要幹道上設置了路檢哨，交通阻塞的狀況比起上週有增無減。因為這次路檢對象除了針對激進派可能利用的廂型車或旅行車，也包括了一般車輛。其實，實施警戒的警察官自己，並不認為靠這種路檢就可以抓到殺害警官的犯人。但如果今天這樁襲警事件，是以警官為目標的連續犯行的開始，那麼路檢的執行就具有防止再犯的效果。

當然，如果犯人一直窩在新宿地區內，這種措施就無用武之地。但假若如此，那就可以靠訪談來奏效。刑警課的刑警們，應該會竭盡全力從自己養的線民身上擠出線索吧。

署內設置了特別搜查總部。為了迎接即將召開的記者會，新宿署內滿是媒體相關人員。第一次記者會在下午六點開始。署內多位警官都聚集在記者會場，這是因為還沒有獲得充分的犯案資訊。鮫島這時候結束文書工作，正準備回家。記者會一開始，課內就不見人影。

「好久不見啊。」

聽到聲音，鮫島從桌面上抬起頭。身穿深藍色三件式西裝的男人，站在防犯課入口。個子高，體格結實，頭髮整齊地分出七三比例，白皙的臉上有著一對細長銳利的眼睛。

鮫島無言地點點頭。這男人名叫香田，跟鮫島同一年進入警界。

「大鍋飯的味道怎麼樣啊？」

「有事嗎？」

「喂，警部可以用這種口氣跟警視說話嗎？」香田笑著。他頭腦好，具有作為一個警察官僚該有的優秀資質，包括欺下怕上的個性。

「我正要回去。」

「你們的夥伴被殺了，難道你連一點加個班的意思都沒有嗎？你們不是同一個隊的嗎？」

公安二課的同事自殺時，香田正是其中一個派系的年輕領袖。他曾經好幾次逼鮫島交出信來。鮫島靜靜地看著香田。「要是軍隊聽到你這種說法，應該會很尊敬吧。果然是警視廳公安的警視大人，了不起。」

「何必這樣呢。我們可是特地來幫忙，追查殺害你們夥伴的兇手呢。」香田開始走近。

「不是要開記者會嗎？你該過去了吧。」

「記者會都交給搜一。低調又腳踏實地的調查，才是我們的工作。」

「我們會在這裡待上一陣子。所以才想過來跟你打聲招呼。」

鮫島拿出香菸。

「打招呼？告訴我在走廊遇見要記得敬禮，是嗎？」

「遵守規律不是壞事。如果你有意願，我也可以把你調到搜查總部來。順利的話說不定還可以回到警視廳一課。」

鮫島假裝在思考，點起香菸。然後他慢慢把煙霧吹向香田，香田狼狽地往後退了一步。

「你還抽菸啊？」

「出去。」

「你說什麼？」香田脹紅了臉。

「我現在手邊工作多得很。你出去。」

香田的眼神一瞬間變得冰冷。表現怒氣，也是一種演技。「幹了二十年才終於當上警視，這樣你甘心嗎？搞不好，還永遠是個警部呢。」

「不關你的事。」

香山的臉突然趨近。「不是『你』，要說『警視大人』。對長官要用敬語。你給我聽清楚，我從以前就看你不順眼。你敢用這種語氣跟我說話，我可以讓你一輩子都出不了這間條子辦公室。你最好永遠跟這些賣毒的和毒蟲打交道，享受你的下半輩子！」

他沒有給鮫島說話的空隙，迅速轉身過去。走出防犯課房間之際，他丟下了一句話。

「一個毫無自覺的笨蛋，比單純的笨蛋更無可救藥。」

鮫島什麼也沒說，只是看著香田離開後的防犯課門口。他的臉從香田進來之後，就一直面無表情。好一會兒，鮫島才嘆了一口氣，在菸灰缸中捻熄香菸。

防犯課的門再次打開。鮫島反射性地抬起頭。門口站著一個大臉禿頭的男人，身穿鬆垮休閒褲，繫著打結處過小的領帶，搭著大一號的西裝外套。他雙手隨意地插在外套口袋裡，外套的花色和休閒褲的顏色完全不搭調。男人搖搖晃晃地走進防犯課，一語不發地從鮫島桌上拿起菸，擅自抽出一根點了火。「警視大人問我防犯課在哪，我就告訴他。是不是給你添麻煩了？」

「沒有。」

「木津的案子，最近有什麼進展？」

「找到一間他常去的店。」

「是嗎？」男人叼著菸，走近嵌著鐵格子的窗邊。

鮫島說：「下面怎麼樣？」

「吵翻了。」

「聽說用了槍。」

「是啊。」

男人低頭看著新宿署的入口，不顧變長的菸灰已經落下。他名叫藪，是名鑑識科員。彈道檢查方面的技巧很有一套，接受過警視廳鑑識課好幾次邀請，但每次他都拒絕了。他的口頭禪是，其實本來想當醫生的，但考慮到自己的名字⑭，還是打消了念頭。發現四星期前殺人事件兇器是木津製作的槍，也是藪的功勞。

藪看著鮫島的臉。渙散的眼神，似乎毫無注視的焦點。

「訪談的結果，那『蒙太拿賓館』的阿桑說只聽見一聲槍聲。聽說聲音響得很。在附近訪談的結果也一樣，槍聲確實只有一發。」

鮫島安靜地看著藪。

「坂巡查跟──不對，現在已經是警部補了，因為二特進⑮──他跟尾上，兩個人斜向並排騎著單車巡邏。坂在前、尾上在左斜後方。發現的子彈，只有坂體內的一發。」

「只有一發？」鮫島說。

「就一發。子彈從尾上警部補的斜左後方飛來。從左肩胛骨下進入身體，幾乎貫通胸部中央，然後命中坂的脊椎骨導致右肺破裂，在肋骨停住。尾上當場死亡，坂因為右肺出血量過多，在差不多十分鐘後就死亡。」

「是哪種槍？」

「從坂胸部取出的子彈，已經壓扁了。並不是手槍子彈。」

「是獵槍嗎？」

藪點點頭。

「可能是來福槍吧，正在確認口徑。」

「來福槍？」

⑭日文中「藪醫師」為蒙古大夫之意。
⑮日本有讓殉職警官從在職階級晉升二階的習慣，稱為「二階特進」。

「來福子彈的裝彈量跟手槍子彈相比，多到不能相提並論。當然貫穿力也無法相比，因為來福槍的速度快。當然這跟口徑也有關係，手槍的話，左輪手槍的點四四麥格農初速是每秒三百六十公尺，自動手槍的九厘米魯格⑯，每秒三百四十公尺。你們用的新南部點三八口徑，只有每秒二百七十八公尺。換算成時速是一千公里。但來福槍呢，在日本經常用來獵鹿或山豬，三零─三零的初速是每秒七百二十八公尺，稍微大一點的三零─零六的話，是每秒八百九十公尺，換算成時速差不多是三千兩百公里。」藪停了一會兒後繼續說。「手槍子彈飛出的速度大約等於、或者比音速稍微慢一點，但來福的速度卻是手槍的兩倍或者三倍。我猜，尾上他可能連槍聲都沒聽到吧。」

「是在離多遠的地方射擊的呢？」

「問題就在這裡。要揪出這傢伙，可是難如登天啊。要是有目擊者就簡單了，偏偏又沒有。仔細想想，這附近白天比晚上人還少。但是呢，子彈這玩意兒的性質很有趣，子彈從槍口飛出來的時候，並不一定是貫穿力最強的時候。尤其是來福槍，剛射出去的時候，子彈會搖屁股的。」

藪將變短的香菸拿離開嘴巴，開始說明。「你應該也知道，為了讓子彈筆直地飛出去，槍身上會刻出膛線，有人也叫來福線。子彈就像在螺帽裡前進的螺絲一樣，先在槍身中旋轉，然後再從槍口射出。來福槍的子彈──我所謂的子彈是指彈頭的部分──跟手槍子彈比起來形狀細長。彈身部分細長，但是彈頭部分也很長，所以無論如何都會一邊旋轉一邊搖晃尾部。不過這尾部的搖晃運動，飛了一段距離之後會漸漸穩定，通常是一百公尺到一百五十公尺左右，之後就會筆直地旋轉飛出去。最後如果沒有撞擊到任何東西，前進能量就會因為重力和空氣抵抗開始消失，就像快要倒下的陀螺一樣，再次搖晃著尾部掉下。」

「所以說，在離稍遠的距離下射擊，來福槍的破壞力反而比較大。」

「破壞力跟貫穿力不同。你想想，被針刺跟被鐵槌打，哪個會傷得比較重？破壞力跟速度並不一定一致。速度慢的子彈會在身體裡亂竄，停留在身體裡面。而會貫穿身體的子彈，有時候看貫穿的地方，造成的傷害並不會太大。再回頭看看這次的事件，貫穿尾上身體的子彈，最後停在坂的身體裡，看來這顆子彈的貫穿力很驚人。如果是來福子彈，而且還是口徑很大的來福，其實反而沒有這麼大的貫穿力。」

「這麼說，可能是在極近距離以來福槍射擊……？」

「這樣的可能性最高。其實就算不知道這些道理，現場的巷道既細、視野又不好，只要確定不是從上方射擊，很容易就能判斷不可能從遠處開槍。」

這位彈道檢查專家不喝酒，也不擅長活動身體，卻很會流汗。但是身為一個調查官，他的技巧確實優秀。光是訪談、追查犯人、逮捕技術優異，並不能代表就是個一流的調查官。

藪永遠有無窮的想像力。而身在現場的刑警，可沒有發揮想像力的餘力。不過藪的想像

⑯9mm Luger，規格為9x19mm，為全世界最普遍的軍用制式彈藥。

總是立足於狀況和證據之上，並非空穴來風。鮫島很仔細地傾聽藪的想像。新宿署的其他刑警，只想知道結果，沒人對他的想像有興趣。但鮫島願意專注傾聽，因為他發現到藪是位一流的調查官。鮫島安靜地看著藪手中的香菸。

「用來福槍在極近距離射擊，好，到這邊為止都沒問題。接下來還有一個問題，來福槍這種東西，比手槍還佔空間，不可能放進上衣口袋，或者放在手提包裡搬運，頂多是放在高爾夫球袋或釣具袋裡吧。犯人要是沒開車，一定沒辦法搬運。」

「是有計畫的犯案？」

「應該是吧。很難想像有人會毫無特殊目的，在車裡的後車廂放著來福槍到處跑，偶然遇到兩位警察，就把他們當槍靶來練習射擊。」

「已經對外發表兇器是來福槍了嗎？」

「還沒，連只中一發子彈的消息都沒有發表。現在對外發表的消息是，關於使用的槍械，目前正在搜查中。」

「這麼說，犯人在車裡放著來福槍，埋伏著等警察來？」

藪看著說這句話的鮫島。「沒有錯。但是，警察看到停在路上裡面又有人的車，一定會習慣性地看看車裡。有意要殺警察的人，會這麼輕率嗎。」

「如果是等到警察通過，再從後車廂裡拿出來福槍呢？」

「那距離的問題怎麼辦？就算急急忙忙下車，打開後車廂拿出槍來，也會差個一百公尺左右吧。」

「難道是放在車裡，用什麼東西來掩飾嗎？」

「現在看起來應該是這樣吧。」藪說。但是他的表情卻顯示，其實他想說的並不是這些。

藪離開防犯課後，鮫島便伸手拿起電話，按下「阿伽門農」的號碼。

「您好，這裡是『阿伽門農』。」

聽到接電話的聲音，他知道那是冬樹。

「我是鮫島。」

「啊，剛剛謝謝你了！」

冬樹的聲音聽起來比在咖啡廳見面時更尖銳，但是更有精神。

「我現在要離開署裡回家。如果那傢伙來了，請你打電話到我家。如果我不在就留言告訴我時間。」

「好~我知道了。」

電話那一端可以聽到男人合唱卡拉ＯＫ的聲音。曲子是〈在新宿長大〉。

放下話筒，鮫島站起來。

搜查總部那票人，今天晚上勢必要熬夜。襲警事件如果遲遲不解決，將會影響到辦案的氣勢，並且有損警察的威信！高層一定會這樣施壓。

香田可能也會繼續留下來吧。根據目前為止的狀況，殺害警官很有可能跟激進派有關。一般來說，使用手槍的案件可能跟幫派有關，使用獵槍的話多半是激進派，大概會這樣分類。雖然不是說流氓就完全不可能使用來福槍，不過，激進派用手槍的情況相當少見。

由於犯人使用的是來福槍，目前總部認為很有可能是極左的暴力犯。

鮫島經過貼有「歌舞伎町警察官殺人事件特別搜查總部」長條紙張房間旁邊，離開了新宿署。

在野方車站附近吃過晚餐的鮫島，八點半回到了公寓。開門後，在一片黑暗之中依稀看到電話留言的錄音燈號在閃爍。他慌慌張張進了房間，按下播放鍵。

「我是晶。下次休假什麼時候？記得跟我聯絡。」訊息在這裡中斷。沒有其他錄音。

鮫島苦笑著。他告訴晶留言的時候要記得說時間。但是她從來也沒有遵守過。

新宿有幾個人知道鮫島家的電話號碼。那些人為了提供鮫島要求的情報，偶爾會打電話到他家裡。有時候也可能是求救的電話。

如果是電話錄音，很難判斷電話是什麼時候打進來的。如果晶在這些電話的前後曾經打來，又說了時間，就可以成為一個判斷的參考。鮫島脫下衣服，進了浴室。這間一體成型式的浴室，要讓他清洗身體稍嫌侷促了點。不過在距離新宿三十分鐘以內的距離，還要附有浴室，以鮫島的薪水來說，很難奢求更寬敞的空間了。

沖完澡的鮫島，正盤腿坐在三坪客廳裡床邊的沙發上。迷你尺寸的冰箱和電視都放在伸手可及的位置。電視櫃上還放著迷你音響。最近除了聽晶的試聽帶，幾乎不會打開電源。儘管從沒清楚說出口過，但鮫島確實喜歡晶的歌。她的音質好，也具有特別的感性。如果要出道，以她的外貌，應該會有很可觀的成績。但是真的出道了之後，晶自己會有什麼改變呢？如果能接受身為明星的自己，那當然沒問題。相反地，她也很有可能生厭。真麻煩！她可能會丟下這麼一句，說不想幹了。雖然喜歡唱歌，但她不是一個會為了歌改變自己生活方式的人。鮫島伸手從冰箱取出罐裝啤酒。打開電視開關，轉到九點的新聞頻道。

鮫島推測今天晚上木津出現在「阿伽門農」的可能性很低。理由之一，是距離他上一次來只有短短幾天。另一個重大的理由，是今天發生的襲警事件。木津已經被關過兩次。由此判斷他對警官的警戒心應該很強。木津是個專業罪犯，以私造槍械為業的他，這十多年來，可能從未做過其他工作。私造槍械者跟毒品的地下買賣、詐欺，或者銷贓一樣，都是把違法行為當作職業，賽馬的地下投注站也一樣，所以他們隨時都有被逮捕的危險。這跟罪行被警方查獲而逃亡的罪犯又不太一樣。

很多逃亡的人都會用正當手段來賺取暫時的生活費。比方說在工地工作、用假名找工作等等。但是犯罪專家不會逃，他們有自己的工作場所，要是離開這個地方，就無法繼續維生。所以他們對密告相當敏感，只要有個風吹草動，就會暫時停止交易，極力做到安靜地不引人注目。正因為他們無法逃，所以會格外慎重。

既然在新宿發生了襲警事件，現在新宿一定到處都是警察，這一點木津想必很清楚。

冬樹說，昨天木津來過，但是之前有十幾天沒來，就是因為有警察的緣故。出動許多警力進行園遊會警備時，木津只好老老實實地待在家裡。等到園遊會結束，他再次出現在「阿伽門農」。

今天發生這樣的事件，他可能有好一陣子不會有動靜了吧。鮫島是這麼預測的。

新聞開始了。擊警事件被放在頭條。雖然佔了不少份量，但是因為警方發表的情報很少，所以內容相當貧乏。他馬上知道，把發表壓下來是香田等公安那邊的人下的指示。現場轉播的記者報告，目前還沒有發現目擊者，只有聽到一聲槍響。聽到槍聲的飯店員工也出現在螢幕畫面上。這名員工表示，聽到槍響時的瞬間，原本直覺以為是流氓之間的火拚。不過槍聲卻只有一發，看了看外面，才發現倒地的兩名警官。

這附近的飯店街晚上人潮不少。皮條客或者當場拉客的街娼、男娼也很多。尤其最近，來自亞洲的外國娼婦增加了許多，要是事件發生在晚上，一定會有目擊者吧。記者做了如上的總結。

鮫島也認為，娼婦很有可能成為目擊者。但是她們不可能自己去找警察，報告目擊狀況。更別說是現在了，就像記者所說的，最近亞洲外國街娼激增，想從飯店客人裡找出目擊者，更是困難。公安三課一定在等待某個極左暴力集團提出犯案聲明。

雖然不太確定，但鮫島這時隱約有個念頭，總覺得這可能不是極左暴力集團下的手。

極左暴力集團如果要殺害警官，與其找新宿署的巡邏小警察，他們應該會鎖定更具有標的意義的機動號隊員或者皇宮警察。

將鬥爭提升到殺人程度的極左團體，一般來說會抱著以國家為戰鬥對象的心態來行動。他們把自己當作士兵，而警官就是「敵兵」。士兵殺害士兵，是一種戰鬥行為，並不是「殺人」。突然的奇襲是面對戰力壓倒性強大的敵方時，在戰術、戰略上理所當然的作戰方式。站在這個觀點，今天的犯案在都市游擊戰中也可以定義為戰鬥。

但既然是對方刻意挑起的戰鬥，其中必然有某些意義。

襲擊基層警官，也應該有其理由。激進派熟知警察的官僚構造，以基層員警為標的，具有讓現場軍隊「厭戰」氣氛蔓延的效果。不過，即使如此，從戰鬥意義的角度來考量，第一標的應該是其他種類的警察官。而且襲擊巡邏員警，是一種成功度很低的作戰。正在執行職務的巡邏員警警戒心較高，更何況是新宿署的警員，緊張感更高。要是狙擊失敗，受到反擊的機率可不低。

槍聲只有一發這一點，就「戰鬥」角度來看，也很奇怪。

畫面從現場回到了攝影棚。攝影棚的主播正在播報，被襲擊的警官包括手槍在內，沒有被拿走任何隨身物品。目前警察的偵查方向，應該也會包含兩位警官與人結怨這條線吧。

鮫島認為有可能是挾怨復仇。

跟其他署員相比，新宿的警官要處理成倍的問題，所以對待嫌犯的態度往往很粗暴。從這一點來看尾上和坂都有可能遭人怨恨。這兩人鮫島都認識。坂說起來算是比較老實的類型，但是比坂大一歲的尾上，包括平時說話，都有比較粗暴的一面。

他們俗稱「問話」的公務詢問時，坂總是會先說一句「不好意思，耽誤您一點時間」。但尾上可不會這樣。一發現行動可疑的人，馬上就會採取高壓的態度。「站住，你過來一下……」

鮫島也看過幾次他這樣開始公務詢問的場面。或許也有人會說，這是因為尾上比坂在新宿的經驗更久，所以比較習慣這樣的作法。警察之間護短的意識很強。所以即使坂或尾上在工作或者私生活中的態度真的足以招人懷恨，鮫島認為想從同事口中問出這些，應該很困難。他並非對這兩人之死不覺得悲痛。但是，鮫島跟警官的護短意識無緣。

警官之所以會有護短意識，是來自與社會的疏離。由於職業上的特殊，使得警察在警察圈外總是會被孤立。鮫島心想，或許不管在任何時代、任何國家，這一點都不會改變吧。只要警官保有身內意識，警官的犯罪就會比其他任何犯罪都難察覺。這樣的結果導致民眾不相信警察，進而形成惡性循環，產生疏離。

警察組織對內部告發者的排擠、在背地裡的妨礙也都相當露骨，如果連在警察社會中都失去了立足之地，要是沒有特殊理由，是很難繼續再當警察的。

即使心知這樣的現狀不會改變，鮫島還是希望能有變化。而變化絕對不可能來自外部壓力。警察如果要改變，像自己這樣的警官就必須繼續當警察，哪怕只有一個人也好。

大部分的警察都純粹地相信正義、遵守法律，並且企圖讓人遵守法律，由此獲得生存的意義。最重要的是為這些警察建立起一個不讓他們感到失望、生疏感的警察組織。

從這個角度來看，現在的日本警察實在太腐敗了。鮫島身上背負著兩種戰爭，跟犯罪的戰爭，還有跟扭曲警察組織的戰爭。

電話響了。

「你不想理我是不是？」鮫島拿起話筒，聽到晶的聲音。「為什麼不打電話給我？」

「我剛回來。」

「騙人。看你這麼快就接電話，應該已經沖完澡，正在喝啤酒、看電視了吧。」

「妳要不要來當警察？」

「我傻了嗎？我才不想被殺呢。」

「怎麼了？」

「沒什麼事。被殺的那兩個人，你認識嗎？」

「嗯。」

「他們為什麼會被殺啊？」

「這搜查總部正在調查。」

「喔。下次什麼時候休假？」

「星期五。」

「四天以後啊……那我可以過去嗎？」

鮫島苦笑著。「妳就這麼想來啊？」

「為什麼不能去？」

「好吧。不過我晚上不能出門，可能會有人打電話來。」

「好啊。那來煮晚飯吧，如果肯吃的話。」

「誰？」

「我煮，看你願不願意吃。」

「可以啊。」

「幾點去好？」

「傍晚吧，天黑之前。」

「我打工五點結束，那就六點。」

「好。我到野方車站去接妳。」

「喂？」

「什麼。」

「你到底為什麼要排斥我到你那裡去啊？」

「我沒有排斥啊。」

「騙人。」晶掛斷了電話。但是她的聲音裡並沒有怒氣，反而洋溢著雀躍。

鮫島放回掛斷的話筒，繼續看著電視畫面。畫面已經切換成其他新聞。鮫島知道自己被捲入的那場公安暗鬥還沒有結束。只要手中還有那封信，公安就會繼續監視自己。

他喜歡晶，晶是他現在最重要的人。他不想面對必須在晶和信之間做出抉擇的場面。

要是公安的高層知道有晶這個人。

鮫島自己也無法斷言，絕對不會面臨這樣的狀態。

這天晚上，電話並沒有打來。

6

結果還是沒去「極限男子漢」。正確來說，應該是去不了。他回到家已經是晚上十點多了。在車站附近買了漢堡，提著袋子爬上公寓的樓梯。他不喜歡在人多的地方孤單一個人用餐。從車站走回來的這十五分鐘，漢堡都冷了。但是他不在乎。

進入公寓房間，第一件事就是鎖上房門。房間裡收拾得很整齊。兩坪多的廚房和三坪的和室。和室裡放著重考時代就開始用的書桌，現在也拿來當餐桌用。鎖上門後，他毫不猶豫地走向書桌，拉開最上面的抽屜。裡面放著三挺裝在皮套裡的模型槍。皮套的類型都不一樣。放在肩掛式槍套裡的S＆W自動手槍M39，快拔式皮套裡的柯爾特•勞曼的MARKⅢ357麥格農，還有在「極限男子漢」買回來的腰掛式皮套勃朗寧M1910。

旁邊放著警察手冊和手銬，還有特殊警棒。他脫下身上的夾克，把肩掛式槍套掛在襯衫上，接著把手銬塞進牛仔褲後方脊椎骨附近。將警察手冊插進後褲袋，再穿上夾克。關上抽屜，再回到玄關。靠近玄關的廁所附近，有一個小小的鞋櫃，裡面放著一些工具。也有一捲打包行李時用的麻繩。

這是以前從打工的地方拿回來的。他用剪刀剪斷麻繩。三坪的房間裡鋪著粉紅色的地毯。他先用繩子在地毯上拉出一個人形。接著他在三坪房間和廚房的隔間，拉起疊成兩重的繩子。高度定在腰部的位置。接著他站在繩子外側，盡量不去注意房間裡的擺設，只看著房內的人形。感覺愈來愈膨脹。他知道自己已經進入了那個世界。

這裡正在進行現場蒐證。相機的閃光燈此起彼落，四處都有蹲踞的鑑識課員，採集著指紋和足跡。繩索周圍聚集著圍觀人群，大家你推我擠，伸長了脖子企圖往裡面窺探。

繩索旁站著一個戴著手套的制服警官——對了，忘了戴手套。他跨過麻繩，從書桌的另一個抽屜拿出白色棉布手套。手套質地很薄，在手腕處裝有暗釦。他隨意將手套塞進夾克口袋，回到繩子外圍。往後退了兩、三步。他眼中再次出現圍觀人群。

「請不要推擠，往後退、請往後退一點。」

可以聽到制服警官的聲音。他往前走近一步，警官發現到他，迅速地敬禮。

「辛苦了。」

他跟對方打了聲招呼，形式上出示了從後褲袋抽出的警察手冊。

圍觀人群訝異地看著一點都不像刑警的他。

他跨過繩索。鑑識課員們轉過頭來，他對大家點點頭。

他拿出夾克口袋裡的手套，套在雙手上，蹲在人形前。

「兇器是什麼？」

「是手槍。應該是麥格農。」

他皺起眉頭。「真慘。推測死亡時間呢？」

「就在三十分鐘左右前。」

他俐落地站起來，環視著周圍。「那犯人可能還在附近。」

「現在已經派人搜索這附近了。」

「告訴他們要小心。對方手裡可是有麥格農——」

他話說到一半，從腰部拿起眼睛看不到的攜帶式無線電。

「是，這裡是現場。特搜，怎麼了？」

「要求支援——」

無線電另一頭傳來「砰」的槍聲，對話到一半就變成雜音。

「快走！」

他的手迅速抽出自動手槍。一邊跑一邊拉出防塵蓋，將第一顆子彈送進彈室。一口氣跳過繩索——他沒忘記要將槍口朝向天空。

這齣獨角戲反覆上演了好幾次。每次都會加入不同變化，結尾還會有槍戰場面。而結束前的最後一句話，一定是：「快叫救護車。」

時間將近十一點，肚子早已餓扁了。裝著漢堡的紙袋被他丟在桌上，他拿起袋子，走進麻繩內側。刑警都是在事件現場吃飯的。他單膝就地，看著麻繩拉出的人形，大口地吃著漢堡。這次的案子已經是連續第四件了。搜查總部認為靠一般的搜查方法無法找出犯人，所以派了特搜的他前來支援。他一邊吃漢堡，一邊仔細地端詳著一旁的屍體。不由自主地蹙起眉頭，但是嘴巴並沒有停。

「是職業的嗎？」新上任的刑警戰戰兢兢地問。

「可能吧。而且技術不錯。」說罷，他站起身來。故事在這裡暫時中斷，他從冰箱拿出牛奶盒。直接就口喝著一公升裝的牛奶盒，吞下漢堡。

他突然想起那個犯人。不是這裡的殺人案。而是在新宿發生的殺人案。到底是何方神聖，竟然對警官下手。對制服警官下手，不會是職業殺手。既然要殺，還不如殺刑警。殺害刑警，是犯罪集團被追到絕路時常會使出的手段。

下次要什麼時候才能再撞見殺人現場呢？就算每天在新宿街頭走動，也可能永遠都遇不到。新宿也不見得每天都會發生殺人案，最理想的是守在新宿署附近，等到警車出動就跟在後面，但是他沒有車，而且也不知道警車的目的地是不是殺人現場。

真想站在繩索裡。真想成為其中的一分子。以前可能也曾經有機會接觸殺人現場。但是，就算看到街上停著大批警車，犯罪多半發生在房子裡，不會有機會窺探裡面的狀況。

如果自己再有機會遇見殺人事件的搜查現場，該怎麼辦呢？說到這個，自己今天雖然人在現場看到了什麼，其實並沒有好好觀察每個刑警的行動。他看到有人在拍照。那指紋呢？足跡呢？還有，今天這些刑警有沒有帶手槍？要是仔細看看他們的上衣，說不定就能知道。

一想到這裡，他就覺得坐立難安。甚至想再回到那個現場去。但是，現在現場已經沒有刑警了。有句話說，現場百遍，但真正的刑警並不一定會到現場一百遍。如果犯人屬於精神異常之類的人，很可能老早就被逮捕。

連續殺人、連續殺人——他腦中浮現出這幾個字。要是這起襲警事件是連續殺人事件就好了。如果是連續殺人，那一定會由同一個刑警來負責。他就可以在當場充實自己故事的真實度，可以目擊到各種場面。

他知道有些火腿族的興趣是接收警用無線。但是能夠接收到的只有警署類也就是各署的警車和署之間的無線通訊，會出動警視廳的大事件，用的是數位化無線通訊，所以無法接收，這是井川先生告訴他的。

殺人事件當然會由警視廳搜查一課出馬。要是能接收到一課便衣警車的無線通訊，別說殺人現場了，連逮捕犯人的現場都有可能知道。

但是這部分相當困難。井川先生說，警視廳無線以前並不是數位式的，因為火腿族增加，所以才改成數位式的。原因一定沒這麼單純，一定是曾經發生過犯人接收無線逃走的狀況。真想親眼看看。不管怎麼樣，真想去看看。

如果他每次都出現在重大事件的現場，刑警們會怎麼想呢？

他心想，要是自己有超能力，能預測重大事件何時何地發生，那該有多好。

7

晶穿著灰色背心和牛仔褲剪短做成的短褲，外面套著白色塑膠短夾克，現身在剪票口。手裡提著一個大紙袋。「拿去。」

接過紙袋的鮫島皺起眉頭。「這什麼？怎麼這麼重？」

「有菜刀、砧板、鹽、胡椒、醬油、盤子、平底鍋、湯鍋。」晶一邊走一邊說。

「什麼？」鮫島停下腳步，回頭看她。

「因為我完全不知道你家裡有什麼東西啊。我可是把自己家裡這些東西全部帶著去打工欸。」

「妳可以問我啊，至少菜刀會有嘛。」

「麻煩死了，而且這些我也比較習慣。」

「說倒是挺會說的。」

晶再次停下腳步，抱著紙袋緊跟在她身後的鮫島差點撞上她。「你是懷疑我做的菜不好吃囉？」

「我沒有那個意思啊。只是……」

「那就給我閉上嘴。」

鮫島還陪她去商店街買東西。晶買東西時會仔細地考慮，然後大膽地採買。錢全部都是晶付的。

「我付。」

「囉嗦。菜是我要做的，我來付。」

鮫島兩手提著紙袋，回到公寓。因為晶要來，他簡單整理過廚房。看到晶的住處，就知道晶是個愛乾淨的人。鮫島把行李放在廚房地板上，晶喃喃地說了聲：「好！」

脫下夾克。鮫島斜眼望去，注視著她背心的起伏。裸露的肩膀下方，木綿質地雄偉地往外隆起。「你東西還挺齊全的嘛。」晶打開廚房的櫥櫃探頭確認。

「先喝一杯吧。」說著，鮫島從冰箱拿出兩罐啤酒。

「你自己喝。我要準備東西。」晶對鮫島說，從紙袋中一一取出材料。

「陪我喝。」鮫島拿冰冷的啤酒罐輕碰了碰晶的大腿內側。晶跳了起來。

「白癡啊你！」

「拿去。」罐裝啤酒已經拿到她眼前。

「真是的……」晶嘟起嘴，拿過啤酒。拉掉拉環，跟鮫島手裡的酒罐輕輕對碰了一下。晶喝了一口，鮫島就抓住她的手把她拉近。「啊！幹嘛啦？」

鮫島貪求著晶的嘴唇。晶高高舉起啤酒罐，生怕灑出啤酒。剛開始還不斷掙扎的晶，過了一會兒也主動地纏上自己的舌頭。但是等到鮫島的手伸進背心下，她移開嘴說：「你這傢伙，在想什麼啊？」

「妳不知道嗎？廚房裡的女人，比床上的女人更讓男人衝動。」鮫島靈巧地解開她內衣的前釦。

「不要這樣。」鮫島的手指觸碰到胸部的尖端，晶大口地吸著氣，一邊這麼說。她聲音變得低沉，眼睛也開始泛紅。鮫島再次壓上自己的嘴。他把換到左手的啤酒罐放到流理台上，用空出來的手伸向短褲。

「不要啦……」晶移開嘴，看著鮫島的眼睛。這時候鮫島的手已經伸進了丁字褲裡。晶的膝頭一軟，鮫島抱住她，脫下她的短褲。

「運動之後，妳做的菜一定會更好吃。」

「笨蛋！」他抱起晶的身體。晶的手勾在鮫島脖子上，對他說。「快點脫啦。你這個色警察。」

晚餐的主菜是奶油煎鮭魚佐白醬和切塊菲力牛排。晶帶了兩瓶紅酒來，兩人喝完了其中一瓶，剩下的一瓶放在冰箱裡。

晶一開始收拾，鮫島就打開了電視，把頻道調到新聞台。這是民間電視台裡收視率很高的新聞節目。三則新聞之後開始播放廣告，畫面回到攝影棚的主播身上。「接下來是新宿所發生的襲警事件的後續報導。根據後續調查，目前得知犯行使用的是來福槍。這是本節目記者獨家調查所獲得的情報，消息來源可靠，估計不會有誤。我們也請到槍械及彈道學專家來到現場，請看下面的報導。」

切換到下一個畫面，ＶＴＲ裡出現一個鮫島沒見過的男人，在一間狹窄類似辦公室的房間裡說話。「從槍聲只有一發，還有兩位殉職警官的位置等等來推測，犯人所使用的槍彈可能具有相當強大的貫穿力。」字幕上顯示男人的頭銜為槍械評論家。但從他白皙又祥和的表情看來，這個人跟槍應該沒什麼交集。

「也就是說，這不太可能是一般的手槍子彈。當然手槍子彈裡也有像ＫＴＷ⓱這種為了提高貫穿力進行特殊加工的種類，但是在日本國內要拿到這些子彈非常困難，在美國也並不普及。如果是來福槍彈，有些地方會以獵槍使用的名義獲得販買許可，當然，持有獵槍的人就有可能買得到。」

畫面再次回到攝影棚。「關於犯行所使用的槍枝，警方好像還沒有發表任何消息。」

「沒有錯。就連兩位被害者是被同一發子彈擊中的訊息，都還沒發表。」

「看來今後的警方發表相當值得注目。」

鮫島叼起香菸。電視畫面突然變暗。一回頭，看到晶手裡拿著遙控器站著。

「看什麼電視啊？」自己帶來的圍裙下，只穿著背心和丁字褲。

「抱歉。」鮫島點起香菸，老實地道歉。

晶嘴角一揚。「我把新曲子的錄音帶帶來了，連歌詞一起幫我看看好嗎？」

「好啊。」

「太好了！」晶拿出錄音帶和五線紙。從第一次之後，晶一定會拜託鮫島替新曲填詞。

「對了，我們第一首單曲確定是〈Stay Here〉了。到時候再分你版稅。」

「不用啦。」鮫島從五線紙上抬起頭來說。歌詞只有第一段是用顏色較淡的鉛筆寫上的，方便馬上可以擦掉。

「為什麼不要？」

「我又不是為了錢而寫的。」

「要什麼帥啊。要是這首歌大賣，我們就一起來當作詞家吧。」晶在鮫島坐著的沙發旁盤腿坐著。

「叫我別當警察了嗎？」

「不想辭就別辭啊，那你可以用筆名出道。」

「我才不要取筆名。」

「有什麼關係！叫『新宿鮫』怎麼樣？」

⑰又稱「穿甲彈」，子彈上塗佈鐵氟龍，穿透力較高。

「不要啦。」
「那『色警察』？」
「難道妳希望被八卦雜誌寫，『Who's Honey』的主唱跟警察有一腿？」
「不錯啊。最好還拍到戴著太陽眼鏡，偷偷摸摸進出歌舞伎町飯店之類的地方的照片。」
「我可不幹。」
晶嘟起了嘴說：「警察不能交搞搖滾的女朋友？」
「不是。」
「那有什麼關係？」
鮫島放下讀到一半的五線紙，看著晶。
「我希望妳能夠唱自己喜歡的歌。妳是我的女人，但是身為一個搖滾歌手的妳，屬於所有喜歡妳歌的人。不是嗎？」
晶嘴角彎起，擠出滿臉的皺紋，顯得很高興。
「沒錯、沒錯！」
「既然如此，搖滾歌手的妳身邊，不需要有我的影子在。」
「如果我寫一首跟警察有關的歌，你會生氣嗎？」
「歌歸歌。」
「歌名就叫Shark，怎麼樣？」

鮫島無言地望著晶的臉。就在這時候電話響了。

「喂，我是鮫島。」鮫島拿起話筒。

「我是冬樹。剛剛有人打電話到店裡來，問和雄有沒有來，聽聲音應該是那個人，所以——」話筒傳來他近乎吼叫的聲音，生怕被卡拉ＯＫ的大音量蓋過。

「是木津嗎？」

「嗯，應該是。電話是我接的。」

「他怎麼問你的？」

「就問和雄有沒有來啊。我告訴他沒有看到，他又問，那最近有沒有來。」

「然後呢？」

「我跟他說最近都沒看到，然後我問他，如果來了需不需要替他傳個話，他就掛了……」

「我知道了。如果和雄到店裡，或者打電話來，請你通知我。」

鮫島掛上電話。他把晶一語不發遞過來的錄音帶放進迷你音響。

晶在租借攝音室裡錄音的曲子開始響起。貝斯拍弦的前奏之後，聽到晶未經修飾的歌聲，接著音樂一口氣爆發。

「開頭的部分感覺爆發力不夠。」晶一邊用膝蓋點著拍子、一邊說。

「Slow Down，Slow Down，再這樣下去，我們都要毀滅，如果改成Come here、Come here可以嗎？」

木津為什麼要找和雄？如果兩個人吵架、和雄跑出來，那只要抓住和雄，就可以問出不少關於木津的事。打電話到「阿伽門農」，就表示木津無法掌握和雄的去向。或者，木津因為工作需要，必須找到和雄。

「喂！」晶生氣地說道。「你有沒有在聽啊？」

「抱歉，看來我得出門一趟。」

晶有短短一瞬露出即將火山爆發的表情。不過她壓抑了下來，深深地嘆了一口氣。「那你帶我去。」

鮫島看著晶。

「如果不會礙到你工作，就帶我去。」晶的眼睛看起來好像就快要掉出眼淚。

鮫島心裡盤算的是，先揪出他的巢穴，跟蹤木津找到他的住處。木津一出現在「阿伽門農」，馬上跟蹤他找出他住的地方，然後再申請搜索令和逮捕令行動。

跟蹤時只要不被木津發現就不會有危險。逮捕時他預計會帶槍。木津要是知道會被鮫島逮捕，很可能會奮力抵抗，畢竟已經是第二次。可以確定的是，木津手邊一定有改造槍枝。

但是他到「阿伽門農」去，不太可能帶槍。「快準備吧。」鮫島說。

「阿伽門農」位於從甲州街道轉進的一條單行道上，在一棟大樓的四樓。對面大樓的二樓有間通宵營業的咖啡廳，鮫島帶著晶進了這間咖啡廳。他們找了一個可以俯瞰「阿伽門農」大樓入口的窗邊座位。

鮫島用這裡的粉紅色電話打了電話給冬樹，告訴他咖啡廳的電話號碼，要他找人時用晶的名字。這是為了預防他錯過木津進入「阿伽門農」那一刻的備案。

如果木津出現，他打算馬上叫晶回去。

冬樹告訴他，在那之後木津並沒有打電話來，人也沒出現。

「你還在追那個人嗎，就是你跟飛田律師提到的那個——」

咖啡廳很空，周圍沒有其他客人。

「沒錯。」

晶點點頭，把湯匙插進送來的布丁聖代裡。「他是什麼樣的人？」

「妳想聽？」

「也不是，反正閒著也是閒著。」

鮫島環視了店裡一圈。他們兩人的座位離員工所在的吧台距離最遠，其他還有一組四個人的年輕客人，正專心玩著電視遊樂器，不需要擔心說話內容被他們聽到。

「他是個被槍附身的男人。今年三十五歲，比我還小一歲。是東京人，在龜戶附近。」

「為什麼會被槍附身？」

「一開始好像是國中時候買的模型槍。男孩子都會有一段時期迷上這種東西。那傢伙走火入魔，後來還去拜師學藝。」

「拜師學藝？」

「在上野有個改造槍枝的大師。那個人表面上是個刺青師，其實背地裡製造槍枝。木津這傢伙跟這個大師學會了製作槍枝，和男人的滋味。」

「他是同性戀？」

「聽說他也跟女人在一起過。不過基本上喜歡年輕又有點壞的小子。像是暴走族或者街頭少年那一型的。」

「那個大師呢？」

「死了。有個流氓被那傢伙做的槍殺了，流氓的情婦殺了他。被殺的流氓和那個情婦都是大師的熟人。把大師介紹給這買槍傢伙的，就是被殺的流氓。」

「也就是說，這個流氓介紹人家買槍，結果自己被那個人殺了？」

晶在布丁上塗著鮮奶油，一邊送進嘴裡一邊問。

鮫島點點頭，眼睛一直注視著對面的大樓。

「真誇張。」

「壞人的世界很小。經常會遇到熟人，也容易跟人結怨。就算是對方自己惱羞成怒也一樣。」

「師父被殺之後，他怎麼了？」

「警察來之前，從工房把師父的道具和半完成商品全都帶走的，就是這傢伙。殺害師父的女人被抓到，正要帶到總部的時候，這傢伙埋伏在一旁，射殺了那個女人。」

「死了嗎？」

「沒有，子彈打到旁邊刑警的手臂，他當場被抓，判了兩年。當時他二十二歲。不過在偵訊的時候，他死也不說出自己帶走的道具到底藏在哪裡。」

出獄的木津很快就繼承了師父的買賣。工業高中輟學、原本就手巧的木津，技術很快就青出於藍。

當時手槍的走私還沒有現在多，就算有，也多半會被檢舉。不過有一段時期在關西地區發生了流氓戰爭，導致手槍需要一口氣暴增，所以木津在關西待了一陣子。之後市場上出現大量走私手槍，變造槍枝的數量銳減。

這時候木津回到東京，除了改造槍枝以外，開始製造改造槍。這就像是刀裡面的機關棒一樣。

「什麼是變造槍？」

「比方說看起來像一支傘的槍，或者把槍藏在公事包或書裡。這樣一來即使身上帶著槍也不容易被發現，愈來愈有可能被槍襲擊的流氓頭目趨之若鶩，大肆購買來讓貼身保鑣帶在身上。」

終於，有一個貼身保鑣用了這種槍，保鑣的頭目正受到對立組織威脅，被射殺的人因為開車跟貼身保鑣與頭目共乘的車發生擦撞事故，所以當場被射殺死亡。貼身保鑣在偵訊中供述，他以為司機是對立組織派出的殺手。

車主是個經營不動產的業者，開的是進口車，因而引來了招致死亡的誤會。

鮫島從貼身保鑣的自白中，知道了他購買槍枝的來源是木津，在四科的請求下，他找出木津的住處，逮捕了他。但是兩年後，也就是去年年底，木津出獄，重新開業。

「木津在住處以外還有一間工房。但是到目前為止，他從來就不肯透露工房在哪裡。那個地方就是他的『工房』。如果不找出這個地方，就無法把他當慣犯問罪，而且他不管被關幾次，出來之後都能馬上重操舊業。」

四星期前，兩個亞洲賣春集團的首腦被射殺，其中一人死亡，另一人受重傷。亞洲人在新宿的非法勞工與日俱增，其中甚至出現了有組織的行動。

這次被射殺的兩個人，都負責管理亞洲外國人娼婦，就是所謂的皮條客兼保鑣。他們做生意的方法相當露骨，結果當然跟新宿當地的幫派產生了對立。

雙方曾經發生過一次摩擦，當時地方幫派的小混混受了輕傷。位居首腦的兩人手下，有十幾名賣春婦和四個貼身保鑣，都是沒有正式工作簽證的外國人。

「跟他們對立的幫派，就是纏著妳朋友不放的那些人。」

「原來是他們啊。」晶口中喃喃唸著。

在歌舞伎町割據一方勢力的幫派，共有將近二十個團體，如果計算他們設立的所有事務所，大概有將近兩百處。其中也有關西派的幫派在這個自己地盤外的區域設置事務所，當作「外地據點」。追殺克次的幫派，是關東共榮會旗下的藤野組。他們主要的收入就是賣春和甲苯的黑市交易。

「所以當時在吉祥寺的那群人，其中一個就是兇手？」

「嗯，開槍的人自首了。他沒有供出手槍從哪裡來，不過鑑識課查出槍是木津的作品。」

「是誰開的槍？」

「一個叫真壁的男人。」

晶點點頭。「是那個拿著電話的人吧。」

「沒錯。真壁他一個人單槍匹馬闖入亞洲人集團的據點，射殺了首腦。被抓到的時候，他自己身上也被刺，受了重傷。」

真壁自己開車到新宿署自首。當時他側腹部和背後被刺傷，座椅上已經整片血海。渾身是血的他走進新宿署入口，對當班警官說：「叫『新宿鮫』來。」

說完這句話，就失神昏厥。因為大量出血讓他差點沒命。他恢復意識時，鮫島站在醫院病床旁。真壁主動說出自己的犯行。唯一堅決不承認的，就是槍枝來自木津那裡這一點。

真壁所用的槍，是一支乍看之下會以為是打火機的槍。可以完全包握在手中，發射出兩發點二二口徑的子彈。

真壁先用一發擊穿其中一人的眉頭，再用另一發打中另一人的喉嚨。

他早就預料到進入據點時需要接受身體檢查，所以準備了這樣的道具。

「你看！」晶說。

一台計程車開進單行道停了下來。一個穿著格紋西裝外套、戴著淺色太陽眼鏡的瘦削男人下了車。他仰頭望了望對面的大樓，走進電梯間。

「是他。」鮫島說。

8

木津的身影消失在「阿伽門農」那棟大樓中過了十分鐘後，咖啡廳的電話響了。鮫島站起來，是冬樹打來的。

「呃，我是打來問錄影帶那件事的……」冬樹的聲音聽起來很緊張。

「知道了，謝謝。你放心，已經沒你的事了。」說完後鮫島放回話筒。

「那我回去囉。」

他回頭時看到晶已經站起來。

「東西我下次休息時再去拿可以嗎？」

鮫島點點頭。晶也對他點點頭，彎起嘴角笑了。「晚飯很好吃。」

「嗯！」晶高興地說著，走出咖啡廳。

鮫島拿出筆記本，抄下木津剛搭的計程車公司名稱。萬一今天晚上跟丟了，也還留有一條線索，可以向計程車司機確認木津在哪裡上車。他回到座位上，再次俯瞰大樓入口。木津這麼快就有行動有點出乎他意料。距離兩名警官被殺，還只過了四天。

木津有駕照，出來之後經常開車。今天晚上搭計程車，可能是擔心遇到路檢吧。對木津來說，這趟出門要冒不小的風險。他跟和雄之間果然出了什麼事。他也可能懷疑其實和雄人在店裡，只是「阿伽門農」的員工幫忙掩飾。

鮫島暗自決定，這次逮捕木津時，一定也要追蹤到「工房」的地點。

鮫島看看手錶，距離午夜零點只剩下幾分鐘。今天是星期五，再過一會兒這個時段就很難叫到計程車。鮫島判斷，木津可能會在「阿伽門農」打電話叫車，或者繼續在店裡喝到路上容易招到車的時段。

鮫島喝了一口變涼的咖啡，醉意已經完全清醒。現在還有沒有時間回署裡申請便衣警車呢？請有空的人開來，可能是最保險的方法。但是現在署裡設置了特別搜查總部，而且時間已經將近十二點，正是生意最好的時段，難保署裡還有空出的便衣警車和得空的人。

鮫島站起來，打了電話回署裡。果然，便衣警車已經都出動。鮫島很後悔沒開自己的車來。鮫島的車是一般配備的中古ＢＭＷ，停在住處附近的停車場。之所以大手筆地選擇ＢＭＷ，是因為在尾隨跟蹤時，比較不容易被識破。

不過剛剛他離家的時候身上還有酒氣，要是開車來新宿，很可能會因此丟了工作。

鮫島打電話給計程車公司。為了因應這種狀況，警察有時候會請計程車公司緊急派車。當然這並沒有強制力，計程車公司會自發性地優先發派空車。

電話上說，計程車十五分鐘後到。要是木津在那之前離開，一切計畫就泡湯了。到時只能賭一把要求他自願同行⑱，或者記住他搭的計程車，之後再調查他下車的地點。要是沒有特別重要的事，木津應該不會在警戒森嚴的新宿街頭遊蕩。就算木津答應自願同行，到了這個地步要找出「工房」所在地就更難了。想找到「工房」，除了繼續監視木津也別無他法。

計程車大約十二分鐘後到。鮫島很快結了帳，離開咖啡廳。接受派車的司機並不知道這是警察的委託。當然，就算搭車的是刑警，車錢還要照收。

鮫島坐進計程車裡，出示了警察手冊，說明原委，要求司機協助。這生意正好的時段卻不能開車上路賺錢，只能停在這裡收延滯計時費，司機露出不服氣的表情。

「車錢照付，這是額外的謝禮。」鮫島給了他一張五千日圓鈔票。為了逮到木津，他花了大筆拿不到收據最後也無法報銷的搜查費。全都是為了找到木津的「工房」。

鮫島要司機把計程車開到單行道的出口附近，關掉所有的燈光，換上「回送」的牌子。接著他自己走出計程車外。他在計程車外抽了根菸，然後回到車裡，跟司機閒聊幾句，打發時間。那五千日圓的小費總算是讓司機願意協助刑警埋伏。

午夜兩點多，一台亮著「接客」黃燈的計程車停在「阿伽門農」大樓前。像這樣停下的計程車，這已經是第三台了。「阿伽門農」這棟大樓裡還有其他餐廳，看來應該是餐廳的客人叫的無線計程車。

鮫島人在車裡，利用調好角度的後照鏡，注視著大樓入口。一個瘦高的男人迅速坐進計程車，鮫島立刻轉頭。大樓入口附近的霓虹燈，讓車裡木津的臉可隱約辨識出來。

⑱原文為「任意同行」，犯罪嫌疑人出於自由意識同意隨同警方同行。亦即，犯罪嫌疑人若有拒絕的意思，得以拒絕。

「請發動引擎。」

把座椅倒下正在聽著深夜廣播節目的司機急忙撐起身子。

「先不要開燈。」

木津搭的計程車從旁邊疾馳而過。鮫島屈著身。

「好，快追。」

「終於等到了啊，刑警先生！」司機發動了車子。

鮫島沒有回答他，把對方的計程車公司名稱寫在手冊上。

深夜的計程車尾隨，是種不太擔心會失敗的跟蹤方式。但是對方知道鮫島的長相，所以要小心在紅綠燈前並排停止時，被對方看到。

木津搭的計程車開上甲州街道後先左轉，然後直接往前開，匯入新宿通。

「你知道他大概會往哪裡去嗎？刑警先生？」

「我猜是深川那邊。」

「這樣的話應該會從半藏門繞過皇居，再走永代通吧。」

鮫島還記得冬樹說過，木津和和雄是在門前仲町的小酒店認識的。

木津原本出身江東區。職業罪犯不喜歡住在不熟悉的地方。要是自己被釘上，他們需要有能夠藏身的朋友家等等，方便利用的地利。再加上門前仲町附近的小酒店，很少會有特地從外地來喝酒的客人。就算有，也是千葉那邊的人，總而言之，在方位上都是東邊的人。

實際上木津搭的計程車真的在大手町右轉，開上永代通。過了永代橋後，車輛的數量減少，車速也加快了。永代通的路面受損很嚴重，而且車速又以七十公里以上的時速疾駛，計程車不斷激烈地上下震盪著。

「這條永代通的路面，在東京都內是數一數二的糟糕啊。」

發出轟隆巨響超車的大型卡車，時速將近一百公里。

「有這麼多大車在跑，難怪把馬路壓得坑坑巴巴的。」

計程車開過門前仲町的十字路口，在富岡八幡前右轉。

「右轉後停車，然後馬上關燈。」

「好。」

木津的車右轉之後不知道會繼續前進多少距離、在哪裡停下。也有可能右轉後過了幾十公尺才停下來。鮫島想，木津下車時一定會很謹慎地注意周圍。到時候要是剛好有另一台計程車通過他眼前，木津可能不會認為是單純的巧合。

江東區這附近有許多隅田川的支流流過，大橫川、仙台堀川、平久川等小河，交錯在隅田川和荒川之間，被河川切分成數個區塊的這個地區，架著好幾座大小不等的橋。右轉之後前進一點點，可以看到一座小橋。木津的計程車過了那座橋，然後左轉。這些狹窄的道路幾乎都是單行道。

「好，可以開車了，不過別開燈。」

路上有街燈，沒有追撞的危險，但是司機嘴裡還是唸叨著：「這可麻煩了。」

但他終究聽從了鮫島的指示。

來到那座橋前，鮫島要計程車停下。他看到過橋後轉彎兩百公尺左右前方，停著點亮煞車燈和車內燈的計程車。

木津下了車。任憑他再怎麼小心謹慎，也沒有注意到鮫島的計程車，直接進了右邊那棟建築物。

鮫島等了幾分鐘，才走出計程車。他徒步走到木津進去的那棟建築物前。

看來是一棟還很新的租賃用公寓。樓高三層，形狀呈橫長型，好像沒有電梯。每一個樓層各有約四間房間，還點亮著燈的，只有面對公寓二樓左邊的房間。

鮫島看了看一樓入口的信箱區。亮著燈的房間是二零四號，二零四號房的信箱上沒有放名牌。鮫島抄下公寓的名稱和住址，回到在原地等待的計程車上。

終於鎖定他的巢穴。接下來，就是直搗「工房」的時候了。

9

他心想，終於等到了這一刻。自從那天以來，一直有個念頭徘徊在腦中，遲遲不走。站在繩索內側。跟刑警們用同樣的眼光觀察現場。自己也要成為現場少數人中的一分子。

要達到這個目的，只有一個方法。順利的話，他從開始到結束，都可以是其中的一員。要成為其中一員、站在繩索內側，這才能證明他跟刑警以外的所有人是不同的。

他是不一樣的。他將不再是個普通人。他會跟刑警們站在同一邊、站在繩索內側，跟其他的圍觀人群或者電視台的人不同，是個特別的存在。沒錯，自己是與眾不同的人。不能待在繩索外側。他從很早以前就發現，自己一定得到繩索裡面去才行。

一想到這裡，忽然感覺一切都豁然開朗了。就好像在黑暗中兜圈子盲目摸索著出口，突然發現腳邊就有樓梯一樣。

自己要成為其中一員，要跟那些刑警成為夥伴。他的思考加速，用驚人的速度逐步擬定出計畫。首先要打電話。用新宿車站的公共電話。十秒，不能再長。

他在西武線新宿車站下了電車。距離那一天，剛好過了一星期。殺害警官的犯人還沒抓到。襲警案必須是連續殺人。犯人一定還會射殺其他人。犯人是用來福槍射擊警官的。來福槍是一種可以從遠距離殺人的槍。刑警們一定特別針對樓層高的建築或者空大樓屋頂進行著警戒。來到新宿車站東口的公共電話前，他重新拉整了一下肩上掛的肩包。指尖都被汗水沾濕了。

電話亭有四個，現在都有人用。其中最右邊的電話亭看來快要講完了。穿著西裝看起來像業務員的男人，正闔上萬用手冊，對著話筒敬禮。他的手插在肩包裡，常用的白手套就放在這裡面。只有右手戴上了手套，戴著手套的右手插在休閒褲的口袋裡。這個季節戴手套太醒目了，所以才插進口袋避免引人注意。

業務員推開了電話亭的門。他故意裝作沒發現，站在隔壁的電話亭前。

這是為了避免對方記住自己的臉，所以不想跟人有眼神交會的機會。

看到電話亭空出來，他卻不打算進去，業務員有一瞬間露出了狐疑的表情。不過，他很快就邁開步子離開了。

在這條街上，沒有人會在意其他人的存在。擦身而過之後，馬上就會忘掉──他這麼對自己說著。即使如此，他心裡還是有些不安。他轉回頭，看看剛才的業務員。那人頭也不回，正要過馬路。他將右手從休閒褲中抽出來，迅速地打開電話亭的門，儘可能快速地進去，然後轉身背向馬路。好，第一階段，成功。應該沒有人注意到自己的手套。

他翻著口袋，拿出了十圓硬幣。硬幣掉進電話機前，他用手套的指尖摩擦了好幾次。掉進電話機裡的十圓硬幣有很多個，應該找不出哪個是他的，但小心一點總是好的。

用電話卡的話，在掛斷電話到卡片退出為止，要花上幾秒的時間。所以他才特地用十圓硬幣。他把兩枚十圓硬幣丟進公共電話機裡。拿起話筒，橫放在電話機上。

汗水如注地迸出。戴著手套的指頭按下號碼。最後四碼是「〇一一〇」，警察署的後四碼都是一一〇。按完的同時，他把話筒拿到耳朵前，稍微隔了一點距離。說不定警察會從話筒上附著的耳朵汗水，發現血型。

「喂，這裡是新宿警察署。」女總機說道。接電話的速度很快。話筒裡的嘟聲幾乎還沒來得及響起。這速度讓他倒吸了一口氣。

「喂，請問有什麼事嗎？」

「喂……」

他終於開了口。不要緊的，這不是一般的一一〇報案電話，警察署本來就可能有各種人打電話來，不會只因為打電話來就被懷疑。而且，現在接電話的並不是刑警，只是個總機。

「喂，這裡是新宿署。」

「請……請接搜查總部。」

「請問您要找哪個搜查總部？」

他嚥了一口口水。從這裡開始不能花太多時間。

「襲警事件的那個。」

「請稍等一下。」

他隱約感覺到總機小姐的聲音裡多了一分警戒。

他的耳中流進電話等待時的嘟嘟聲，不過僅僅響了一次就停下來，「喂，這裡是一科。」接電話的是個男人的聲音，說話方式抖擻有力，現在他正跟刑警在說話。

「喂，這裡是一科？」接電話的刑警又說了一次。

他深深地吸氣，然後一口氣說完台詞：「告訴外山、我還會動手。警察、還會死。我、最討厭、警察。」

要說什麼他事前就決定好了，也練習過好多遍。

「不好意思，電話聲音很小聽不太清楚，你剛剛說什麼？還會有什麼？」

他看著話筒，正想再重複一次同樣的話。

這時他突然一驚，對方不可能沒聽到，這刑警打算拖延時間，他想要追蹤電話來源。

「警察、還會死。」

他放下話筒。格外用力地掛上電話，喀鏘的聲音，迴盪在電話亭裡。快，馬上離開這個地方，他急忙拉開電話亭的門。左手不自覺地要去拉門，又連忙縮回來。門快要關上，撞上他的額頭。他顧不得那麼多，身體擠出電話亭外。兩個十八歲左右的女孩排在電話亭外，瞪大了眼睛看著撞到頭還一邊跳出電話亭的他。他把右手插進口袋，若無其事地開始走。他全身被汗沾濕。手套還不能脫下，計畫還有第二步。

歌舞伎町的人潮還不太多。他往科瑪劇場的方向筆直走去，右手插在拉鍊敞開的肩包中。指尖碰觸到放在肩包中小置物包裡的細長東西。接著是這個。

被電影院包圍的歌舞伎町廣場上，人果然不少。大家圍繞著花圃或坐或站，其中大部分都在等人。

他心想，快把這件事解決掉，然後到「極限男子漢」去吧。

中央的大花圃開著紅色和黃色的花，周圍聚集了許多人。其中有個戴著太陽眼鏡看起來面相不善的男人，正坐在花圃邊緣，蹺著腳抽菸。有好幾群五、六個女孩一圈的集團，圍著花圃邊站著。附近店家的拉客廣播或者電玩中心的電子音樂不斷地流洩出來，四邊被大樓包圍著，聲音在這小小的廣場當中嗡嗡地迴響。

他突然感到一陣難忍的燥熱，彷彿只有這個地方的氣溫，在新宿地區特別地高。

鈴聲響了，是電影院的開演通知，不少客人聽了之後快步地奔跑，趕快、趕快。他的右手依然插在肩包裡，在花圃邊緣坐了下來。離他有點距離的那個面相不善的男人突然站起來，讓他嚇了一跳。

「怎麼這麼慢啊。」

「對不起嘛。」

「都開演了耶。」

鼻子裡竄進一股濃烈的香水味，穿著黑色褲裝、化妝很濃的女人小跑步通過他身邊。男人已經背向這裡，走向廣場後方的電影院。女人追上前去，想抓住那男人的手臂。

他重新調整屁股坐的位置，看了看周圍。肩包放在他的膝上。

他慢慢把肩包放在自己右腰旁的位置。左手抓住包包的一端，放在肩包裡的右手，抓住了小置物包裡的細長物件。他盡量讓視線往前看，不要低頭看肩包。

他裝作不經意地轉頭看看後方，沒有人在注意他。

包包底部有十公分左右從花圃邊緣突出到花圃內側。下面是黑色的土和茂密的植栽。

昨天晚上，他用美工刀在肩包底下開了個洞，他從這個洞把右手抓住的細長物件推了出去。東西無聲地掉落在草叢中。自己站起來之後，會不會被人發現？是不是掉在太醒目的位置了？要是太醒目就不妙了，不過如果太過隱密，之後沒人找得到，這也不行。

他就這麼靜靜地坐了一會兒。兩個女人一邊說話一邊走過他面前。聽到的並不是日文。

他伸出左手輔助，把肩包拉回膝上。在包包裡脫掉右手手套。胸口的鼓動已經緩和了許多。

待會兒到「極限男子漢」去，跟井川先生稍微聊幾句，離開店裡之後再打一次電話，要在哪裡打電話他也已經決定好了，然後再回到這裡來。

到時候，一定可以看到所有的經過。

10

又有警官被殺，鮫島在一家中式菜館吃晚餐時知道了這個消息。

中式菜館離木津的公寓很近，就在永代通上。一個小時左右前，木津在這裡吃過晚餐。吃完之後他又回到了公寓。鮫島判斷他應該暫時不會外出，所以也進了同一家店。

這三天木津除了吃飯和買東西，幾乎沒有正式外出，一直窩在住處。

鮫島已經開始厭倦在店外用餐，外帶的便當或漢堡他已經吃膩了。可是在沒有人可以跟他輪班釘梢的狀況下，這也是不得已的。木津住處斜對面有個鐵工廠的材料堆放場，他解釋了原委，借用這裡的管理小屋來監視木津。

鮫島已經知道木津把舊型日產公爵停放在稍有一段距離的露天停車場。附近的居民說，很少看到車子不在，就算開出去，頂多一、兩個小時就會回來。

管理小屋是一坪半左右的組合屋，雖然可以防雨，但是陽光太強的日子裡面就會熱得像三溫暖一樣。屋主要求禁菸，所以他也不能抽菸，只能坐在自己帶來的鐵椅子上，除了等待還是等待，就這樣過了三天。時間將近九點，中式菜館就快要打烊。

鮫島進入店裡，看來像是店主的上了年紀的白衣男子正打算收起門口的暖簾。

「如果不介意吃炒飯的話，材料還有。」店主的好意讓鮫島得以坐在桌前用餐。送上炒飯之後，店主把電視頻道轉到ＮＨＫ，坐在其中一個位子上。

「新宿又有警察被襲擊，其中一人死亡，另一人重傷。」

主播報出了頭條新聞的第一句。鮫島停下舀湯的手，盯著畫面。

這次的犯行發生在天剛暗下來的下午六點四十分左右。巡邏中的新宿署交通課警車在北新宿通稱「稅務署通」上，因遇到紅綠燈停車，從後方駛來的機車停在警車的右側，之後隨即開槍射擊。兇嫌總共發射了二發子彈，坐在駕駛座的金井巡查部長被穿過玻璃的子彈擊中頭部身受重傷。左前座的長谷部巡查從右肩射進左肺，當場死亡。

犯人頭戴全罩安全帽，機車是越野機車用的車型，車牌事先用泥巴塗過。

「警方正迅速進行槍彈鑑識，目前懷疑跟上週發生在歌舞伎町二丁目的襲警事件為同一個犯人，正傾盡全力追捕犯人。」

這次不是來福槍？他頓時沒了食慾，鮫島一邊放下舀湯的湯匙，一邊思考。

犯人騎著機車，而且還是在警車旁邊開的槍，這表示用的並不是來福槍。

「逃跑的犯人服裝是暗色夾克和牛仔褲。長相因為戴著安全帽，因此並不清楚。」畫面切換到醫院。記者從病房大樓的前院實況轉播。

「這裡是重傷的金井巡查部長被送進的東京醫科大學醫院。醫院離現場很近，同時距離金井巡查部長服務的新宿警察署，也近在咫尺。事件發生時間是在下午六點四十分左右，金井巡查部長並不是由救護車送進醫院，而是趕到現場的警車。根據醫師小組表示，目前雖然已經取出頭部的槍彈，可是依然處於意識不清的狀況，還不能掉以輕心。到底為什麼接二連三地有警察，特別是新宿署的警察被襲擊呢？上週的案件也尚未解決，搜查總部勢必需要大幅檢討目前的搜查佈局。」

畫面切回攝影棚。

「接下來是剛才在新宿署特別搜查總部所舉行的記者會畫面。」

「狙擊執行勤務中的制服警官，以殺害為目的重複犯案的行為，是對法治國家的挑釁，奪取身為法律守門員的警察官生命，這樣的犯行等於危害到法律本身，我們絕對不容許發生。搜查總部將會增強部署，盡全力執行搜查，一定要避免今後再次發生相同的犯行。」

說話的是警視廳的刑事部長。他雙頰泛紅，眼睛裡透露著強烈的怒氣。

兩件警官殺人事件，都讓警視廳的威信掃地，狼狽不堪。

攝影棚中請到評論家來分析犯人形象。

「首先，犯人很可能對警察和警官抱著相當強烈的憎恨。過去可能跟警官有過某種形式的糾紛，因此導致他憎恨所有警察。之所以在新宿犯案，當然很可能因為當時的糾紛發生在新宿。」

「至於另一種可能，就是具有相當反體制思想的游擊組織，也就是所謂恐怖分子的犯行。對他們來說，警察就是『敵人』，所以奪取警察的生命，自然是當仁不讓的行為。雖然沒有犯案聲明，但如果真是恐怖分子下的手，今後恐怖行動很可能愈來愈激烈。」

鮫島勉強自己嚥下半盤炒飯。

距離上次犯案剛好過一星期，發生在星期一。肯定是有計畫的連續犯案。

縱火案之類的犯罪，在固定日子發生並不少見。縱火這種犯罪，犯人都具有某種以犯罪為樂的傾向，比起火災本身的規模，犯人更期待看到人潮聚集、大家驚慌失措的景象，犯案的動機多半來自期待享受這種樂趣。

這種情況下，犯人可能會在看完每星期必看的電視節目，或者職場上固定舉辦某些事件的日子等等，配合這些時間來犯案。也有些例子是固定一定會在休假日犯案等等，生活中的規則性導致了連續犯罪的產生。因此，要抓到犯人其實相對容易。不過，這類連續犯罪隨著次數的增加，間隔會有縮短的傾向。

間隔一星期，就連續犯罪來說，是相當短的循環。如果犯行加劇，可能變成每隔三天、甚至每隔一天就會發生，這同時也增加了逮捕犯人的機會。同時，被害者的人數也會增加，搜查總部將會背負著這樣的兩難。

鮫島猜想，高層有可能會命令所有新宿署員攜帶手槍。步出中式菜館後，鮫島徒步回到管理小屋。他一邊走一邊抽菸。小屋裡晚上是不能開燈的。木津的房間窗口透著燈光。

坐在小屋的鐵椅子上，鮫島透過小窗扇望著木津的窗口。

搜查總部既然要增強部署，除了警視廳的人力，勢必也需要新宿署內的人力支援，到時候一定會要求警備課和防犯課支援。

鮫島不希望現在被派去支援。

他已經找到木津的住處，還差一點點就能追蹤到「工房」的所在。只要毀掉這個「工房」，哪怕木津很快就出獄，他也無法重操舊業。這就是為什麼木津絕對不可能把住處和工作場所混而為一。私造槍械需要轉盤等等各式各樣的工具。除此之外，槍沒有子彈也沒有意義，因此鮫島推測，木津的「工房」裡應該保管了數量和種類都相當可觀的子彈。

他不可能忍太久。

木津這個男人，就算能忍著不碰酒色，也不能長時間不碰槍。不到聲色場所去玩樂，他可能覺得無所謂。但是，不能到工作的地方去摸摸自己做了一半的槍、沒讓身體沾點油污，這種時間長久持續下去他是受不了的。

鮫島上次逮捕木津，是他剛被轉調到新宿署不久之後的事。

發現木津是同性戀的就是鮫島。木津當時已經被通緝，他並不知道這件事。木津造槍的技術那時候在幫派頭目間相當有名。不過，這些頭目當然不可能把木津的聯絡方法告訴警察，木津也只用特殊的聯絡方式跟他們接觸，避免跟顧客見面。

在四科的要求之下，防犯課的另一個刑警開始追查木津的下落。鮫島主動要求協助搜查，他到上野署去，查清了木津的底細。

他的調查結果發現，木津常去的店裡，有好幾家都是專作同性戀生意的店。當時還沒有被木津知道長相的鮫島，開始持續監視，終於在其中一間店裡逮捕到木津。

逮捕木津時並沒有太激烈抵抗。他和鮫島在這家店是第二次碰面，當木津知道鮫島是刑警時，打從心裡覺得驚訝。

「我看得出誰是刑警，特別是新宿的刑警，可是你身上沒有那種味道。」

「真是抱歉。」

木津笑了。臉型細長的木津膚色很白，眼睛細長，長相俊俏。如果對女人有興趣，應該也不愁沒對象。可是，他瞇起眼睛的笑臉，卻有種令人悚然的寒意。

「新人？」

「算是吧。」

坐進警車被護送到新宿署這段期間，木津從其他刑警口中聽到關於鮫島的事。鮫島搭其他的車回到署裡，通過偵訊室門前時，戴著手銬剛好一個人在那兒的木津叫住了他。

「聽說你是警部？」木津說。

鮫島看著木津。

「你同事說，你是個連一個部下都沒有的警部。」

鮫島沒說話，正打算離開。木津開始大聲笑。

鮫島停下腳步。

「下次如果再見面……」木津說，「我再告訴你男人的好。」

「不用了。」

木津搖搖頭。「不，我一定要教你。是你同事告訴我，要我好好教你的呢。」這句話後接著一陣歇斯底里的笑聲。

木津預告了他將要侵犯鮫島。而慫恿他這麼做的，是同屬防犯課的刑警。鮫島那時候感到刑警辦公室同事們冰冷的視線，投射在他背後。

負責偵訊的刑警沒能讓木津供出「工房」的位置。所以木津雖然是重犯，刑期卻大幅地縮短。他們沒讓鮫島參加偵訊。

B.B. Call的聲音讓鮫島回過神來。是來自新宿署的傳呼。

鮫島關掉B.B. Call的開關。他可不想在這時候被叫回去，被發派到搜查總部去。他並不是對殺害警官的犯人不感到憤怒。但是，要是所有警官都加入這個案子的搜查，那會變成什麼樣子？除了殺害警官以外，還有很多罪犯。對於警察組織全心只放在保護威信上的反彈，讓鮫島更執著於逮捕木津。最重要的是，木津曾是鮫島自己親手送進監獄的男人。明天可能得到署裡露個臉，但是至少今天晚上，無論如何他都想繼續跟緊木津。

快行動啊！鮫島看著木津房間的燈光，在心裡這麼祈禱著。

「總部希望你去。」桃井說。

隔天早上到署裡後，鮫島很快就接到這樣的指令。他搖搖頭。

「我拒絕。」

「現在兩方面都逼得很緊，坂巡查的父親和警視廳。」
「那跟我沒關係。」
「上面特地指名你去啊，警視廳公安想要用你。」說完後，桃井盯著鮫島的臉，又壓低了聲音說。「他們說，想要找有經驗的人。」
「是香田警視嗎？」
桃井既沒肯定也沒否定。
香田假借增強部署的名義，想把鮫島放在手下，對他頤指氣使。
鮫島回望著桃井的視線，桃井若無其事地移開了視線。
「我已經找到木津的巢穴了，我想繼續查出他工作的地方。」
「你跟了幾天？」
「三天。」
「夜襲也不行嗎？」
夜襲是指趁對方熟睡時偷襲的意思。
「他不會把道具放在家裡，一定放在其他地方。」
桃井閉上眼睛。「要是跟公安說了這些，他們一定會要其他人來釘梢木津吧。」
「公安這次是抓不到犯人的。」
「為什麼？」

「因為這個案子可能不是極左幹的。」

「那你能不能自己去說？」桃井說，聲音聽起來很疲倦。

「好，我知道了。」鮫島回到自己的座位，開始填寫木津的逮捕令和搜索令申請書，接著他走向設置在署內的搜查總部房間。總部剛結束早上的搜查會議。負責訪談的部隊陸續出動。藪好像也參加了會議，正要離開房間。

「等等打電話給我。」跟鮫島錯身時，他低聲地這麼說。

鮫島點點頭，進了房間。香田坐在房間後方的白板前，手插在口袋裡，正用高傲的態度跟新宿署搜查課課長說話。鮫島一進房，原本嘈雜的搜查總部頓時安靜了下來，高聲說話的聲音變低，還有好幾雙眼睛望著鮫島。

香田發現鮫島的出現。「辛苦了，隨便找張桌子用吧。」口氣聽起來像例行公事，他似乎打算繼續跟搜查課課長談話。

「香田警視。」

「什麼事，鮫島警部？」

「關於支援的事，請容我拒絕。」

總部完全地安靜了下來。

香田的臉上沒有表情。「有進行中的案子嗎？那請讓其他的防犯課員接手。」

「不行，因為是我一個人單獨查案。」

「單獨查案？新宿署可以容許這種辦案方式？」

「警視──」搜查課課長正要解釋，香田伸手制止了他。

「如果是署長的命令，你就會乖乖聽話嗎？」

「您請便。」鮫島說完，便轉過身去。

「鮫島。」

鮫島回頭。「有何貴幹？」

香田的嘴角扭曲。「你說話不怎麼有禮貌啊。不過你要知道，署裡沒有一個人會護著你。我聽說你在追查私造手槍的傢伙，現在署裡可沒有那個閒工夫。你既拿不到狀紙，也沒有人力會支援你的行動，你打算怎麼抓人？」

「這我也不知道。」

「你想降為巡查嗎？」

「公安的警視有警署的人事權嗎？」

香田盯著鮫島，最後他用低到幾乎聽不到的聲音說：「給我滾。」

鮫島無言地離開房間。

回到防犯課的鮫島，打了藪的分機。一知道電話是鮫島打來的，藪就用他溫和的聲音說：「要不要來喝杯冰咖啡？」

十五分鐘後，鮫島人在西新宿高層飯店的咖啡廳裡。這間飯店的大廳在二樓，大部分的客人要喝茶都會去二樓或一樓的沙龍。這間位於地下一樓的咖啡廳，形狀細長，平時客人就很少。鮫島和藪在最後方的位子，面對面坐著。

「總部跟電視新聞之間有協定不能報導，其實昨天署裡接到了犯案預告。」

藪一口氣喝乾送來的冰咖啡，又點了一杯。

「是極左嗎？」

藪搖搖頭。「我看不是。這裡有拷貝的帶子，要不要聽？」

藪附帶說明，搜查總部為了因應極左集團的犯案聲明，將所有外線電話全都錄音起來。

他從寬鬆的外套拿出隨身聽。

「為什麼要讓我聽？」鮫島有一瞬間懷疑，香田是不是想利用藪，來拉自己進搜查總部。鮫島雖然在其他刑警面前讓香田難堪，但是，如果他真心認為鮫島對搜查有幫助，不管用什麼手段，都一定會設法網羅。

「這個待會兒再說，你先聽聽看。」

鮫島把耳機塞進耳裡，在短暫空音之後突然出現聲音，馬上可以聽出是來自公共電話。

「告訴外山……我還會動手……警察，還會死……我……最討厭……警察……」

錄音帶經過編輯，中間應答的部分被剪掉。

「……警察，還會死。」

鮫島看著藪。聲音聽起來，既像個年輕男人，也可能是因為緊張而提高了音調的中年男人。「我是剛剛打電話來的人……歌舞伎町的花圃裡……有證據……去看看吧……最大的花圃裡……」

「你們……抓不到我的……」

錄音在這裡斷掉。

「講到花圃那一段，是在第一通電話之後一個小時打來的。分別是下午三點十八分和四點二十分。兩通都是公共電話打的，追蹤沒有成功。比較聲音之後，確定是同一個男人，後來那通電話的說話方式比較沉穩一點。」

「第一次有這種電話嗎？」

「不，通訊社或電視台也接到幾通這類型的電話。多半都是惡作劇的假情報。」

「他還指名外山科長。」

「還有一件事。在第二通電話後，巡邏車從歌舞伎町廣場的花圃，找到了來福槍的空彈殼。」

「口徑呢？」

「五點五六厘米。」

「一樣嗎？」

藪搖搖頭。「二件的子彈一致，都是三零－零六。三零－零六的話應該是七點六二厘米，比五點五六大多了。五點五六是美軍的制式來福槍子彈。橫須賀附近的禮品店，到處都有賣這種空彈殼加工做成的鑰匙圈呢。」

「看來應該是假線索？」

「電話裡指名外山，讓事情更加複雜。再加上這時間點。電話最多的，是第一樁犯行的隔天，隨著時間經過漸漸減少。昨天打了預告電話的，只有這一通。」

他隱約可以猜到，總部是怎麼處理這件事的。姑且認定是假線索，但還是不排除這是犯人為了擾亂搜查而打電話的可能性。

「那，你想跟我說什麼？」鮫島問藪。

藪用吸管吸著第二杯冰咖啡，他把吸管移開嘴，說：「昨天的現場並沒有找到彈殼。」

鮫島看著藪。

「三零—零六是來福槍的子彈。但是，昨天的案子不可能使用來福槍。就算是騎著機車的犯人把來福槍揹在背後，也很難用長槍射擊旁邊的車輛。槍還沒拿好，可能就會被周圍發現，被射擊的一方也會有所警戒。根據目擊證人的說法，當時並沒有看到犯人手持長槍。」

「有可能縮短來福槍的槍身嗎？」

「這是第一個假設。在美國縮短霰彈槍槍身的人不少，因為子彈散開的範圍廣，所以如果在極近距離，幾乎不需要瞄準，因為子彈會放射狀地發散出去。可是來福槍就很少會這麼作。我上次也跟你說過，如果縮短槍身，子彈的擺尾運動就會比較明顯，大大降低命中率。」

「犯人或許不太了解槍。只是單純想要方便攜帶，所以用鋸子鋸短？」

「但是，因為這彈殼，讓我覺得這不太可能。」藪委婉地反駁。「我想你也知道，七厘米以上的大口徑來福槍，是手動栓式。不管是手動栓式或者自動，如果不排出彈殼，就無法發射下一發子彈，不可能像左輪手槍一樣。」

槍彈可以分為普通彈殼部分和彈頭兩個部分。彈頭部分如同字面上的意思，是較尖銳的前端部分，由金屬形成的塊狀，而彈殼則是細長筒狀，內部放有火藥，尾端裝有擊發用的底火。

槍的發射系統是藉由拉動扳機的彈簧作用，讓撞針敲擊底火，底火的小爆發引起彈殼內部的火藥爆發，利用產生的能量來發射彈頭。

當然，發射彈頭之後的空彈殼就只是個金屬筒，對槍來說是不必要的存在。槍枝原本只有一個彈室來進行這種爆發、燃燒的過程。左輪手槍型的手槍是一個例外，在它蓮藕型的彈倉裡，有著跟收納子彈數相同數目的彈室。另外，兩連水平型的霰彈槍，會有兩個彈室，除此之外其他的槍枝，不管是自動手槍或者來福槍，都只有一個彈室。所以發射彈頭之後的彈殼，會留在彈室裡，是個礙事的存在。

以火藥的燃燒氣體壓力，將其彈到槍體外的系統，就是所謂的自動手槍。手動栓式是指逐次前後移動當作彈室蓋子的把手，藉此排出彈殼的設計。

無論是哪一種，來福槍如果發射了二發子彈，一定得將前一發的彈殼排出彈室才行。

藪要說的是，目前並沒有發現那第一發的彈殼。

「現場是交通流量大的地區，所以排出的彈殼當然有可能彈到行經的其他車身、飛到其他地方。可是根據目擊證詞，犯人似乎並沒有操作把手的動作，而是連續發射出兩發子彈。」

「也就是說，這應該是把相當講究的變造槍？」

藪點點頭。

「與其說是變造槍，應該說這把槍根本是全新的種類。尺寸跟手槍差不多，但發射出來的是來福槍彈，而且有很多個彈室，不需要排出彈殼的操作。」

「沒有能發射來福槍彈的手槍嗎？」

「美國製品裡有是有，不過是手動栓式的單發形式。而且追根究底，根本沒有要用手槍來發射來福槍子彈的意義。如果需要強大的威力，那大可選擇麥格農。裝彈數比較多，用法也沒有來福槍彈難。其實之所以會有手槍用的麥格農子彈，本來就是從把來福槍用彈殼縮短這個概念來的。」

「那為什麼犯人要特地用這種槍？」

藪看著鮫島。「這就是問題所在了。如果目的是需要強大威力的話，你覺得為什麼要特地用這種子彈？」

「如果在美國，手槍不需要用來福槍子彈，也有其他符合目的的強力子彈。但是在日本的話——」

鮫島沉默了下來。他腦中浮現了木津的身影。

藪接著說：「在日本，沒那麼容易找到那麼強力的手槍或子彈。可是來福槍彈的話，比較起來沒那麼難找。既然能找到子彈，就能做出配合這子彈的槍。」

「可是有這等技術的人並不多。」

「沒錯。如果犯人用的槍是多重彈室型，那會是一把以往從來沒有人做過的槍。來福槍彈的多重彈室，可沒那麼好做啊。」

「原來是這麼一回事啊——」

「就是這麼一回事。」藪點點頭。

11

釘梢的第六天晚上，木津終於有了動靜。

這天木津並沒有出門吃晚餐，而是在下午三點左右，從便利商店買回大量食材。鮫島的晚餐經常跟木津的晚餐一樣。直到木津出門吃晚餐為止，鮫島都不會離開管理小屋。

看到木津進了餐廳，鮫島才急忙跑去買便當，匆匆跑進附近能迅速解決一餐的店家。鮫島盡量讓自己的用餐規律跟木津相同。比方說，如果在晚上七點吃晚餐，到半夜一點多還醒著，那肚子一定會餓。如果在這之後還醒著，就表示木津手邊有儲存的即食食品等存糧。再不然，他也可能外出吃消夜。

摸透木津的生活型態，就等於了解木津的想法。很明顯地，木津正在「潛伏」。看起來他正提高著警戒心，時時提醒自己不要輕率行動。

木津的住處從來沒有和雄之流的人物來訪過。

鮫島沒有對木津公寓其他住戶問話。像木津這種謹慎的專家，如果對周圍住戶訪談，木津馬上就會從自己身邊空氣裡的微妙變化察覺到異樣。

到時候他就會抱著被監視的心理準備，絕對不可能接近「工房」一步。

木津的生活作息很單純。大概早上十點左右會離開公寓，在附近咖啡廳吃早餐。木津沒有訂報，他好像都是在這裡看報紙的。接著他會先回家，等到下午三點左右再次外出。這時候他會在麵店之類的地方簡單用餐，然後到小鋼珠店或錄影帶出租店去消磨時間。

七點左右會出門吃晚餐，吃完飯後回房間，就不再外出了。

可以看出來木津現在不缺錢用。目前為止賣槍賺來的錢，應該讓木津有足夠的積蓄。向木津買「特製」變造槍的某個幫派幹部就曾招認，那把槍花了近百萬。拿在身上不會被發現是槍，而且發生突發狀況時還可以防身，木津的槍是要價不斐的商品。

這一天沒有出門吃晚餐的木津，晚上九點多才離開公寓。

木津穿著馬球衫和休閒褲，打扮跟平常沒兩樣。唯一不同的是，手上提著一個大紙袋。

木津走到門前仲町一間小酒吧。開始釘梢以來，這是他第一次進酒店，位置在離永代通有段距離的大樓地下室。他跟和雄，可能就是在這裡認識的吧。

鮫島這五天打了好幾次電話給冬樹。

冬樹說，自從那天起，木津大概每兩天就會打一次電話，問和雄有沒有來。

到「阿伽門農」那天，木津好像也追問了好多次關於和雄的事。

鮫島看到木津進酒店後，就到馬路對面開始監視。木津不到十五分鐘就爬上樓梯，出現在地面。本以為他暫時不會離開的鮫島，這時慌張地站起來。木津依著紅綠燈號穿過永代通，原本朝著公寓的方向走回去，但是並沒有要進公寓的樣子，繼續往前走。

鮫島心想，木津果然是為了打聽和雄的消息才到酒店露臉的。

時間還早，路上行人不少。但鮫島還是保持著一定的距離，尾隨著木津。

木津往南邊前進。背向永代通，往填海地的方向走。雖然是填海地，附近其實是住宅密集的區域。離開永代通後，木津過了第二座橋。

無論目的地是哪裡，總之，他要前往的絕不是吃飯的地方。鮫島開始緊張。他沒想到「工房」會在這麼近的地方。他一直以為，木津如果要去「工房」，應該會開車。木津往左轉。鮫島停下腳步。那裡是面對平久川支流的小巷。路旁蓋著相連的船屋，支流彷彿是為此而挖的水路，成排船屋再過去一點的位置，水流就中斷了。支流反方向那端與平久川合流，朝向汐見運河和豐洲運河，最後跟荒川連接流入東京灣。

木津進入了成排船屋中的一間。「富川丸」船屋的屋號這麼寫著。過了好一會兒，木津都沒有要出來的跡象。鮫島點起菸。船屋上插著寫有「沙鮻、大眼牛尾魚、刺鰭魚炸天婦羅」等字樣的旗幟，看來這裡經營著釣船和屋形船兩種生意。

鮫島聽到一陣很大的水聲，看了看水路。一艘跟這狹窄水路寬度幾乎相當的屋形船從下流開過來。形狀平坦、有著一般房子般屋頂的屋形船，閃著無數小提燈。隨著屋形船進入，停在水路這邊的釣魚用小船和汽艇也受到波動，劇烈地搖晃著。

開進來的屋形船是「富川丸」所有的船隻。船橫向靠岸在店前的木製船塢，乘客在船伕送客的響亮聲中陸續下船，人數有五十好幾。

吹著東京灣的夜風，在船上有炸天婦羅和美酒，大快朵頤了一番，客人看來個個都心情大好，魚貫離開。鮫島混進這些客人當中，接近水路旁的小道。穿著寫有屋號外褂的船伕，幾個人開始收拾屋形船。

「喂～有客人哪。」

店裡傳來了聲音，其中一個船伕抬起頭來。

「喔。好久不見啊。」船伕認出站在店裡的木津，爽快地說著。

木津旁邊站著一位上了年紀的男人，看來像是「富川丸」的主人。

「不好意思啊。方便嗎？」

鮫島聽到木津這麼說。

「喔，沒問題。我還要收拾一下，你先在裡面喝啤酒等著吧。」船伕回覆他。

從屋形船下船的醉客逐漸稀少，鮫島只好離開水路旁的小道。

聽船伕和木津的應答，可以知道兩個人應該是很親密的朋友。年紀看來也差不多，鮫島猜想兩人可能是同學。木津打算從這裡搭船嗎？鮫島咬著自己的嘴唇。如果，木津真的是從水路進出「工房」，那自己就無從追蹤。鮫島想要在木津人在「工房」裡時，當場逮住他。

木津的逮捕令沒有下來。要向法院提出的說明資料都已經備齊，只剩下取得桃井的同意，進行申請。但是桃井應該會向副署長請求許可吧。到時候會怎麼樣呢？

啟動馬達的尖銳聲響和水聲，讓鮫島抬起目光。停在屋形船旁的四人座汽艇上，可以看到木津和船伕的身影。船伕俐落地操縱著船舵，讓汽艇鑽進水路邊緣和屋形船中間的空隙。

鮫島一邊望著右手邊的水路，一邊開始奔跑。釘梢時他已經把附近的地圖牢牢記在腦子裡。這條水路跟平久川匯合之前，只有一條，之後會分成三個方向。西邊是豐洲運河，直走往南邊是汐見運河，或者是東邊的汐濱運河。至少要知道，船是往哪個方向去。

汽艇穿過屋形船旁邊後，速度就會一口氣加快。到時候就束手無策了，一定得趁現在，先趕到水路的交叉點，沙洲的尖端去。鮫島提高了膝蓋，全力奔馳著。汽艇的引擎聲比剛剛更尖銳。他拚命在水路旁的馬路上跑著。水路比道路低了一段，所以不用擔心船裡的人會看到他的臉。

汗水開始冒出來。現在正是檢驗每天慢跑成果的機會，鮫島這麼對自己說。

前方可以看到一座跨過河水的橋。那是連接越中島和古石場兩個沙洲的釣船橋。只要越過那裡，馬上就是水路的匯流點。站在釣船橋上，就可以看到汽艇往哪個方向去。

汽艇劃過水面的聲音超過了鮫島。鮫島咬緊牙關，擺動著手腳。

他終於到了釣船橋。水路的水面上留下一條白色的航跡。

他大口大口地喘著氣，把手撐在欄杆上，目送著遠去的汽艇。

汽艇正穿過連接鹽濱填海地的白砂橋下。是南邊。船筆直地開進平久川，通過濱崎橋下，進入汐見運河。在這之後到底會沿著汐見運河走，或者是繼續往南到東雲運河去，在這個位置就看不到那麼遠了。把頭髮往後撩時，發現自己整個掌心都是濕黏的汗水。鮫島靠在欄杆上，一邊調整著呼吸一邊叼起菸。現在要逮到木津，只剩下現行犯逮捕一途。所以無論如何都得找到木津「工房」的地點才行。

汽艇回到「富川丸」，在那之後過了三十分鐘。船上只有船伕一個人，沒看到木津的身影。難道木津把「工房」設在一個必須靠汽艇才能到達的地方？

或者，汽艇只是方便甩掉跟蹤者的手段？木津不太可能發現到鮫島在跟監，但是他也有可能搭船在遠處上陸，然後再坐電車或計程車到「工房」去。如果總是用這樣的方式到「工房」，那麼地點就不容易被發現。鮫島認為，這個方法雖然繁瑣曲折，但是為了隱藏「工房」的所在，木津很有可能採用這種方法。

等載送木津的船伕離開「富川丸」後，鮫島開始跟蹤他。換穿夏威夷衫和牛仔褲的船伕，看起來三十五、六歲，跟木津歲數差不多。赤腳穿著防水草鞋的船伕徒步進了不遠處的一個獨棟房屋。

這是個二十坪左右的小小兩層樓房，有車庫，停著一台四輪驅動，旁邊放著小孩用的三輪車。名牌上寫著「富川」，看來是第二代。

鮫島決定先回一趟新宿署。從富川會不會開船去接木津，就能判斷木津的「工房」是不是在一個非得要搭船才能到的地方。

他打算訊問富川，如果他約好要去接木津，那麼自己也要上船，直搗木津的「工房」。只要跟富川有過接觸，就得加緊逮捕的腳步，沒有時間遲疑了。富川跟木津愈親密，愈有可能警告他。

富川知道木津「工房」的機率，大約是五成。如果他在知情的前提下接送木津，那肯定收受了特別的報酬，那更會想袒護木津。從富川的住處看來，可以判斷他跟木津應該從很久以前就認識了，可能是國中或高中時期的同學吧。幫忙木津不只是為了錢，一定還有友情的因素在。

回到新宿署時，將近午夜零點。搜查總部還留著許多搜查員。

鮫島心想，藪不知道有沒有在搜查會議上指出，犯人使用的槍很有可能是木津做的。應該沒有吧。能接受這說法的，只有能夠理解藪和藪天馬行空想像力的鮫島一個人。除了鮫島以外，藪可能還沒有告訴任何人。

鮫島走向手槍的保管庫。如他所料，平常幾乎沒人攜帶、收在置物櫃裡的刑警用手槍，現在大多數都被帶出去。剩下的除去休假中的刑警，只有自己和桃井的手槍而已。

新南部的警部用槍型，是以美國史密斯與威森公司三八口徑左輪手槍M36為基礎，由新中央工業所生產的槍身兩寸短槍身左輪手槍。裝彈數有五發，使用的子彈是點三八。因為槍枝小，所以後座力強，命中率並不算高。

鮫島把手槍放進固定在右腰的皮套裡，坐進停在署裡停車場的ＢＭＷ。在他開始跟監木津後，馬上就把ＢＭＷ開到署裡來。設置特別搜查總部之後，搜查員用的車會佔滿整個署的停車場。還好他提早停進來，才能確保停車位。自從增強部署之後，停不進停車場的搜查員用車，甚至塞滿了保管拖吊違規車輛的簽約停車場。

如果「富川丸」也做釣船的生意，那早上應該很早就開門。想在這之前訊問富川，就沒有多餘時間回野方小憩了。鮫島決定開著ＢＭＷ到門前仲町，停在接近「富川丸」面前水路的單行道上，在車裡睡。

清晨四點，鮫島睜開眼睛。天還沒全亮。他下車伸展了一下身體，鬆弛僵硬的肌肉。這是他放手一搏的日子。要是失敗，不但會錯過逮住木津的機會，自己也會有生命危險。鮫島把自動販賣機買的罐裝咖啡灌進胃裡後，往富川家出發。手槍藏在穿在馬球衫外的夾克裡。東邊的天空有濃重的雲層，看樣子天不會放晴。再過一個小時左右，性急的釣客就會造訪這些船屋了吧。富川家裡已經透出燈光，果然很早起。鮫島有一瞬間為這什麼都不知道的富川家族覺得很心痛，但還是按下了玄關的門鈴。

為了預防富川逃亡，他事先調查了這個房子的周圍。這屋子沒有後門。可以出入這個家的，只有玄關。即使想從窗口出入，這房子跟隔壁兩家之間的縫隙，還不確定有沒有一個人寬，而且還不是以大人的體格來看，是身體柔軟的小孩。

亮著燈的是一樓看似廚房的格子窗，就在玄關的左邊。

「──來了。」過了一會兒，傳來女人狐疑的聲音。喀啷地拉開窗戶，一個身穿運動服和圍裙，三十多歲的女人看著鮫島。臉上沒有化妝，頭髮剪得很短。窗戶傳來味噌湯的香味。

「不好意思大清早來打擾。」鮫島低下頭，出示了警察手冊。

「我是新宿署的人，敝姓鮫島。請問富川先生起來了嗎？」

女人有點不知所措地透過格子看著鮫島。終於她回過頭去，往背後叫道：「孩子的爸。」

富川站在窗邊，身上穿著暗色的運動衣，「什麼事？」他的聲音很緊張。頭髮剃成平頭，在日曬下輪廓精悍的臉可能因為剛睡醒，顯得有點發白。

鮫島再次低下頭行禮。「不好意思打擾了。我想請教您關於木津要先生的事。」

富川呆呆地站在當場，看著鮫島。臉色好像稍微發青。鮫島心想，他知道。這個男人知道木津是幹什麼買賣的。

「──我現在正準備吃飯，馬上就得去工作了。」富川不太高興地說。

「不會花您太久時間的。昨天晚上您跟木津先生見過面是嗎？」

富川好像突然挨了一拳，頭突然往後方一縮，眼睛瞪得老大。

「爸爸，怎麼了？什麼事啊？」

可以聽到他妻子在背後問話的聲音。鮫島輕輕點點頭，用眼神往門的方向示意。

「我跟他談談。」富川深深地吸了一口氣。

「到底怎麼了，你倒是說啊？」

「沒妳的事。」簡短丟下一句，他轉身背對窗戶。不久後聽到打開玄關門鎖的聲音。

鮫島並沒有掉以輕心，他往後退了一步。對方雖然不可能突然抵抗，但是如果富川在知道木津工作的前提下接送他，有可能會仇視鮫島。富川身穿有橘色線條的黑色成套運動服，站在玄關。

「這麼早來麻煩你，真的很抱歉。」鮫島再次向對方低了頭。

面對面站著，富川和鮫島身高差不多，體格也很結實。

「木津是我朋友，我們從國中就認識了。」富川低聲說著。

「你知道他的工作嗎？」

富川看著鮫島。接著他回頭往屋裡叫著：「喂，我出去一下。」

他一腳踢上放在三和土上的防水草鞋，用下巴指著水路的方向。鮫島點點頭。可以理解富川應該不想讓家人聽到關於木津的事。鮫島讓富川走在前面，走向「富川丸」面對的水路。一邊走著，富川一邊看著東邊的天空，好像在確認著天候。

來到可以俯瞰水路的位置，富川停下腳步回頭望著鮫島。「你是從新宿來的嗎？」

鮫島點點頭。

富川從運動衣口袋裡掏出香菸，點了火。他抽的是Peace的短菸。可能是菸草進了嘴裡，他吐了一口口水。「你要抓阿要嗎？」

「因為他做的槍，現在又有人死了。」鮫島換了個語氣，富川臉上變得面無表情。

「你昨天用汽艇送他出去是吧。」

富川翻眼瞪著鮫島，但依然沒有說話。

「你送他去哪裡？」

富川移開眼神，視線望著停在岸邊的屋形船和汽艇。抽完菸，丟在地上，用草鞋的鞋底踩熄。「你叫什麼名字？」

「鮫島，新宿署防犯課。」

富川低著頭，看不見他的表情。

「木津人在哪裡？」鮫島平靜地問。

富川嘆了一口氣，舌尖在牙齦上來回摩擦，眼睛望著水路。鼓起了臉頰。

「這次要是再被抓，得在裡面待很久吧？」富川的眼睛並沒有看著鮫島。

「這要看他自己。」

「那傢伙有病。如果不做那種買賣，他其實人不壞。很能忍，腦袋又好。我們從小就玩在一起的。」

「你欠他什麼人情嗎？」

「沒有。應該說，如果要算，根本多到數不清。」

富川第一次看著鮫島。「我以前愛賭，船差點賭輸掉。搞詐賭麻將那些傢伙，背後有幫派在撐腰。是阿要他替我出面，才保了船。」

「哪裡的組？」

「那跟這件事沒關係吧？」

「哪裡的組？」

富川不耐地嘖舌一聲。「新宿叫荒尾的。」

組長曾經是木津的顧客。

「是木津邀你去打麻將的？」

「是又怎麼樣?!」富川加強了語氣。

鮫島沒回答。富川沒發現木津的圈套。「我不會牽連到你，帶我去找木津。」

「你要我背叛自己的朋友嗎？」

鮫島確信，富川是直接將木津送到「工房」去。「要是這樣下去，連你也會有罪的。你還有家室吧。」

「你這樣太卑鄙了吧！」富川表情一變。

鮫島揪住富川的衣領，「木津是殺人兇手的同夥。如果是流氓之間互相砍殺也就罷了。但是你想想，如果流彈打到女人或小孩，那該怎麼辦？木津做的槍已經殺死好幾個人了，要是你的家人也是其中一個犧牲者，你會怎麼想？」

富川瞪著鮫島。

「看清楚！」鮫島拉開夾克。富川的眼睛直直盯著手槍，「我也賭上了自己的性命！要是沒抓到那傢伙，殺人兇手還會繼續增加的！」

富川的身體僵住。

「帶我到木津那裡去吧。」

「你一個人去嗎？」

「對。」

「你該不會想幹掉阿要吧？」

「我不會殺他。我要讓他戴上手銬，接受法律的制裁。」

「他說過，再也不想進去蹲苦窯了。第一次和第二次進去時，他在監獄裡都給討厭的傢伙糟蹋過。」

「——你知道？」

「嗯。但是他對像我這種沒有那方面興趣的人，是不會動手的。我們只是朋友。」

鮫島拿出香菸。抽完這根菸之前，他什麼都沒說。富川陷入了深思。抽完菸後，鮫島問他：「可以帶我去嗎？」

富川長長地嘆了一口氣。「上船吧，刑警先生。」

12

汽艇加速之後，許多不同的氣味就混在一起，成為一種氣味，運河的味道竄進鮫島鼻腔裡，有點類似海水的香味，又有點像排放廢氣的味道，這些味道包含在每一滴肆意往上濺灑的水珠裡。

運河上的濕度高，就算沒有噴濺到這些水花，衣服好像也吸了飽飽的濕氣，變得鈍重。映照著陰沉天空的水面顏色很暗，看起來比實際上更深。只有被螺旋槳攪拌後浮起的白色泡沫，讓鮫島莫名地強烈感覺到自己人在水上。水面上幾乎不見稱得上波浪的波浪，船隻好像不受任何抵抗地往前進。

船的速度，比在較高的高速公路上開車時，感覺更快。而距離左右視界愈來愈遙遠的沿岸街景，彷彿是以往從未見過的東京街景。偶爾點綴著幾個小船塢，利用在護岸上切出的樓梯，爬上面對水路的建築或道路。

汽艇穿過了第四座橋，白鷺橋。前方還有一座橋。

「要開到哪裡？」鮫島看著手錶大叫。再過不久就五點了。

「穿過前面的枝川橋，到東雲東運河。然後穿過首都高速公路下，阿要就在右邊那棟建築裡。」站著操縱汽艇舵輪的富川，也大聲地叫著。這是開船後他們第一次對話。

「你從什麼時候開始接送木津的？」
「他進去的一年前。」
「一直是同一個地方嗎？」
富川沒有說話。
穿過枝川橋下後繼續往前直走了一陣子，船在與運河的合流點減速下來。接著他轉舵向左，船朝向比剛剛的運河更寬的運河河道。
這是東雲東運河。前方是橫跨河面的首都高速公路。
「快到的話，請關掉引擎。」鮫島說。他不想因為引擎聲讓木津察覺到。萬一木津出手抵抗，可能會牽連到富川。
來到首都高速公路前，富川鎖緊節流閥。引擎聲慢慢變小，終於完全消失。船只靠著慣性往前進。「這是哪裡？」鮫島恢復平時說話的聲音問道。
「潮見和辰巳。再往前就是貯木場。」
「木津在哪裡？」
富川指向右手邊的辰巳倉庫街。其中有一個用深色紅磚堆起礎石的小型倉庫。倉庫面對運河，金屬製的門前設有石階，石階下半段都泡在水中。
「是那棟嗎？」
「宮間運輸的倉庫。」

鮫島看著富川。宮間運輸是西日本最大廣域幫派旗下的企業。看來木津在關西那段時間跟他們搭上了線，才找到了這個安全的工作地點。他一直以為木津不屬於任何一個幫派，看來這推測是錯了。或許沒有隸屬於幫派門下，但是他一定替關西的頭目們，做了許多特製的槍枝。旗下擁有宮間運輸的這個廣域幫派，因為跟關東各幫派達成協議，並沒有在東京發展，因此這座倉庫也沒有受到警方的注意。

「你進去裡面過嗎？」鮫島看著富川的表情一邊問他。

富川搖搖頭。「阿要不讓任何人進去，連管理倉庫的人也不能進去。那扇門後面是個半地下室，出入口只有那一個。」

難怪找不到。如果這是公寓或者哪棟大樓的其中一間房間，那早就在地毯式搜查時發現了。遊艇慢慢地接近石階。

「你們約好什麼時候來接他？」

「明天晚上。跟昨天一樣，等我從屋形船回來之後。」

「我該怎麼辦？」

鮫島點點頭。

聽著富川的問題，鮫島眼睛望著那扇門。門上佈滿紅色的鐵鏽，是一扇看來不像有人在使用的鐵門，門上有門栓。

「那扇門有上鎖嗎？」

夠了。

「不知道。」

「他進去的時候呢？」

如果是倉庫地下室用的門，那就不需要從內側上鎖。頂多從外面在門栓上個南京鎖頭就夠了。

「說到這個，他不用的時候會在那門栓上纏著鍊條，再加上南京鎖頭。」

即使原本沒有，開始作為「工房」使用後，可能從內部追加了門栓。門周圍沒有窗戶。

「裡面有電話嗎？」

「沒有。聽說有接電就是了。」

鮫島心想，要是不能打開這道門，木津可能會就這樣躲在裡面不出來。到時候，雖然不用擔心他逃跑，狀況也會變得很棘手。

「回去吧。」鮫島這麼告訴富川。富川很驚訝地把視線移到鮫島身上。

「你說什麼？」

「回去吧。」

「這是什麼意思？」

「那扇門從外面是打不開的。明天晚上你來接他的時候，我再來抓他。」

富川凝視著鮫島的臉。

「你等一下還要工作不是嗎？」鮫島說。

「你算準了我不會通知阿要，是嗎？」

「除了你之外，富川丸裡還有其他人知道這個地方嗎？」

「沒有。」

「是嗎？」說完，鮫島再次看著那扇門。看著鮫島側臉的富川，開始發動引擎，讓船身急轉彎。

「——我會怎麼樣？」回到船塢時，富川問他。

鮫島安靜地抽著菸。

「不會怎麼樣。我只是想抓住木津而已。」鮫島說著，跳上船塢的樓梯。拿著船索的富川怔怔地仰頭看著他。

「明天晚上我還會再來。」鮫島留下這句話，就大步離開了。

13

他情緒相當亢奮又不安。同時，心裡也充滿著期待和不滿。

警察為什麼沒有動靜？為什麼報紙和電視新聞上都沒有發表關於他的消息？

他親眼看到警方從歌舞伎町廣場的植栽裡找出彈殼的那一幕。如同他的期望，許多刑警們再次出現，在植栽裡翻找著毫無關係的菸蒂、口香糖渣、空罐。

現場拉起繩索，戴著手套的男人們在其中忙碌著。然而，他卻覺得還少了些什麼，可能是因為刑警的人數太少。他從「極限男子漢」附近的公共電話又打了第二通電話，幾分鐘後，廣場上出現了穿著制服的警察官，有四個人。

他們分頭在植栽裡搜尋，很快就找到了M16的彈殼。其中一位年紀較大的警官，用肩上的行動收訊器麥克風進行報告。他在附近的漢堡店前，看著這一幕光景。

不要幾分鐘，響著警笛的警車和鑑識車趕到現場。這真是令人興奮異常的一刻。

圍觀人群開始聚集，他很快就擠到最前排去。心裡有點害怕，如果有人指證，東西是自己放的，那該怎麼辦？萬一刑警們開始訪談，有沒有人知道剛剛誰在這附近，然後有人指向自己說，這個人剛剛在！那該怎麼辦？想到這裡，要站到最前排需要不小的勇氣。

被發現的彈殼馬上被戴著手套的刑警放進塑膠袋裡。聚集在周圍的圍觀人群，大部分連發生了什麼事都不清楚。

知道詳情的，只有刑警們和自己而已。這讓他感到一股幾乎全身戰慄的喜悅。身體雖然在繩索外側，但是他的心卻在裡面。他拚命抑制住忍不住的笑意，為了避免和刑警眼神交會，好幾次緊咬住手中杯裡的吸管。心裡感到失落，是因為認識的刑警沒有出現。葉村、外山科長，還有那個看起來很神氣的眼鏡男，都沒有出現。

惡作劇會露出馬腳嗎？

回到住處的他，滿懷期待打開了七點的新聞頻道。說不定警方會公佈發現的彈殼和電話。彈殼是好幾年前在澀谷的雜貨店買來的鑰匙圈，他用鉗子拆下鑰匙圈鐵環的部分，澀谷那間店也早就已經倒了。至於自己的聲音在電視上播出來，他一點也不擔心。

透過電話聲音會變，再經過錄音，就會更不一樣。所以應該沒有人認得出這是他的聲音。他確信，自己打去的電話絕對會被錄音。如果他是搜查總部的成員，一定會將外部打來的電話錄下來。殺害警官的傢伙，在連續劇的世界裡肯定會做出犯案聲明。

新聞開始了，他的期待落空。犯人竟然真的又下手了。

「不會吧！」他忍不住叫出聲來。這次是坐在警車裡的警官被射殺，一個已經死了，另一個重傷。他心中的不滿開始高漲，是在這之後。新聞裡一概沒有提到他打去的電話和彈殼。主播看起來好像完全不知道這回事。

為什麼不發表？他推測理由可能有兩個，一是這完全被視為惡作劇的假情報，根本沒被放在眼裡，另一個可能性，就是警方以為他是真正的犯人，所以故意按下不公佈，正秘密進行搜查。在預告犯案的日子裡，發生了第二起案子，沒有人會認為這是偶然的一致。

正好隔一星期。他突然驚覺到，犯人心裡想的跟他一樣，因為他打電話預告的日子，跟那一天一樣，是星期一。犯人也同樣在星期一再次犯案。

星期一的殺人魔，這絕不是偶然的巧合。犯人在下週的星期一，應該還會在新宿殺害警官。想到這裡，這一瞬間他心裡漲滿了喜悅。

「太好了！太好了！」他嘴裡喃喃唸著。他跟犯人有一致的念頭。這就代表，他跨進了繩索裡。警察一定以為，他就是犯人。

這麼一來……緊接著他開始感到不安。如果真認為自己是犯人，那一定會對他打去的電話和留下的彈殼，進行徹底地搜查。他一台一台切換著播放新聞的電視頻道，想要知道犯人用的是哪一種槍。知道犯人用的是來福槍，是在上星期五的新聞裡，他打工回來打開電視時，新聞上說的。他最近暫時都找些當天付款的零工，每隔一天出門工作，都是類似大樓清掃、工地交通管制之類的工作。

上星期五晚上十點開始的新聞節目裡，一位槍枝評論家說的。

聽到來福槍這幾個字，最先浮現在他腦中的，是M16攻擊型來福槍。這是一種美軍的制式軍用小槍，口徑五點五六厘米，有半全自動的切換功能，也可以連射。

警察在那之後並沒有發表任何關於槍枝種類的訊息。

第二次犯行之後，也沒有發表槍的種類。記者會上出現關於這方面的問題，警方都只用一句，「目前正在調查中。」來帶過。

至於犯人是激進派，或者只是個對警官有怨恨的精神異常者，也還不清楚。

犯人用的是M16嗎？這一點他無論如何都想知道。如果是五點五六厘米，那就表示他跟犯人心有靈犀。說不定，他還有可能找出犯人。得告訴刑警們這些事才行，他心想。要是他不說，刑警們就抓不到犯人了。自己必須要巧妙地操縱刑警，引到他們找到犯人才行。

現在最了解犯人的，只有自己，這證明了自己確實是特別的存在。

最重要的是，讓警方以為自己是犯人，然後一步一步帶他們到真兇面前。

等到抓到真兇，或者對方自己投案也好，大家一定會很驚訝吧。

「你是怎麼知道犯人是誰的？」

「因為我了解他。」

到時候一定要這樣回答。一般人是不會了解的，但是自己有調查官的天分，這是與生俱來的才能，只有帶著英雄命運誕生的人，才有這份天賦。

想像的世界開始逐漸膨脹。很好，就在這個世界裡玩一會兒吧，等到玩膩了——再一步一步進逼犯人。真正的特別調查官，人在房間裡卻照樣能追捕犯人。

要是犯人知道了，一定會大驚失色。

14

防犯課裡的人只有平時的一半。搜查總部要求支援，新城很高興地帶著部下搬了過去。除了署裡，機動搜查隊和警視廳也派來了大量人員。

桃井跟平常一樣屈著高個的身子，略駝著背坐在桌前。可能到退休之前，都會保持這個樣子吧，鮫島心想。要是在一般企業裡，老闆早就拍拍肩膀叫你走路了。他還能夠坐在這個位子上，就是警察、或者該說公家機關的飯碗牢靠的證明。不過，這個男人以前也一定曾揮灑過正義熱血、追捕罪犯。鮫島站在桌前，桃井透過老花眼鏡抬頭望著他。

「關於木津的逮捕令和搜索令那件事——」

桃井拿下老花眼鏡，放在看到一半的搜查資料上。表情透露著熬夜後的疲倦，揉著眼頭。「我看過了。」桃井用空洞沒氣力的語氣說著，就好像對方問的是看了今天早上的報紙沒有。而且，還是一份沒什麼重大新聞的早報。

鮫島沉默地等著。桃井好像很意外，鮫島竟然想要有更進一步的答覆。

「上面很忙，許可還沒有下來。」他的視線再次回到資料上，露出話已經說完的表情。

「我會抓住木津。」鮫島對他說。

桃井再次抬起頭。

「如果是現行犯逮捕，就不需要逮捕令。」

桃井看著鮫島。「看來你很急啊。」

他好像感到一點點興趣。

「您願意聽聽嗎？」

桃井抬起下巴，環視著課裡空空蕩蕩的座位。鮫島覺得，他就好像在停課的日子裡到校上課的老師一樣。「是早了點，不過先去吃飯吧。現在人比較少。」

桃井站起來。兩人走向署裡的餐廳。桃井說得沒錯，餐廳裡空蕩得很。到目前為止，桃井看起來對鮫島似乎不抱任何興趣。他不像新城那樣露骨地表現出敵意，但也沒有企圖理解鮫島的意思。他對待鮫島就跟對待其他課員一樣。換句話說，既沒有善意、也沒有惡意，只是毫不在乎。

「有些話我想先跟你說清楚。」坐在鮫島對面，桃井先說了這樣的開場白。周圍的桌子沒有人坐。

「署裡大家怎麼說我，我心裡清楚，還有你的事也是。你被大家孤立，可能是不得已的。所謂警察，是一個只有縱和橫兩個方向的組織。而警察官必須要依附在這樣的框架中生存。這縱橫在外面的世界或許毫無意義，但要是不走在這上面，就沒有任何可以依靠的東西了。警察會被罪犯怨恨、市民也會覺得礙事，這就是警察的宿命。

「可是你卻徹底忽視這樣的縱橫結構，這是絕對不被允許的，無論你有多優秀，警察組織的生理都不希望有人存有這種價值觀，這跟你個人的想法無關。」

「我知道。」鮫島說。

「我還沒說完。到目前為止，我對你沒有過任何惡意。因為我自己也很討厭那種縱橫結構，不斷地在逃避。我並不想強拉你跟我站在同一邊，但是我也認為既然同是邊緣人，就沒有必要再互相衝突。可是這十幾天來，我的想法變了。」

鮫島注視著桃井。桃井臉上依然沒有任何表情。他的語氣平淡，好像現在談的不是眼前這個人的事。

「我之所以繼續當警察，是因為我自己心裡也很重視警察官這份職業。現在這個社會別說什麼強悍不強悍了，掀開蓋來一看有太多孬種不中用的部分，但我還是認為警察官這份職業是種了不起的工作。

「現在警察官連續被殺害，而且還是在同一個管區、同一個署的署員。被害者都還很年輕，今後還有很多機會完成更多了不起的偉大工作。無論在情感上或者理智上，都希望早日逮捕犯人，這是同樣身為警察理所當然的心願。可是你卻拒絕到搜查總部支援，或許你有你的理由。對你來說，可能無論如何都想抓到木津吧，但是同樣身為警察官，比起殺害警官的犯人，更重視那一邊的你，讓我感到很遺憾。」

鮫島慢慢吸了一口氣，桃井會這麼想非常合理。搜查總部裡有好幾百位刑警，為了逮到可能只有一個人的兇嫌，費盡心力在搜查。就算成功地抓到犯人，他們的功績也不過是幾百分之一。相較之下，自己是一對一在追捕犯人。如果桃井認為這是一種自我主義的表現，他也無從反駁。

「這種說法或許你會覺得卑鄙，但我還是要說，你跟我不一樣，是個非常優秀的警察官。新城他們最不想承認的就是這一點。走在官僚組的軌道上，幾乎沒有現場經驗的你，竟然是課裡最優秀的刑警。他們當然心裡不舒坦，大家肚子裡都以為，你沒有嘗過吃癟的滋味。

「像我這種沒用的人，沒有必要加入戰力。但是我也認為，你應該加入搜查總部，所以我才要你自己去拒絕。」

「我聽說您以前是位優秀的警官。」

「我不想提這個。」桃井冰冷地說，「現在我說的不是我的事，是你。我知道這想法很狡猾，但是我無意改變我的立場。」

鮫島嘆了一口氣，「我知道了。」

「好，換你說了。」

鮫島開始告訴他目前為止關於木津的搜查過程。最重要的是，這次有可能找到以往未能發現的木津「工房」。另外，鮫島也告訴了桃井，藪推測殺害警官使用的槍械，是木津產品的可能性。聽話的時候，桃井的視線一直望著署員餐廳那面煞風景的牆壁。話說完之後，他視線的位置也有好一陣子沒有移動。過了一會兒，他看著鮫島。「你剛剛說，木津出現在『阿伽門農』，是什麼時候的事？」

「上星期五，剛好一星期前。」

「你那天休假對吧？」

鮫島點點頭。

「木津有可能是襲警事件的犯人嗎？」

「如果兩件案子是同一個犯人連續犯案，那就不可能。第二件案子的時候我一直監視著他。」

「現在木津在『潛伏』，你是這麼想的嗎？」

「沒錯。」

「木津為什麼會出現在『阿伽門農』。就算是跟情人吵架，想要求和，那天出現在新宿，對他來說應該相當危險才對。」

「我想他應該有事，非聯絡上和雄不可。」

桃井點點頭。他繼續用平板的語氣說，「電視上猜測犯人兇器是來福槍，是在那個星期五吧。」

鮫島盯著桃井。新聞節目上請來評論家，推理出兇器是來福槍。在這之前，沒有一家媒體假設兇器是來福槍。因為總部壓著沒有發表。在報紙上關於兇器的描述應該也只寫著「使用短槍的犯行」。總部態度一轉承認兇器是來福槍，是隔天的事了。至於口徑，到現在都還沒有公佈。

「這麼說，木津是看到那個節目之後，開始覺得不安——？」

很有可能。冬樹通風報信，說有個很像木津的男人打電話來，就在新聞節目播放之後。

「如果那個叫和雄的情人，從木津身邊拿走使用來福槍彈的變造槍，看過電視報導知道兇器是來福槍的木津開始擔心，也是很合理的。」桃井繼續用沒有變化的聲調說。「犯人可能是和雄，或者從和雄手中拿到那把槍的人。」

「沒錯。」

「能拿到逮捕令嗎？」

「如果把這件事向署長和搜查總部會議說明，應該沒問題吧，不過，到時候，木津就不再是你的功勞囉。」

「無所謂。」鮫島果決地說。

這時候，鮫島聽到了香田的聲音。「哎哎哎，我說防犯的人還真閒哪，兩位警部竟然還不到中午就來用餐了。」他手裡拿著拖盤，打算坐在附近的座位。身旁跟著兩個一眼就可以看出是公安的刑警。

鮫島沒理他。桃井稍微看了對方一眼，若無其事地問：「聽說你跟他是同期。」

鮫島點點頭。

「總部還沒有掌握可以特定出犯人的材料。」桃井壓低了聲音說。

香田再次開口，「兩位還真是輕鬆啊。夥伴被殺，連外人都被調來幫忙，竟然還能在這裡悠閒地吃飯聊天？」

「不過新宿署的飯真難吃呢。」香田身邊的刑警抱怨著。

「真懷念警視廳的飯菜，是吧？」說著，香田高聲地笑了。

桃井轉過臉去，對他苦笑著。香田的眼睛裡浮現著明顯的輕蔑。

桃井把頭轉回來，用只有鮫島才聽得見的音量，低聲說道：「功勞可不能讓給這種傢伙。」

晚上快九點時，鮫島站在「富川丸」的店門前。屋形船還沒有回來。

回來的時候已經十點多了。可能因為是星期五吧，船幾乎載滿了，坐進將近八十個乘客。等到所有乘客都下船，鮫島才往水路走近。穿著外褂的富川抬起頭來，發現了鮫島。

「再等我一下。」富川說道。他俐落地指示著正在收拾善後的年輕船伕們。手裡拿著船索，一隻腳踩在船邊緣、一隻腳跨上船塢。

終於收拾完，富川對鮫島點點頭。黑暗中看不清富川的表情。鮫島走下石階，站在船塢。「可以了。」直接從屋形船跳上汽艇的富川說。鮫島上了船。

富川看起來好像下了很大決心。昨天到今天之間，他應該很煩惱要不要通知木津，但是現在完全看不出煩惱的跡象。

他將嘴裡叼的菸丟進水裡，說：「那我們走吧。」

鮫島坐在座位上，點點頭。富川發動船的引擎。

通過第一座釣船橋後，富川叫著：「我沒想到今天你也是一個人來。」

「太多人來木津會躲在那地下室裡，到時候得浪費好多天時間。」

「刑警不是都兩個人一組嗎？」

「一般都是。」

船通過白砂橋、濱崎橋，速度漸漸慢了下來，這是為了渡過和汐見運河的匯流點。「你不是一般的刑警？」

「誰知道呢。」

「說得也是，你頭髮這麼長，刑警通常都剪很短嘛，跟我們一樣。」

鮫島開始覺得不安，富川太多話了，看來好像是為了緩和他的緊張感。

「你跟木津是多大的時候認識的？」

富川有一瞬間語塞。「國中二年級的時候。」

鮫島右手摸著腰部隆起的物件。這可能是個陷阱。

「經常玩在一起嗎？」

「是啊，經常一起蹺課，去打小鋼珠。」

「他以前是個什麼樣的人？」

「總之，很能忍。有一次被一群不良高中生包圍，被圍毆了一頓，但是不管再怎麼痛他都不叫出聲，一直沒開口，咬牙忍著。我那時候就覺得，這傢伙真有種。對了，那時候他有把模型槍，只有模型槍差點被拿走的時候，他發出大叫聲，就像武士上身了一樣。不過還是被揍得很慘。」

船通過了白鷺橋、枝川橋。在東雲北運河和東運河的匯流點往左轉向。前方看到了首都高速九號線，形成一條光帶，切過半空中。

「木津都怎麼等你來接他的？」

「我船停好後，他會關掉燈出來。在鐵門上捲好鐵鍊，然後下石階上船。」

這樣看來，必須在木津關上鐵門前衝進去才行。要是發現鮫島在，他可能會把鎖住門栓的鑰匙丟進運河裡。

快到高速公路之前，鮫島讓富川關掉了引擎。來回頭頂上轟隆作響的汽車引擎聲龐然蓋下。上面有高速公路的路燈，所以不會影響船隻的操縱，但水面是一片漆黑。

「我跳上石階之後，你就開遠一點，等我打暗號再開引擎。」鮫島一邊看著逐漸接近的石階，一邊說著。表面長滿青苔，看來很滑。

鐵門可能從裡面塞住了縫隙，連一絲絲光線都沒透出來。

「刑警先生……」富川說。

鮫島轉回頭。可能因為燈光的關係，富川的臉色看來很蒼白。

「你要小心點啊。」一聲音聽起來很緊張。鮫島猜，他或許是在後悔設下陷阱吧。不過，鮫島已經沒有後路可退了。

在船舷撞到岸邊發出聲音之前，鮫島就跳上了石階。如他所料，石階上長滿水苔，滑得很，讓他差點失去平衡。他用兩手兩腳攀住石階，好不容易才穩住身體沒掉進水中。

一回頭，看到船因為反作用力飄到一公尺遠的地方。富川從操縱檯一直看著這裡。

水面上的石階總共有七層，鮫島躡手躡腳地往上爬，同時抽出了手槍，槍裡裝滿了實彈。防彈背心不方便活動，所以他沒穿。

鐵門是左右拖拉式的。石階最上一層稍微寬一點，有著類似圍裙的外圍平台。可能是方便運貨小船靠岸時接運貨物的空間吧。

鮫島站在鐵門把手邊，對富川揮了揮手。

一直看著這裡的富川發動了引擎，拍打著水面的尖銳馬達聲響起。

當木津從裡面開鎖的那一瞬間，再怎麼擠壓身體也要設法鑽進門裡。潮濕的風吹過，似乎要包圍著鮫島整個身體。

喀鏘，他聽到從裡面打開鎖的聲音，鐵門出現一條縫隙。這個瞬間，鮫島馬上用雙手推開鐵門，跳進裡面。

強烈的光線射進眼中。正面有個用鐵櫓組成的支柱，中間裝了好幾架聚光燈，其中一架正對著入口，照得鮫島雙眼完全看不見東西。

他還沒來得及轉換方向，右耳就聽到一陣巨響，鮫島整個人跌坐在地，這股衝擊就好像是被滾燙鐵鎚敲到右側頭部一樣。

他忍著劇痛仰頭回望，門的內側變得很寬闊，跟面對水路的牆壁呈直角，擺放著一排鐵架，架上有各種大小的牛皮紙箱。幾片鐵板以五十公分左右的間隔，跟地板平行地跨放在架上。鐵板的另一頭，可以看到木津的身影。

木津以棚架為屏障，埋伏在裡面等著鮫島。木津從下面數來第三片和第四片鐵板中間，把這看起來四根鐵管排在細長箱子裡的「槍」瞄準著鮫島。其中一根發射出的子彈，剛剛擦過了鮫島的頭部。耳朵的劇痛擴散到整個頭，痛到他幾乎睜不開眼睛。鮫島咬著牙硬是睜開了眼睛，用右手的槍瞄準木津。

不能殺他——腦中僅剩的一點點理性讓鮫島放低了手，鮫島打算攻擊木津的腰部以下。

木津在變造槍的另一頭，睜大了眼睛低頭俯視鮫島。

鮫島沒有多餘的心力改變開槍位置。到達頭部中心的疼痛終於爆發，讓鮫島失去了意識。

15

鮫島清醒時，發現自己的雙手被拉到背後，用手銬銬在一起。手銬鎖的部分，穿過立在房間中央的鐵櫓之間。鮫島只能在櫓的周邊移動。

意識恢復之後，右耳的劇痛和頭痛並沒有消失。鮫島慢慢地觀察著這「工房」內部。

這是一間約略呈正方形的房間，大小約二十坪左右，從倉庫整體的大小來看，大約是十分之一左右。房間四角和中間立著鐵柱組成的櫓，支撐著天花板。

裡面沒有窗，照明就是裝在櫓上的聚光燈。聚光燈總共有三架，分別照在進來之後的正面和左右兩邊。鐵門在面對運河牆壁的中央。木津作為盾牌的鐵架，另外還有兩座，並排在進來後右手的牆邊。鐵架前有一張長兩公尺、寬一公尺左右的長方形工作台。牆邊的鐵架上，整齊地擺著焊接用的幫浦類和鐵鋸等等，工作台上裝著虎鉗台和旋盤等大型工具。

隔著中央的櫓，另一端左邊牆壁上，整齊地排放著各種粗細、長度的鐵管和鋼材。對面的牆邊有一張鐵架式單人床，腳邊放著小冰箱和簡易廁所。床頭放著一個木製的架子，上面排著彈藥箱和幾個完成品。其中也有剛剛擊中鮫島的四連裝槍，和鮫島自己的手槍。地板是裸露的水泥地。

沒看見木津。

鮫島一邊跟疼痛搏鬥，一邊試著回想剛剛發生了什麼事。

他回頭看著入口。

木津拿來當作盾牌的鐵架上，從第三層以下都堆著牛皮紙箱。最下一層疊著好幾個的細長傘箱，上面一層有各種中、小尺寸的箱子，但都是空箱。小的有錄影盒，大的箱子上面寫著ＮＴＴ字樣。對面有一個塞在木框裡的舊床墊。

這舊床墊被固定在牆上，跟工作台面對面。鮫島注意到床墊上有一個一個的洞。

木津一定是把試作的槍枝固定在工作台的虎鉗台上，進行試射。如果在晚上試射，就不用擔心被人聽見槍聲，就算聲音稍微漏出去一些，也會被倉庫附近的高速公路噪音蓋住。

進來之後左邊，也就是鮫島倒地位置的延長線上，水泥牆上可以看到槍彈嵌入的痕跡。子彈是在距離鮫島耳朵不到一公尺的位置發射的。要是回頭的動作再慢一些，被擊穿的就是太陽穴附近。

鮫島一動，聽到手銬的鎖頭和櫓相碰觸的聲音。他的右耳聽不見了。不知道是槍聲的影響，還是子彈擦過的衝擊造成。總之，現在右耳完全聽不見聲音。

鮫島用手往後抓住櫓、撐起身體。手銬的鑰匙放在左邊口袋的鑰匙圈上，但鑰匙圈也已經被拿走。他靠在櫓上，閉上眼，感到頭痛和強烈的噁心。

木津逃走了嗎？放著這麼多完成品，他不可能逃。

他一定是跟富川先回去陸上一趟。富川果然還是通知了木津。

自己的天真導致這樣的結果。身體一寸一寸往下滑，鮫島再次癱坐在地上。

他打算再回來，而且要先把鮫島關一陣子，之後再慢慢收拾。總之，會被關個一個晚上、或者兩個晚上吧。可能是想把鮫島關在這裡，等他體力衰弱之後再來收拾吧。

不可能等兩個晚上，鮫島昏沉的腦袋裡這麼想著。今天晚上，木津應該就會回來。天亮之前他會帶走所有需要的東西，給鮫島腦袋來上一槍，然後封上這扇鐵門。之後，只要封住富川的嘴，就永遠沒有人知道這個地方。

鮫島沒有把這裡的正確地點告訴桃井。就算桃井發現鮫島沒有聯絡覺得奇怪，要採取行動也是明天早上的事了。鮫島看看手錶，距離午夜零點還有三十分鐘。他失去意識只過了短短二十分鐘。木津可能是去開車了吧。把車停在「富川丸」前，然後再把這裡的東西運出去。這麼算來，再過不到一小時，木津就會回來。

鮫島轉頭觀察，伸手可及的範圍內，有沒有能拆下手銬的道具。什麼也沒有。櫓的半徑一公尺以內，什麼東西都沒有。就算極力把手伸長，想靠指尖來抓，也什麼都抓不到。真是諷刺。這裡有乙炔噴槍，也有鐵鋸、鉗子，各式各樣的道具都很齊全，但是這些都放在他拿不到的位置。

木津當然知道這一點。他彷彿可以聽到木津的笑聲。

沒接到鮫島的聯絡，桃井會採取什麼對策呢？鮫島茫然地想著。

他不認為有「死饅頭」綽號的這個男人，會積極去說服搜查總部出動。就算他真的這麼做，香田他們也沒那麼輕易相信他。

如果相信了，之後桃井就要等著面對嚴厲的處分，因為這是一樁動員了幾百名搜查員的案件，他竟然沒有回報這條重要線索，讓鮫島繼續單獨搜查。他顯然希望坐在防犯課長的位子上，安穩地迎接退休的那一天。如果桃井沒有行動，新宿署裡就不會有其他搜查員試圖找出鮫島的下落。

不，在任何警察署都一樣。而桃井採取行動的時間，將是明天下午之後，到時候木津早就已經逃走。鮫島的命運陷入絕望。

午夜零點過了八分鐘左右，鐵門另一邊傳來低沉的汽艇引擎聲。鮫島把左耳朝向門的方向。接著是一陣解鎖、拆下門栓的聲音。鮫島站起來，深呼吸了一口氣，面向鐵門。鮫島手腕上沾著血，這是他拚命試著掙脫手銬的結果。鐵門打開。遠去的汽艇引擎聲變得愈來愈高。

木津出現了。

木津穿著牛仔褲和類似工作服的夾克。進來之後，他馬上關緊鐵門，放下門栓。他面向鮫島。在近處看木津，膚色依然白皙，有著散發出冰冷氣息的俊美臉龐。嘴唇、鼻梁、還有眼睛，都帶著冷酷，特別是工整高挺的鼻梁，本身就有一股人造作品般的脆弱。

他張大細長的眼睛，盯著鮫島，凝視的時間長到很不自然。

「好久不見了啊。」鮫島用沙啞的聲音說著。

木津沒說話，他繼續盯著鮫島看。

接著他把手插進夾克口袋，拿出來一副軍用手套，戴在雙手上。

「發射三零一零六來福槍彈的槍，是你做的嗎？」鮫島說。

木津什麼也沒回答，移開了眼神，開始幹活。首先，他走到床旁邊的木架。把架上堆的子彈盒塞進旁邊放的空手提袋裡。

子彈有來福槍用、短槍用、手槍用，種類繁多，大概有幾百發。

袋子裝滿後，他用封箱膠帶封起來，用兩手把袋子拖到門邊放著。

接著，他在一支一支完成的槍上，噴上噴霧式的槍油，再用保鮮膜仔細地包起來。一支一支，小心謹慎地包著，然後放在床上，數量大小加起來大約有十三支吧。

木津翻起床單，把這疊起的幾支槍用床單像包袱般裹起來，綁起兩端。再把這個包袱也拿起來，放在鐵門邊。

架上只剩下鮫島的手槍。木津拿起這支手槍，按下彈倉門，打開彈倉。

確認過裡面放滿子彈後，他看看鮫島，把槍塞進後褲袋裡。

接著他拿起毛巾，開始仔細地擦拭室內，應該是打算擦掉所有指紋。

鮫島無言地看著他工作。

木津的動作從頭到尾相當一板一眼，絲毫沒有任何浪費。連很可能忽略的冰箱底部，都記得把冰箱放橫擦拭。他還擦著地上的一根根鐵管。

在這原本濕度就很高、很悶熱的「工房」裡重度勞動，讓木津渾身是汗。額頭不住地滴汗，他還是拚命地繼續擦拭。

他一句話也沒有說。落下汗水的水滴，也乾乾淨淨地擦掉。全都擦完之後，木津把毛巾丟在要帶走的行李上，站在鮫島眼前。他全身沾滿了汗水，夾克下的T恤緊貼著身體。木津拉下夾克的拉鍊，抽出手臂，把外套丟到房間角落。接著他把T恤也脫下。

汗水在白色的身體上發光。左肩上停著一隻紅蠍子，揚起尾巴的毒針。刺青既精巧又有立體感，稍微站遠一點看，會覺得好像是活的。

木津站在鮫島面前，汗濕的胸口因為紊亂的呼吸忽上忽下。他脫下右手的軍用手套，用右手手掌擦掉胸口流的汗。接著，他用這手掌抓住鮫島的臉頰。鮫島的鼻子裡襲來一陣強烈的體臭。木津繼續用手掌擦汗，然後抹在鮫島的脖子和臉頰上。

鮫島的臉變得濕淋淋。這當中，木津始終深深盯著鮫島的眼睛。

一會兒，木津往後退一步，由下往上仔仔細細打量著鮫島的身體。

「是你不好。」這是木津第一次開口。沙啞，但並不低沉的獨特聲音。「都是因為你，我才不得不搬離開這裡。」

「沒有用的，富川和你都馬上會被逮到的。」

木津綻開嘴角，這是他的笑容。「不會有人來的。我知道的，你是個孤單的警部。」

接著他走向工作台，拿起一把大型美工刀。他左手拿著美工刀，右手抽出手槍，鬆開擊錘，彈倉發出喀鏘的聲音，轉了一圈。

他瞄準著鮫島的眉間。他伸出左手的美工刀，薄薄的刀刃抵在鮫島的馬球衫衣領上。刀尖朝下，呈V字型，加強了手上的力道。

「沒有小腹。」木津說。

「啊……」鮫島看著槍口說。他無法控制自己的頭自然往後仰的動作。

「很好，我不喜歡胖子。」木津一口氣把美工刀往下劃。

鮫島倒吸了一口氣，肚臍附近瞬間爆發出尖銳的疼痛。馬球衫從前面被劃成兩片。

木津仔細看著鮫島露出來的胸膛。

鮫島低頭看著他視線的前方，從心窩上方一直到肚臍，皮膚被一直線銳利地劃開了。微微滲出的血，終於凝成血珠滴落。

木津微笑著，「要不要幫你舔？」

「不用。」

「別客氣嘛，你很想要我舔吧？」

鮫島沒回答。木津再次舉起握槍的右手，「你很想要我舔吧？」

鮫島眨了眨眼。額頭的汗流進眼睛，跟眼淚一起模糊了視野。

「啊……」

「你看吧。」木津很高興地說。

「我才不替你舔呢，這是處罰。」

鮫島放鬆吐出一口氣。

「體格不錯嘛，有上健身房嗎？」木津問。

鮫島嚥了一口口水，搖搖頭。

「那你是怎麼維持身材的？嗯？」

「跑步。」

「每天嗎？」

「沒工作的時候，早上去晨跑。」

「不簡單，非常好的習慣。還記得我們很久以前的約定嗎？」

「什麼約定？」

「我要教你，什麼是男人的滋味。」

鮫島閉起了眼。「你現在可沒那種閒工夫。殺死警官的兇器，就是和雄拿走的槍，現在大家都知道了。」

「是嗎？不過人又不是我殺的。我想殺的警官，只有一個，那就是你，鮫島警部。」

木津的美工刀抵著鮫島休閒褲的皮帶。木津一使勁，割斷了皮帶。

「我要先跟你好好享受享受，然後再殺了你。」

木津在鮫島眼前舉起了新南部。「這槍真是糟糕。要學就該學得像一點，新南部真是不中用的傢伙。」

「那就還給我吧。」鮫島說。

木津發出尖銳的笑聲。「鮫島警部，你真是太棒了。好啊，我還給你。只要先借我一發，我馬上還你。」

鮫島嘆了一口氣。絕望像毒素一樣在全身蔓延，奪走了他的力量。他的膝頭癱軟，就快站不住。

「和雄拿走的那把槍是怎麼回事。難道，是你送他的嗎？」

「是他拿走的。大阪那邊又快要開戰，有人跟我訂貨，說想要能打穿卡車的槍。現在關西那邊流行用卡車或砂石車衝撞事務所。」

「所以你才做了這種會發射來福子彈的槍？」

「對。跟兩連水平短槍的結構一樣，是對折式的，裡面有兩發子彈，所以絕對不會被發現是槍。」

所以才沒有彈殼。水平短槍如果不對折槍身，就不會排出彈殼。鮫島持續粗重地呼吸。

「子彈有幾發？」

「加上訂貨的份總共有十發。跟槍放在一起的那些，被和雄帶走了。」
「你們吵架了嗎？」
「因為他不乖，所以我罵了他，然後他就跑走了。」
「不乖？」
「那孩子手腳不太乾淨，不時會從我錢包裡拿錢。」
「關西那邊難道沒有因為來不及交貨，大發雷霆嗎？」
「沒關係。我現在馬上要去大阪，收拾完就走。」
「你會遇上路檢的。」
「我先搭船到橫濱，然後再租車，所以不用擔心，路檢只有東京都內而已。」
「和雄你打算怎麼辦？那些警官是和雄殺的嗎？」
「誰知道呢。那種笨蛋，最好被警察一槍殺了算了。」
「何必嘴硬呢。看了新聞之後明明很擔心，還到『阿伽門農』去的。」
「你很清楚嘛。」
木津的美工刀現在開始切割鮫島的休閒褲。
「真可憐，縮得這麼小。不要緊，我馬上讓你變大。」
「是和雄幹的嗎？」
「不是。」木津閉著嘴仰望天花板。「那孩子沒有那個膽。應該是不知道怎麼處理，賣掉了吧。」

「你知道賣給誰嗎？」

「要是知道早就去拿回來了，竟然隨便拿我的作品去亂開槍。」

「跟警方配合吧。否則，你也會被當成襲警事件的幫兇。」

木津從鮫島雙腿間抬起頭來。鮫島可以感覺到美工刀冰冷的刀刃抵在自己的大腿內側。

「那傢伙一定會被自己毀了的。最後的下場一定是被逼到絕路，然後射殺。警察一定也想殺了他。畢竟自己的夥伴被殺了嘛。」

「和雄怎麼了？你聯絡不到他嗎？」

「再找個代替的就是了。大阪也有不少可愛的男孩子。這礙事的東西，就別留了，你說怎麼樣？」

鮫島發出了呻吟聲，雙腿之間爆出一陣尖銳的疼痛。木津咧嘴一笑。

「別擔心，還在。不過，待會兒就沒了。」

鮫島閉上眼睛。疼痛和絕望，還有恐懼，讓他不由得流出了眼淚。

「等到料理乾淨，就把我的放到你裡面。一邊做，一邊給你腦袋來一顆鉛彈。」

「我不幹。」鮫島說，聲音裡帶著鼻音。

「可不能不要，這是我的特別指名。」

木津轉身面向背後。他似乎聽到什麼鮫島聽不見的聲音，同時看了看手錶。

「哎呀，已經到來接我的時間了啊。」
「你快走吧。」
「急什麼呢。」
「你給我快走！」鮫島大聲怒吼。
木津倒吸了一口氣。他睜大眼睛看著鮫島，臉上浮現笑意。「就讓他等等吧，難得有這個機會嘛。富川會等我的，只要有個十分鐘就夠了。」
鮫島把左耳朝向鐵門，確實聽到了船的引擎聲。木津把新南部插進後褲袋，走近鐵門，「誰？」
「是我。」聽到富川的回答，木津拆下門栓，正要打開鐵門。不經意探頭看著外面的木津，背影頓時僵硬。
「渾蛋！」他大叫一聲，右手彎到後褲袋抽出新南部，跟外面的力量抗衡，想關上鐵門，同時把槍口插入門縫。新南部連續發出兩發槍響，木津對外面的某個人開槍射擊。
縮回槍口，木津使出渾身的力量想關上鐵門。鐵門和牆壁之間的縫隙只剩下短短幾公分時，這次輪到外面發出槍聲。
木津的頭猛然往後一頓，順勢仰頭倒下，往上看著鮫島。鮫島低頭看著木津。槍彈命中他形狀高挺的鼻子中央，衝擊力道讓他的鼻梁往裡面凹陷。一瞬之後，鮮血噴灑出來。
手指插入鐵門縫隙，慢慢地拉開門。桃井拿著手槍站著，西裝外套的右肩裂開。桃井站在入口，看著鮫島。即使看到渾身是血的全裸鮫島，他表情依然沒有改變，「還活著嗎？」

鮫島點點頭，放下心後膝蓋開始震動。

桃井走近他，觀察鮫島的傷勢。一眼都不看倒地的木津。

「你救了我一條命。」鮫島說，連聲音都在顫抖。桃井稍微看了一下鮫島的眼睛，接著環視著這間「工房」內部。

「我們課裡的『死饅頭』，有一個就夠了。」桃井是這麼回答他的。

16

「星期一的警官殺人事件」，已經不再是星期一了。

星期六他打完工回來，看到新聞正在播報又有警官被殺。看新聞現在已經成為他每天的例行公事，他錄起各個頻道的新聞，用兩台錄影機來編輯，收集關於襲警事件的相關報導。

昨天晚上，他看了上星期說中犯人使用來福槍的那個新聞節目。這個節目每星期一到五晚上十點開始播映。

「衷心期待下星期一再會時，頭條新聞不會是警官被殺的消息。」

主播在節目的尾聲做了這樣的結束。現在全日本都知道，星期一是警官被殺的日子。在新宿街頭接受採訪的市民說：

「還是會擔心被流彈打到，所以星期一不會來新宿。」

「如果附近有警察，就會有點怕怕的。要是突然在眼前被射殺，就太可怕了。」

「很好玩啊，感覺會很熱鬧，所以我星期一會來新宿。」

「就算不想也沒辦法啊，誰叫我在這裡工作。希望可以早點抓到兇手。好像連警察也都很緊張。」

大家各說各話。但發現犯人在星期一犯案的，自己是第一個。全日本除了犯人以外，自已肯定是第一個「知道」第三次犯案的人。

警察當然會在第三個星期一佈下嚴密的警戒網。然而，犯人卻來個出其不意的奇襲。

「今天早上三點四十分左右，警方接獲一一〇通報，在新宿區歌舞伎町二丁目的大久保公園有女人倒地，歌舞伎町派出所二十四歲的守尾高巡查，以及二十六歲的速水通夫巡查趕往現場，被躲在公園公共廁所的男人突然開槍射擊。守尾巡查被擊中脖子死亡，速水巡查被擊中左肩，身受重傷。速水巡查以手槍朝逃走的犯人開了一發，但似乎沒有擊中犯人。警方認為可能跟一連串的襲警事件為同一個犯人，正在進行搜查。

「襲警事件是繼上週和本週星期一的兩起事件後發生，之前共計有三名警察官死亡、一名現在仍情況危急，還不能掉以輕心。

「今天的事件讓死亡警官人數上升為四名，但重傷的速水巡查意識清醒，告訴負責調查的搜查人員，犯人頭戴機車用安全帽，是個高個子的男人。現場位於飯店街一角，面對都立大久保醫院的舊址，清晨過往的行人很少。由於搜查總部研判犯人將會在星期一犯案，剛剛決定在下星期一全力展開嚴密部署，加強戒備。」

「糟了。」他忍不住低聲說。為什麼沒有再進行一次犯案預告呢。這樣一來他在搜查總部的信用，可能會大打折扣。

而且犯人這次還留下了能說話的被害人。

得趕緊跟搜查總部聯絡，告訴他們自己目前為止的搜查結果才行。

他看看鐘，晚上快要九點。必須現在到新宿去打電話才行。一定要從新宿打公共電話，萬一被追蹤電話來源，他的住處就不會被發現。而且，在人潮眾多的新宿，只要離開電話亭，趕來的警官也無從得知剛剛是誰在打電話。

他急忙換衣服。如果只是打個電話回來，來回只需要一個小時左右。

離開房間，他快步走向車站。這個時段往新宿方向的車很少，讓他等得很不耐煩。電車終於來了，他在九點四十二分到達新宿車站。他已經決定好電話要在哪裡打，東口地下街JR賣票處附近的紅色電話。那裡的人總是很多，掛斷電話後，馬上就可以混入人群當中。

他加快腳步走向東口。感覺今天好像比平常的星期六人少一點，但人數還是很可觀。這次他不戴手套，改用手帕。他假裝擦汗，用手帕拿起話筒，透過手帕按下數字鍵。

「喂，這裡是新宿署。」這次接電話的是個男人的聲音。

「我找外山科長。」他毫不猶豫地說。在旁邊打電話的人，聽起來應該覺得只是一般上班族的對話吧。

「搜查課的嗎？」男人反問。

「對，總部的。」他一邊注意周圍的狀況一邊說。

他已經沒有第一次打電話時的緊張和恐懼，因為自己已經是刑警們的夥伴了，說起話來也沒有一點遲疑。

「外山先生。」

等待的嘟聲過後，聽到了電話那頭的叫喚聲。電話鈴聲此起彼落地響著，怒吼聲也是。他猜測，現在一定因為今天早上的事件，弄得人仰馬翻吧。

「不在？喔，是嗎。請問您哪位？」

「外山先生的朋友。」他有點失望地說。

「有什麼事嗎，我可以替您轉告。」

他考慮了一下子。「那，現在那裡有沒有比外山先生階級更高的人？」

「什麼意思？」接電話的刑警壓低了聲音。

「我是之前掉東西在歌舞伎町廣場的人。」

電話那一頭突然安靜了下來。他盯著手錶的秒針。電話不能講太長。

「你這傢伙，那根本是惡作劇吧。」刑警突然這麼說，聲音更加尖銳。

「怎麼會？」他說著，心裡真的很驚訝。他並不想被認為在惡作劇。

「外山先生的名字，你是從哪裡知道的？」

「大概是老客戶那邊吧。」他微笑著說。

「你這傢伙！」刑警怒吼的聲音，即使透過電話，還是讓人感到害怕。這時候，旁邊有人說了聲，等等。他感覺到話筒換到另外一隻手上。

「喂，現在電話換人接聽了。有事情說吧。」是個有點鼻音、語氣高傲的男人聲音。

「你是誰？」

「敝姓香田，是警視廳的警視。」

太好了，他心想。說不定是第一個現場後來趕到的那個眼鏡男。

「香田先生嗎。我知道了。那晚一點我會再打電話給你的。請不要離開。」

「有什麼事嗎？」

「我想聊聊，關於我自己的事。」他按下電話的掛鉤，切斷了通話。

17

「掛掉了。」香田說著，放下了話筒。

「無法追蹤。」一位刑警放下了另一個話筒。

「那是假的。」鮫島說。為了說明事情經過，他到搜查總部報告，已經過了將近兩小時。桃井和藪也一起。

「你怎麼知道！聽那傢伙的聲音根本就樂得很。你敢說這傢伙不是和雄？或者和雄的朋友嗎？啊？」香田充血的眼睛瞪著鮫島，伸出手指對著他，毫不掩飾地表現著怒氣。

「要怪就怪你，擅自到跟兇器有關的重要證據現場去抓人，最後還搞出條人命，你到底想怎麼樣？啊？你這個上司也是，沒有逮捕令就讓部下去行動，最後還跟在後面，射殺嫌犯。這要我們怎麼發表啊！」

他鬆了鬆領帶，捲起袖子的襯衫上佈滿縐褶。眼睛下方有睡眠不足的黑眼圈。搜查總部一片鴉雀無聲。

「要是發表木津死掉的消息，犯人可能會逃走。至少和雄一定會逃。到時候就找不到犯人的線索了。」鮫島低聲說。

香田一臉不耐，回過頭去看著在一旁聽著的警視廳刑事部長。

「警視監……」

刑事部長藤丸安靜地看著他們的一來一往。刑事部長的階級在警視長、警視監之上，比警視還要高兩、三個階級。

香田篤定地對藤丸說：「我是代表公安部到這裡來的。就算這次事件犯人不是極左，公安也無法坐視事件對警察整體帶來的影響。我堅決主張排除這種忽視組織的個人主義。」

「鮫島。」藤丸開了口。

鮫島看著藤丸。藤丸年紀五十一歲，盛傳是下任總監的有力候選人。對於公安部的暗鬥，他並沒有明確地選邊站。策士，是大家對藤丸的評價。

「我知道你執意想逮捕木津要的心意。可是，當你知道木津跟這次連續犯人有關係的時候，就應該馬上通知我們。桃井警部，你也有責任。」

好像說著「活該！」的香田，把手指插在三件式西裝腰部的口袋裡。

「關於射殺木津這件事，還要等待審查會的結果，不過過程固然輕率，我個人看過報告書後，認為當時的狀況應該是情非得已。」

「謝謝您。」桃井表情完全不變地說。

「看來木津對鮫島警部抱有私怨，從鮫島警部負傷的狀況看來，他的精神狀態也不太正常。桃井警部迫不及待脅迫富川帶他到宮間運輸的倉庫，身為一個警官，我可以理解這份心情。」

桃井直立不動垂下頭。藤丸再看看香田。

「以我們的立場來說，萬一鮫島警部被木津殺害，就表示又增加了一名犧牲的警察官，這應該也不是好事吧？」

「是。」香田說得很不情願。

短短幾個小時，鮫島就離開了醫院。除了美工刀的割傷之外，還有腦震盪和右耳鼓膜損傷，醫師診斷需要三個星期的療養。鼓膜方面治療時間可能還會更久。

出院當然是鮫島的強行獨斷。

木津的「工房」一大早就進行了現場蒐證。在藤丸的判斷下，並沒有對記者發表。鮫島和桃井分別被要求提出報告書，處分還沒有決定。

「回來了！」總部的入口出現了刑警課外山科長以及其他四名刑警，帶著三個人進來。

「阿伽門農」的冬樹也在其中。其他兩人一個是大眼短髮，抓得很有型的三十出頭細瘦男子，另一個是跟冬樹同類型的少年。三個人都穿著原色沙麗般的服裝，畫著淡妝。

「這是怎麼回事！你倒是說啊？」細瘦男子抓住外山的手腕。冬樹發現了鮫島。

「這是幹嘛？哪來這些人？」香田走近他們。

「安靜點。」外山說。

「開什麼玩笑啊！也沒有搜索令就闖進我們店裡，我還在做生意耶。我到底是犯了哪一條法啊！」

「我是警視廳的香田，有事要麻煩你們協助。」

「不要太過分了！」貌似「媽媽桑」的男子說，香田的表情就好像被摑了一巴掌。

「你這個人妖擺什麼大架子啊！」香田突然破口大罵。但是這位媽媽桑也沒認輸。

「怎麼樣？人妖就人妖，哪裡不對了。你們警察裡也有不少同性戀，以為我不知道嗎？要是欺人太甚，小心我投書到報紙上去，說你們歧視！」

「香田警視。」藤丸出聲了。

「喔，你是警視嗎？很了不起嘛。但是我可不怕你，你們警察只會仗勢著權力耍威風，有本事大家來鬥啊！到時候倒楣的可是你們！」

桃井看看鮫島。

「冬樹。」鮫島叫了他。

「嗯。」冬樹怯生生地回答。

媽媽桑住了口，好像很驚訝。

「你過來一下，幫我聽卷帶子。你聽聽這是不是和雄的聲音，請你來只是為了這件事。」

冬樹看看媽媽桑的臉，媽媽桑用充滿警戒和猜疑的眼光凝視著鮫島。

「真的只有這樣。」鮫島點點頭一邊說。

「你是誰？」

「防犯課的鮫島。」

冬樹在媽媽桑耳邊輕聲地說了幾句。可以聽到「媽媽弗思」這幾個字。

「你是『媽媽弗思』的客人？」媽媽桑問鮫島。

「已經光顧好幾年了。」

媽媽桑盯著鮫島一會兒後，說：「我知道了。那邊很挑客人的，你這個人應該稍微可以相信。」

香田看著周圍，露出一臉「真看不下去」的不屑。沒有人在笑。

「拜託了。」鮫島低聲說。媽媽桑深深地吐了一口氣，點點頭。

「好，你們過來吧。」他催促冬樹和另一個少年，走近鮫島前的桌子。

香田忿忿吐出一口氣，離開了搜查總部，警視廳公安部的刑警們慌慌張張地追在後面。

讓三人坐在椅子之後，藪開始操作裝在電話上的錄音機。

電話的對話聲開始播放。

「不是呢。」

「不是。」

「我也覺得不是他。」

三人異口同聲地說。藪點點頭，放進另一個錄音帶，開始播放除了這通電話之外，搜查總部接到的其他密告或者犯案聲明等的錄音。聽過所有的聲音，三人都搖搖頭。

「謝謝。」鮫島對他們道了謝，接著問：「你們知道和雄現在人在哪裡嗎？」

「不知道呢，不久之前聽說跟一個叫木津的客人住在一起——」

「這我知道。」

木津在門前仲町的公寓，今天之內也進行了搜查，但是並沒有發現任何跟和雄去向有關的線索。

「到底發生了什麼事啊？」媽媽桑仰頭望著站立的鮫島。

鮫島的右耳蓋著紗布，繃帶繞著頭部一圈。頭痛雖然還沒消失，但是嘔吐感終於消退了。「木津這個人專門製造變造槍枝。殺害警官那些案子，用的就是和雄從木津那裡帶走的槍。」

「天啊！」媽媽桑很是吃驚。

冬樹的臉一陣慘白，「你是說，犯人是和雄嗎？」

「不知道，但就算不是犯人，也很有可能知道犯人是誰。我們正在找他。」

「怎麼會……那，這麼說，和雄也有可能被殺掉？」

「有這個可能。」

「糟了。」

「有什麼線索嗎？」

媽媽桑跟兩個少年面面相覷。「突然這麼問，我也……」

「和雄跟木津同居之前，住在哪裡？」

「笹塚的套房，不過那邊好像早就退租了。」

「知道地址嗎？」

「店裡應該有。」

「好。其他呢？和雄是哪裡人？」

「他說是千葉縣佐倉的人，但是我不知道是佐倉的哪裡。」

「他說過自己以前是暴走族吧。」

鮫島看著冬樹，冬樹點點頭。

「隊名叫什麼？」

「兇殺界，凶惡的凶、殺人的殺、世界的界。」

鮫島在便條上寫下這幾個字給他看，「兇殺界」，冬樹看了點點頭。「我想應該沒錯。」

一名刑警拿起電話筒。鮫島把便條交給他。

「請接千葉縣警交通課。」接過便條的刑警這麼告訴總機，然後看著這三個人。「他全名叫什麼？」

「宮內，宮內和雄。宮內就是常見的宮內那兩個字，和雄是平和的和、英雄的雄。」媽媽桑說。

各縣警交通課、高速機動隊裡，都有一份曾經被逮捕、輔導經歷的暴走族成員名單。電話接通了千葉縣警交通課，刑警開始詢問跟和雄有關的事項。如果有符合的資料，馬上就會以傳真傳送過來。

「到東京之後除了木津之外，還有沒有其他交往的男人？或者女人也好。」鮫島繼續問。

「和雄他好像是高中沒唸完，就到東京來了。一開始去唸美容師學校，後來因為個性不合，又退學了。然後在便利商店打工的時候，看到我們家的徵人廣告，才到店裡來的。」

「他第一次入這行，就在你們店裡嗎？」

「好像有在咖啡廳之類的地方做過。」

「和雄原本是異性戀嗎？」

「才不是呢！那孩子天生就是這邊的。到我們這裡來之前，已經有過好幾次經驗了。」

「所以到『阿伽門農』上班之前，應該已經有交往的對象了吧？」

「那應該是有吧。在我們店裡好上的，只有木津先生一個人，其他都是玩玩而已，對吧？」媽媽桑徵求冬樹和另一個少年的同意。

「有了！」跟千葉縣警講電話的刑警對著藤丸大叫。

「好像也有指紋。」

「請他們跟照片一起送過來，特急件。」藤丸果斷地下了命令。

「還有，四班立刻到他老家去，當重要參考人傳喚。千葉縣警由我這邊來請求支援。」

八名刑警奔出搜查總部。搜查總部的氣氛為之一變。

「和雄在店裡的朋友呢？」鮫島問。

三人互相看了看。

「老實說，和雄跟我們店裡不太合，那孩子喜歡肌肉型的同性戀。」

鮫島仰望著天花板。藤丸對他說：「接下來的偵訊，交給其他人負責。你身體還沒完全復元，吃不消的。」

「沒關係。」鮫島說。

但藤丸很堅持，「這裡的負責人是我，只要人在這裡，就請聽從我的指示。」

「是。」鮫島只好點頭。

在藤丸的命令下，外山等人將這三個人帶到另一間房間。這次「阿伽門農」的媽媽桑也老實地聽話。

藤丸把鮫島和桃井叫到自己座位，用只有這兩人聽得到的聲音說：「關於你們的處分，現在還沒有決定。不過，我知道你們並不是因為急於搶功，才進行那樣的搜查。可是嫌犯死亡這件事，確實很遺憾。因為射殺嫌犯跟警視廳的方針不符啊。桃井警部……」

「是。」桃井端正了姿勢。

「從今天起，我命令防犯課鮫島警部，調到新宿署連續警官殺人事件特別搜查總部，沒有異議吧。」

「只要他本人願意，我沒有意見。」桃井說。

藤丸看著鮫島。「你的意思呢？」

「我願意領命。」鮫島回答。

「很好，桃井警部回防犯課去吧，今天直接回家也無所謂。」

桃井看著鮫島。鮫島發現，那張臉又回到被稱為「死饅頭」了無生氣的表情。除了兒子之外，桃井今後又要背負另一個新的靈魂。到醫院接鮫島的桃井，悄聲地吐出這麼一句。

「佛壇上要多一個牌位了。」

牌位上的名字，想必是寫著「木津要」。

桃井離開搜查總部後，藤丸抬頭看著鮫島。「我聽說了你的事。」

「我也聽說過警視監的事。」

「是嗎？我現在並不打算拿你過去的故事作文章。重要的是逮到這次的犯人。第二和第三次犯行的間隔，縮短了兩天，這件事讓我非常擔心。我並不希望用現行犯逮捕的方式抓到犯人，你懂吧？」藤丸說。

現行犯逮捕，意思就是在第四樁犯行發生時抓住犯人。在犯案的時候抓到犯人，跟除此之外，比方說在犯人家中抓到，這兩者對警察的搜查能力評價會大不相同。對於現行犯逮捕的評價中，總免不了帶著「運氣好」的意味。在嫌犯家中逮捕，就能給人警察的搜查能力優異，所以得以收網捕獲獵物的印象。藤丸說這句話，同時也暗示著木津的逮捕方法。

「我知道了。」

「很好。今天你先回去，明天休息一天，後天開始就要請你盡全力加入搜查了。」

這時候電話鈴響，接起電話的刑警大叫。「找香田警視，是之前那個傢伙。」

18

香田人在署員餐廳，接到通知進來後，一句話都沒跟其他搜查員說，逕自接過了話筒。藪操作著螢幕，讓對方的聲音在總部內小聲地播放出來。

「先請教您大名。我既然已經報上了名，也請你告訴我名字。」香田說。這是類似情況下最恰當的程序。

電話那頭的男人沉默了一會兒。接著說：「艾德。」

「艾德先生嗎？很好。那我就聽聽艾德先生想說什麼吧。」香田巧妙地控制著情感。語氣中一點也感覺不到剛剛的激動。

「我並不討厭警官。應該說，本來不討厭。」

「喔。既然如此，為什麼要殺害這麼多位警官。他們都還年輕，有父母親和兄弟、情人或妻子、年幼的孩子，你為什麼要殺這些警察？」

「因為某件事，讓我開始討厭警官。」

「某件事？可以告訴我是什麼事嗎？」

「現在還不行。」

「你是不是差不多該停手了呢？」

「我還在考慮。」

鮫島拉過便條，寫著「從什麼管道拿到槍」，拿給香田看，香田裝作沒看到。

「要不要跟我見一面，我們談談？」

「才不呢，我可不想死。」

「警察不會殺你的。」

「不，殺害警官的罪在任何國家都很重。你們警官也會因為夥伴被殺，失去冷靜。」

「警察曾經對你做過什麼過分的事嗎？」

「這我之後會說。現在我很猶豫。接下來，要殺警官，還要殺其他人好。」

香田的表情一變。「可是你恨的是警官不是嗎？」

「我會再打來。」

「等等。上次你給我們的彈殼，是犯案時用的嗎？」

「我會再打。」電話掛斷了。

「是新宿車站附近的公共電話。」和電信局對話的刑警馬上說。

香田沒回頭，直接破口大罵，「太慢了！」

「縮小範圍了嗎？」藤丸問。

「只能知道這些。」

「這傢伙可能都是在新宿車站附近的公共電話打的吧。」鮫島說。

藪對鮫島說：「那個五點五六，確實是美軍流出來的東西，是韓國製的，發射之後已經過了好幾年。」

鮫島點點頭。

香田走近他身邊，低聲對他說：「為什麼你還在？報告結束了不是嗎！在等你的人妖嗎？」

「現在正要回去。」鮫島冰冷地對他說。結束偵訊的「阿伽門農」三人從其他房間出來，正朝總部的出口走著。

「我送你們。」鮫島走近對他們說。

「警車就不用了。要是停在店門前，多丟臉啊。」

「用我的車，不是警車。」

「阿伽門農」的媽媽桑想了一下子，看著鮫島，「那好。」

車來到「阿伽門農」前，鮫島說：「可以進去喝一杯嗎？錢我會付的。」

「你想喝酒開車啊？」

「車子我會放在這裡。至於違規停車，就請睜一隻眼閉一隻眼吧。」鮫島聳聳肩。

「傷口不要緊嗎？」

「只是啤酒應該沒關係。」

「我們店裡是不歡迎異性戀的啦……」說著，媽媽桑嘆了一口氣，「算了。反正今天也做不成生意了，我魂都被嚇掉一半了。」

「謝謝。」鮫島進了「阿伽門農」。店面大約十坪左右，比想像中還要明亮，感覺很乾淨。

鮫島坐在大理石的吧台前。媽媽桑進入吧台，排出啤酒杯，杯子凍到外面結著露水。冬樹從冰箱拿出海尼根和健力士。「媽媽桑，一半嗎？」

「對。」

鮫島看到他把海尼根和健力士各加了一半混合，倒進玻璃杯中。鮫島也要了一杯一樣的。

「乾杯，真的很謝謝你幫忙。」鮫島舉起了自己的杯子。

「真是累死我了。」媽媽桑說著。剛開始見到他，以為他大概三十多歲，不過近看就知道，應該已經年過四十了。

「那些當官的都一個德性。霸道得很，對吧？」

「以前也被刁難過嗎？」

「不是。」媽媽桑拿出香菸，點了火。他的手指很長，指甲磨得很亮，閃著光。「我啊，以前待過自衛隊，而且還是空降隊的。」

鮫島瞪大了眼睛抬起頭來。

「先聲明喔，那可不是我幹的。上次案發的時候我人一直在這裡看店，有好多人可以幫我作證的。」媽媽桑察覺到鮫島的驚訝，連珠砲似的解釋。

「不過，來福槍射擊我很擅長呢。空降裡面這個大家都很行。」

「木津製作的是一種可以發射兩發來福槍彈的變造槍。他說，這把槍外表看起來絕對不像槍。」

在大久保公園被襲擊的速水巡查沒有看到犯人的槍。在北新宿路上犯案時，停在旁邊的汽車司機說，機車騎士斜肩背著一個「看起來像黑色包包的東西」。鮫島心想，不管那是什麼，總之形狀看起來絕對不像槍。

「木津先生怎麼了？」

「現在還不能說。」鮫島搖搖頭。

「你的傷跟木津先生有關嗎？」

鮫島點點頭。「是沒錯。」

「對了，你是不是曾經在新大久保的三溫暖，幫過一個叫美幸的男孩子？身體很瘦，不過那裡很大的孩子？」

鮫島想起來，是那個被警官修理的年輕男人。

「我就覺得你跟美幸說的長相很接近，後面的頭髮很長、看起來有點壞壞的。」

「我記得他。」

「美幸之後有來我們店裡，問你有沒有來。他不知道你是異性戀，好像迷上你了。」

「對了，」媽媽桑的眼睛睜得更大。「欺負那孩子的，好像也是警察呢，一定是像今天那個什麼警視一樣類型的人。」

「很難說吧。」

「異性戀也有人喜歡呢。他們喜歡把異性戀追到手，成為自己的情人。」

「和雄這方面的演技，就很厲害呢。」冬樹坐在鮫島身邊，說著。

「喔，怎麼個厲害法？」

「他會告訴客人自己在這裡工作，但是這是打工，其實自己是異性戀，這麼一來有些喜歡追異性戀的大叔，就會千方百計要對他好。」

「跟假裝處女是類似的意思嗎？」

「沒錯沒錯！」媽媽桑大聲笑了。

「是不是還會裝痛啊？真討厭。」

「說到這個，有一個大叔就因為很迷和雄不是嗎？」另一個少年恆美說。

「啊，對了、對了。好像是個很有錢的人，還送了很多禮物給和雄呢。他最近好像都沒有來喔。」

「是因為和雄辭了的關係嗎？」
「他在追和雄嗎？」鮫島問。
「是啊。不過不知道兩個人上床了沒有……」
「一定沒有啦，就是因為沒有，對方才這麼拚命追吧。」恆美說。
「那個男的是做什麼的？」
「好像是牙科醫生吧？結過一次婚，但是離婚了。還滿有錢的。」
「叫什麼名字？」
媽媽桑似乎有點猶豫，久久沒開口。恆美和冬樹也都小心看著媽媽桑的臉色。
「他姓原，原醫生。」媽媽桑嘆了一口氣，似乎放棄了抵抗。「他說過，診所在川崎。」

晶的臉色大變。
隔天下午，打工提早結束，她來到鮫島的房間。「發生什麼事了？」
「一個超大的煙火在我耳朵旁邊爆炸了。」鮫島說。
但是晶沒讓他蒙混過去。「你既然可以休假，就表示抓到木津那個男人了吧？這是那時候受的傷嗎？」

「嗯，是啊。」

昨天晚上躺在久違的自己床上，鮫島驚醒了好幾次。拿著美工刀的木津，在夢中不斷出現。木津汗水的味道，還留在鮫島鼻腔深處。

晶進入房間後，坐在床邊說了些什麼。鮫島用左耳轉向她，晶看到這動作就都懂了。

「傷只有這樣嗎？」

「還有一些。」

「給我老實說清楚。」

「還被美工刀割傷，肚子和大腿內側，都是不需要縫的小傷。」

晶別過臉去。「渾蛋！」她小聲說著。這句話讓鮫島回想起木津被射殺之前嘴裡叫出的聲音。

轉過臉不看鮫島的晶，從房間的窗戶看著環七通那個方向。側臉看起來好像在生氣。鮫島覺得，她的眼神看來好悽涼。為什麼會有這樣的眼神呢？

「那木津怎麼了？」

「妳想知道？」

「你不想說就算了。」晶沒有看鮫島，說著，眼角浮起淚水。

「死了。」

晶突然轉向鮫島，淚水順勢簌簌滴落。「報紙上又沒有寫。」

「妳也看報紙的啊？」

「不行嗎！我擔心上面會不會有你的名字！新宿署的警察一天到晚被殺，我擔心不行啊！」晶大叫著。她是認真在生氣。

「對不起。」

「太晚了！我要走了。」晶站起來。

「等等。」鮫島抓住她的手，晶用力甩掉。

「你果然是一個笨警察，自以為是正義的化身，不管受傷或者被揍，你都覺得舍我其誰，背著法律不顧一切往前衝。你是不是覺得死了也值得、很帥氣？」

鮫島深深地吸了一口氣，「我沒有這樣想，我很害怕，差點就沒命了。」

「騙人！你一定是挺著胸狠狠地瞪著對方，要殺就殺吧！開槍吧！」

「我沒有！」鮫島大聲怒吼著，晶安靜了下來。

「我真的很害怕。木津打算殺我，要慢慢虐待我到死。他說，要先用美工刀一刀一刀地割在我身上，最後再用我的槍打穿我的頭。」

「那你耳朵是怎麼受傷的？」

「他突然從旁邊開了一槍，子彈擦傷的。」

「聽不見嗎？」

鮫島點點頭。晶的喉嚨發出了咕嚕一聲乾嚥口水的聲音，憤怒已經轉為恐懼。鮫島心想，對晶來說，耳朵聽不見，是多麼難以忍耐的事。

「可是，妳的歌在我心裡響著。」

「騙人。」

「真的。我聽到妳在唱，But Stay Here。」

「快被殺掉的時候？」晶的眼睛裡充滿了淚水。

「是啊。那傢伙說，要先把我去勢之後再強暴，然後一邊幹一邊開槍轟了我的頭。」

晶搖著頭，「開什麼玩笑！」

「就是說，開什麼玩笑。那時候，我真想不幹這一行了。」

「可是，你還是But Stay Here？」

「是啊。」

「在城市最底層？」

「在黑暗的正中央。」

晶拚命地露出笑臉，「這個笨蛋。」她小聲地叫著，奔向鮫島。被抱住的鮫島發出呻吟。

「妳溫柔一點啊。」

「差點死了的人還挑剔什麼！」晶一邊把嘴唇抵上鮫島的嘴唇，一邊說著。不只嘴唇，還有眼睛和鼻子，也都壓了上去。

「就是差點死了，才要妳溫柔一點啊。」鮫島的手伸進晶的迷你裙裡。
「喂！」晶瞪著鮫島，但並沒有拒絕。

過了一會兒，晶問：「有沒有警察是人妖的啊？」
「誰知道呢？」
「你差點變成第一號耶！」
鮫島看著晶，沒有笑容地說：「聽起來好像還不錯。」
晶狠狠地咬了鮫島的手臂一口，這次鮫島是真的發出慘叫。

晶準備晚餐的時候，鮫島放著晶的試聽帶，包含〈Stay Here〉，還有其他幾首在錄音室錄的歌。同樣的內容在演唱會會場和專賣地下音樂的唱片行也有發售。「Who's Honey」的歌迷穩定地增加，第一批製作的錄音帶已經全部賣光了。
「妳說演唱會是什麼時候？」
「就是下星期了啊。這次沒有新歌，所以大家都還滿輕鬆的。」
「出道歌曲的錄音呢？」

「演唱會結束後會跟唱片公司的人討論。不過上市聽說是在秋天。」

鮫島安靜地點點頭。

「下星期之前，抓得到殺警官的犯人嗎？」

「還不知道。星期幾？」

「星期六。地點跟之前一樣，在ＴＥＣ表演廳。門票已經賣光了喔。」晶從味噌湯鍋前轉過頭來，對鮫島吐了吐舌頭。

「那，不就進不去了嗎。」

「警察手冊亮一下，應該會讓你進去吧。」

「好！那我順便帶少年科也一起去大撈一票。未成年者喝酒、抽菸，業績一定很好。搞不好還有其他收穫。」

「你敢！小心我拿鼓棒捅進你另一隻耳朵。」

「饒了我吧，我又要作噩夢了。」

晶端來裝了菜的盤子，看著鮫島，表情很認真。「你昨天作噩夢了嗎？」

「嗯。」

「今天晚上不會了。」她很肯定地說。

「要是作噩夢，我唱歌給你聽，就在你耳朵旁邊。」

19

宮內和雄的下落遲遲未能確定。到千葉縣老家調查的搜查員，知道和雄這三年來從來沒回過家，電話也只有兩年前左右打過一次而已。警方也徹底清查了他從前的暴走族夥伴和交友關係，但是沒有人知道和雄的下落。

和雄在暴走族時代曾經因為無照駕駛機車和汽車被逮捕。他身高一米七二，個子並不算高。

速水巡查的身高也幾乎差不多，警方找了一個身高跟和雄差不多的刑警戴著安全帽，站在大久保公園裡，但速水巡查說，好像應該更高一點。

如果犯人不是和雄，那麼他也有可能已經被犯人滅口。搜查總部出現主張將他列為重要參考人，公開通緝的意見，但是藤丸站在不希望太過刺激犯人的觀點，把這些意見壓了下來。

自稱叫艾德的男人，在那之後並沒有打電話來。

四天過了。總部的緊張感與日俱增，緊張是因為預料到犯人的犯行週期可能縮短。

搜查內容除了宮內和雄這條線之外，也往其他方向延伸。

在乘客的通報下，新宿車站內一個手持模型槍的男人被鐵道警察官逮捕。男人表示，他打算等到連續殺人犯出現，跟他對決。

另外，電視台也收到自稱為「地平之炎」的團體寄來犯案聲明。這份聲明預告兩天後將會犯案，結果事件並沒有發生。總部將發出預告的男人聲音跟艾德的資料錄音帶進行比對，鑑定結果證實是不同的人。

目前總部握有的有力線索，只剩下宮內和雄這一條。總部在第二次犯案後，設置了供市民通報的電話。

這是公安為了揪出激進派據點時使用的有效戰略。在香田的提案下所設置的電話，多的時候一天會接到三十多通通報。雖然其中大部分馬上就知道是惡作劇，搜查員還是一件一件逐一採證。

「地平之炎」後來還寄了威脅信，給在新宿設置分店的幾家百貨公司。威脅內容是如果不給錢，就要在店裡殺掉客人。其中一家百貨公司答應了要求，付錢的時候埋伏在現場的搜查員逮捕了這名四十八歲的男人。

男人是個獨來獨往的前黑道職業股東，自從商法修改後，被逮過好幾次，難以維生。經過徹底搜查的結果，認定他應該只是搭上這波案子的順風車。

其他還有數也數不清的密告和犯案聲明。經過一番篩選，最後可疑的只剩下那個自稱是艾德的男人。

鮫島來到川崎的宮前平。川崎市內有好幾家原牙科診所，但是沒有一家的牙科醫師符合「阿伽門農」的媽媽桑說的條件。於是他改為詢問川崎的牙醫工會，有沒有姓原、但沒有自己開業的牙科醫師。

這一天他來到位於宮前平的一家老牙科診所。院長年紀很大，又沒有孩子，所以這間診所請了兩位沒有開業的牙科醫師，每週各來出診三天。其中一位醫生就姓原。

鮫島站在掛著以書法體黑墨書寫著「戶山牙科診所」招牌的建築物前。

珊瑚樹的植栽，圍繞著原本應該是白色的鋼筋兩層樓房。玄關前設有車廊的設計，可以感受到房子的年代相當久遠。

二樓部分是住家，一樓是診所。塗成白色的木門上，斑駁地掉漆，只有黃銅門把好像是最近才換上的，晶亮地閃著光。

鮫島轉動門把，進了診所裡。診療時間是「下午一點到六點」，現在時間剛過兩點。進去之後馬上就是一間候診室。兩張年代已久的沙發靠著牆壁擺著，房間一角放著一個巨大的火盆，看來已經很久沒有使用，給人不知道要放在哪裡、只好隨意放置在這裡的印象。

候診室裡很暗，沒看到人。櫃檯窗口就是候診室跟診療室的分界，一位上了年紀的白衣婦女，從這裡叫著鮫島，「第一次來嗎？」

鮫島亮出警察手冊，女人的臉上沒有任何變化。走近一看，不只是上了年紀，應該將近七十了吧。

「原醫生在嗎？」

「原醫生看診的時間是星期三、五和星期六早上。」女人冷淡地回答，透過厚厚的老花眼鏡瞪著鮫島，「請問有什麼事嗎？」

診療室裡傳來牙科診所必有的尖銳金屬聲。

「明天原醫生會來嗎？」

「我先請教您，有什麼事找他？」

「我有事要直接請問原醫生，原醫生結婚了嗎？」

女人收起下巴，露出不相信的表情瞪著鮫島，「醫生的私生活我不太清楚……」

鮫島在心裡嘆了一口氣。金屬聲停止。

「怎麼了？」身穿白衣戴著口罩的三十多歲男人，左手還拿著鑷子打開了診療室的門，鑷子上夾著沾著藥水的脫脂綿。

鮫島再次拿出自己的警察手冊，「我想請教關於原醫生的事——」

「原醫生跟我是同一所大學的牙科醫生，有什麼事嗎？」牙科醫師悶在口罩裡的聲音不大清楚。

「請問原醫生現在單身嗎？」

「是啊。之前結過一次婚，不過分手了。」

鮫島嘆著氣，「我想見見原醫生，請問該到哪裡找他？不過不是什麼嚴重的事。我是新宿署來的，敝姓鮫島。」

「找原醫生有什麼事情？」

「沒什麼，其實是因為在新宿發生了一點小事件，很無聊的糾紛啦，但是如果原先生人在當場，希望請教一下當時的狀況。」這類訪談時，很少會把真正的理由告訴本人以外的第三者。

「嗯，原醫生好像很常去新宿呢。不過他現在剛好去旅行喔。」

「去哪裡？」

「好像是夏威夷吧，他說要趕在暑假人多之前先去。去很久了喔，好像已經兩個多禮拜了。我暑假也打算休差不多的長假，沒辦法，誰叫我們要輪流上班。」

「預計什麼時候回國呢？」

「好像是星期六吧。他一個人，所以時間上很自由。」

「宮內和雄這個年輕人的名字，您聽說過嗎？」

「你問我嗎？沒有，沒聽說過呢。」說著，牙科醫師看著鮫島。

「新宿『阿伽門農』這間店的名字，有聽原醫生提起過嗎？」

「這個，好像沒有呢。那傢伙個性很怪，我叫他介紹我幾間東京認識的酒店，他就是不肯。」

「他是什麼時候出發的？」

「嗯……他整整去了二十天，所以應該是上上週的星期一吧。」

「一個人去的嗎？」

「這麼私人的事情我就沒問了。」

「醫生。」櫃檯的女人拉高了聲音。

「喔，知道了。可以了嗎？」

「好。不好意思耽誤您時間，最後想請問一下原醫生家裡的住址。」

「你到聖方濟醫大的牙科系去問問看吧，這種狀況他們應該會告訴你的。」

牙科醫師搖搖鑷子，消失在門的另一端。鮫島為自己的打擾道歉，在女人尖銳的視線洗禮下離開了牙科診所。

鮫島在牙科醫師原佳明任職的聖方濟醫大，拿到了原的住址和戶籍地。原住在川崎的武藏小杉。

這個距離東急線的車站很近的公寓，看來的確兩個多星期沒有人回來了。

上上週的星期一，就是第一次犯案的日子，回到新宿署後，鮫島請求成田飛夏威夷的所有航空公司，從當天的旅客名單裡找出「原佳明（HARA Yoshiaki）」這個名字。客機的旅客名單都由電腦管理，因此航空公司的回覆相當迅速。

當天飛往夏威夷的班機中，有兩班裡有「Y・HARA」這個名字，來自兩家不同的航空公司，鮫島要求他們提供這兩班班機的旅客名單。

其中一個班機裡，在「Y・HARA」旁邊，並列著「K・MIYAUCHI」這個名字。

「和雄從木津家逃出來，可能因為沒有地方可去，所以想到和以前很迷自己的原聯絡。原看他看來是個很有手腕的人，以女人來說，就是會把中年男子玩弄在股掌間的狐狸精吧。原看到這個自己追過一次卻沒有成功的年輕男人主動來聯絡，所以很高興地帶著和雄一起去旅行了吧。」

隔天的搜查會議上，鮫島進行了報告。出席的搜查員人數達百人以上。會議時間在上午較早的時間。

「就算他單身又不缺錢，真的會帶一個突然跟自己聯絡的人，一起去長達二十天的旅行嗎？」

新宿署刑警課課長米內說道。米內跟鮫島和桃井一樣是警部。搜查員的目光集中在鮫島身上。

「根據負責對航空公司處理票務的旅行社表示，原本來預計要一個人待在夏威夷。但是夏威夷的度假飯店沒有單人房，所以只能訂一大床或者兩小床的房型。也就是說，就算帶宮內和雄一起去，住宿費用並不會增加，只會增加來回機票和餐費的部分。另外，原他原本預約了打高爾夫球，本來只訂了一個人，臨出發前才改成兩個人。」

「假設宮內和雄跟原佳明在一起，那他從木津那裡拿走的槍，是從什麼管道跑到犯人手中的？」負責主持的警視廳搜查一課戶根崎警視問。

「宮內和雄應該不是在從木津家跑出來那天，就跟原一起去旅行。他應該先去找個暫時的落腳處窩著，比方說聊得來的朋友家之類的地方，但是那個地方很可能被木津找到，所以他才聯絡了原，然後原邀他一起到夏威夷旅行，當然，從木津那裡拿出來的變造槍不可能帶去旅行，所以他可能把槍寄放在什麼地方，或者處理掉了。」

「那現在宮內和雄人呢？」坐在戶根崎身旁觀察著會議的藤丸問。

「如果跟原在一起，應該是在歐胡島的希爾頓夏威夷度假村。當地時間昨天為止，都待在同樣歐胡島的馬卡哈喜來登。」

「回國時間是明天、星期六對吧？」

「旅行社證實，Y・HARA和K・MIYAUCHI這兩位都確認了回國的機位，班機將在明天下午兩點抵達成田。」

「很好。那就在成田逮住宮內。在被新聞記者發現之前，叫他供出怎麼處置槍的。請機場警察協助，在機場大樓裡先進行初步偵訊。如果說出槍的去處，在這裡待命的另外一班馬上行動。在這之前，隔絕一切媒體。」藤丸說完，看著鮫島。「現在宮內和雄還是一條重要的線，希望這條線可以帶我們找到犯人。」

鮫島點點頭。接著，香田站起來，手裡拿著夾紙板，對鮫島剛剛的報告彷彿完全不屑一顧。據說，香田因為鮫島加入搜查總部這件事，對藤丸提出了強硬的抗議。

搜查總部內對鮫島窮追木津這件事，並不覺得太意外。但是為了救鮫島，素有「死饅頭」之稱的桃井竟然射殺了嫌犯，卻是值得大家驚愕不已的大事件。以往明顯對桃井投以輕蔑眼光的刑警們，態度有了微妙的變化。

桃井對於這些變化，顯得毫不關心。他照樣維持跟救出鮫島之前沒兩樣的「死饅頭」姿態，坐在防犯課的課長位子上。搜查總部的新城很明顯地開始焦急，因而開始更加接近香田。看不慣新城這種舉動的年輕刑警們，開始來找鮫島請求指示，但是鮫島並沒有搭理他們。總部解散之後，鮫島和新城，還有這些年輕刑警們，都要再回到防犯課去。

鮫島對課裡的派系沒興趣。

「幾天前搜查總部陸續接到不少犯案聲明的電話，現在發給各位的這份資料，是根據自稱『艾德』嫌犯的錄音，由心理學家進行的分析。詳細內容各位看了應該就知道——」

聽了香田的話，刑警們紛紛打開發下的資料。這是會議開始之前，在進入會議室入口發的資料，負責發資料的是香田的部下，警視廳公安的刑警。

「鮫島警部，你對我的報告這麼不感興趣嗎？」香田突然說。只有鮫島一個人手裡沒有資料。「如果沒興趣的話，大可離開。」

鮫島臉上沒有表情，看著發資料的刑警。刑警乾咳了兩聲，別過臉去。只有鮫島一個人沒有拿到資料。

藤丸用試探的眼神看著鮫島。負責主持的戶根崎正要開口，香田繼續開始說話。「抱歉。我繼續報告，根據這份分析報告，『艾德』是二十多歲的年輕人，有過上大學或專門學校的經驗，持有高學歷。體型可能是極瘦或者微胖。不擅長運動，缺乏協調性，個性很容易鑽牛角尖。在聲色場所容易成為恐嚇目標，也有可能有順手牽羊之類的輕犯罪經驗。

「他對服裝沒什麼興趣，換句話說，屬於跟時下年輕人有點不一樣的類型。另外，他對警察組織、犯罪、槍械等有濃厚的興趣，這類犯行完成之後，在他的精神構造上絕對會忍不住想去誇耀。

「在思想上屬於不關心政治，或者趨向保守的類型，他本人雖然覺得不解，不過外表讓他很容易成為被懷疑盤問的對象。

「在馬路上的步行速度，要不是極快就是極慢。如果路上有自己感興趣的對象，他就看不見其他東西。如果沒有的話他反而會東張西望，行動上缺乏一貫性。另外，在性方面還未成熟，不太可能已經結婚，由於先前描述的個性，交友範圍也很狹窄。」在這裡香田頓了一頓，看著所有與會成員。即使跟鮫島眼神相對，他的表情也沒有變。

「根據這些資料來研判『艾德』的犯案動機，本新宿署員很可能過去因覺得懷疑而訊問過他，導致他在當時受到不當的對待，因而懷恨。如果是足以讓他懷恨的棘手訊問，那麼當然本署裡一定會留有外勤署員當時的紀錄，我認為這條線應該是個有利的方向。即使『艾德』不是犯人，犯人對警察官的憎恨，也可能出於同樣的理由。」

「很合邏輯的意見。」藤丸點點頭，看著香田，「那麼這條線就由香田警視來負責。新城警部補，請你從旁協助。」

「是！」

「香田警視在本署內待命，等候下次『艾德』的聯絡。另外，現在已經獲得ＮＴＴ淀橋營業所的協助，應該可以大幅縮短追蹤電話來源所需的時間。」

「還有什麼事嗎？」戶根崎看著所有人。

「如果沒有的話，今天也請各位以逮捕犯人為目標，注意己身安全，傾全力進行搜查。由於犯人個性兇惡、又持有槍械，為了與其對抗，已請各位攜帶手槍行動，使用槍械時還請各位慎重。結束！」

刑警們同時從椅子上站起來，起立的聲音喀答喀答地響。鑑識科的藪也在這其中，藪也出席會議，負責回答關於槍械的專門性疑問，另外他也報告了木津「工房」的檢證結果。

鮫島叫住了藪，藪正要離開房間，他停下腳步，彎起嘴角笑著。「敵方的攻擊還真是露骨呢。耳朵狀況怎麼樣？」他指的是香田剛剛的小動作。

「簡直像小孩子吵架。已經不太痛了。」

藪搖搖頭。兩人並肩走出總部。

「通過上級考試的大爺們，都沒見過世面，難怪連吵架的方法都這麼幼稚。」藪知道鮫島過去也是官僚組，故意這麼說。

「對了，香田警視大人報告的『艾德』分析，跟你一模一樣呢，除了年紀不大符合。」鮫島走在藪右邊說著。

「是啊。要是換個立場，說不定我也會成為像木津那種造槍名人。」藪滿不在乎地說。

「說到木津，『工房』裡查出了什麼嗎？」

「多得很，你想知道什麼？」

「被和雄帶走的槍，木津到底動了什麼手腳？」

「原來如此。那，就招待你到我實驗室來坐坐吧。」

「該不會想用燒杯請我喝咖啡吧？」

「我準備了一個客人專用的特別杯子。」

所謂特別杯，其實是一個手榴彈形狀的陶製咖啡杯。藪從一個寫著「ＯＸ」的壺，取出代糖加了進去。「ＯＸ」是火藥壺的意思。

藪在鑑識的房間裡擺滿了木津的作品。桌上的每一挺都附上一張標籤，寫著使用子彈和性能，這些都是從運河邊的「工房」押收回來的東西。

「全都查過了嗎？」接過藪泡的咖啡，鮫島站在排滿槍的桌前。

「只是先大概看了一下。接著連未完成品在內，還要一件一件仔細調查，如果不被警視廳搶走的話。」

「東西怎麼樣？」

「木津是個天才，他很清楚槍這種東西。有講求命中精度的槍、也有不要求的槍，他都區分得很清楚，根據不同的需求手工打造。」

「聽說他的東西很貴。」

「應該是吧，比方說這個，你可能不想看吧，就是差點打穿你腦袋的道具。」

鮫島低哼了一聲。藪所指的就是那把將四管槍身收在盒子裡的槍。

「這傢伙裝著了上下二連裝、兩種不同種類的槍。從射手方向看，右邊上下是使用二二雷明頓的來福槍，左邊上下是一二口徑的霰彈槍。扳機左右各有一個。也就是說，各扣一次扳機，撞針就會上、下、上、下掉下來。他射擊你的時候用的是右上的二二來福。如果他當時用的是左邊的霰彈，你脖子以上就會被轟得乾乾淨淨。他沒有這麼做，可能是他對那個地方還有留戀，不想讓你的腦漿玷污了他神聖的工作場所吧。」

「饒了我吧。」

「第一發沒打死你，所以他才換了個方法。好，接下來換這把槍。」

藪指著一個外表怎麼看都只會覺得是錄影帶盒的東西，盒子表面貼著卓別林的「舞台春秋」照片。

「這傢伙幾乎是間諜電影裡會出現的小道具。打開盒蓋之後，會彈出二二口徑的子彈。槍口就在接合處上，就是這個小洞。」

「裡面的機構部分呢？」

「槍的機構其實就像是複雜一點的安全別針。只要有彈簧、固定彈簧的零件，還有釋放彈簧的鉤就行了。撞針用釘子來充當就夠了。木津做的槍，目的並不是要發射幾百發，基本上是用完就丟的形式，所以他才會不斷嘗試各種點子。」

「命中精準度怎麼樣？」

「這會跟槍身還有槍本體的形狀有關係。槍身就是子彈會穿過的筒狀部分。關於子彈的旋轉運動，之前我也說過，重點是，只要槍身不會打亂這旋轉運動，就算稍微短一點，也不太會影響命中精準度，只要有最低限度的長度，就夠了。」

「可是之前你說過，如果直接鋸短槍身，命中率會降低——」

「那是指把市面上賣的來福槍身切成兩半的情況，我看到木津的作品就了解，他絕對不會幹那種事，他熱愛著槍，甚至可以說，他被槍所具有的魔力、破壞力深深吸引。他的作品裡有他的原則，就算是變造槍，只要是槍，就必須要美，這就是他的想法。」

鮫島想起木津批評新南部「不中用的東西」這件事。

「還有，如果是個外行人把市面上的來福槍槍身切成一半，就會連帶傷到裡面裝的膛線，也就是來福線，而且槍口面上可能會留下鐵屑。子彈只要稍稍碰到這些鐵屑，就會偏移瞄準的方位。槍口面的狀態跟來福線一樣，是命中精準度的重要因素。可是木津做的手槍或來福槍，即使是短槍身的槍，也會盡量考慮到這些因素。」

「你說槍本體的形狀，是什麼意思？」

「吸收後座力。」藪指著鮫島插在腰間的新南部。「彈殼內發生的爆發能量，會將彈頭推向唯一的出口，也就是槍口，但光是這樣能量當然無法完全釋放，反動還會傳達到彈室內的後方，也就是射手這一邊。比方說，木津改裝較輕巧小型的打火機做成的槍，用的是二二口徑的小子彈，改裝較大又重，類似公事包做的槍，就用霰彈或者四五口徑、來福槍彈。稍微動點腦筋，是可以讓本體小的槍發射大口徑的子彈，但這是行不通的。」

「意思是說，如果不能握牢槍，就打不中嗎？」

「不只這樣，槍確實有所謂好握的形狀。比方說，槍雖然可以裝在玩具布偶裡面，可是這種柔軟又不好握的東西，畢竟不適合拿來做槍。木津的作品中最多的就是傘，而他並沒有用大口徑的子彈。可是傘很好握啊，還可以用雙手抓呢。你覺得這是為什麼呢？」藪看著鮫島。

鮫島搖搖頭。「不知道。」

「因為重量。也就是說，傳到射手之前的後座力，能因為槍本體的重量加以吸收、或者無法吸收，會讓射手受到的衝擊力道完全不一樣。而且，東西愈輕，射手握槍的姿勢就愈容易隨便。」

「所以最好不但容易握，而且有一定份量，是嗎？」

「沒錯。大口徑的槍的重量之所以會跟尺寸成正比，就是因為這個緣故。輕的槍會讓後座力在手裡亂竄。相反地，槍愈重，即使口徑很大，射手也不會有過度的後座力，比方說讓手腕彈起來之類的。」

「三零－零六呢？」

「當然要夠重才行。木津設想到使用自己作品的人，可能從來沒有開槍的經驗，所以特別考慮到這樣的機能。作為一個工匠，他確實手藝一流。」

「作為一個變態也是。」鮫島喃喃地說著。

「所以至少我敢說，不管犯人手上的槍看起來是什麼形狀，都會有一定的重量，而且是射手容易掌握的形狀。」

「再加上是外表看起來絕對不像槍的東西，那會是什麼呢？」

藪盯著鮫島的臉，搖搖頭。「不知道。押收的東西裡沒有用三零－零六的槍。以衣服來說，現在犯人手上有的，就是所謂的單件訂製品啊。」

20

鮫島跟外山一起在成田機場裡的海關特別檢查用房間，房間大約五坪大，入口只有一個，沒有窗戶。進來之後正面牆壁上裝著一面橫長型的鏡子，高度大約在胸口。

房間中央有供四人坐的桌椅，角落放著長凳。

辦理入境手續的宮內和雄，應該馬上會被機場警察官要求自願同行。

門一直敞開著。牽著緝毒犬被稱為「馴犬關員」的檢查官在外面的走廊走著。馴犬關員負責利用緝毒犬，在寄存機內的旅行箱、衣箱等行李，從客機貨物室出來之後馬上檢查。緝毒犬快速地在水平轉台上來來去去，企圖嗅出毒品的味道。

兩點二十分，四名制服警察官圍著一名身穿短褲和連帽棉外套的少年從走廊那頭走來。

找到宮內和雄的訊息，在幾分鐘前，已經從行動收訊器的耳機中流出。

鮫島從左耳拔掉接收器的耳機，因為右耳聽不見，塞了耳機就無法對話。

鏡子另一邊共有六名搜查員在待命，其中也包含警視廳一課的刑警。

制服警官中的兩名等到少年進入房間後便離開，剩下兩名則站在門前等候指示。

宮內和雄曬得極黑，脖子上掛著用帶子繫著的太陽眼鏡。連帽外套下是色彩鮮豔的背心。體毛很薄，肌膚光滑，有著厚實的胸膛，手腳也很有肌肉。

「同行的人在另一間，二號房。」一位警官說道。身上帶著巡查部長的階級章。

「辛苦了。請在那邊也派一個人。」鮫島說完，關上了門。

被留下的宮內和雄，臉上全無表情。雖然緊張，但看起來並不害怕。眨眼時，跟體型不相稱的長睫毛就會上下晃動。

訊問主要由鮫島負責，外山也已經同意。「坐下。我是新宿署的鮫島，這位是外山先生。你是以前在『阿伽門農』工作過的和雄，對吧？」鮫島說。

和雄慢慢地嘆了一口氣，他翻著眼，來回打量著鮫島和外山，動作看來很媚。

「請坐。」鮫島催促他坐下。和雄拉出椅子，咚地坐了下來。

「夏威夷怎麼樣？」鮫島問。和雄沉默地看著鮫島。

「好玩嗎？」

他點點頭。

「在那裡待了多久？」

「二十天。」和雄說。

聲音很低，鮫島側耳吃力地聽著。「抱歉。請你稍微大聲一點，你也看到了，我耳朵受傷了。」

「去了二十天。」

「是嗎？你不在的時候，日本發生不少事，你知道嗎？」

和雄搖搖頭，似乎還沒有決定要不要裝出乖孩子的態度。

「你認識木津要吧？跟你同居過一陣子的男人。」

和雄停止了眨眼。「不認識。」

「是嗎？有很多人都知道你跟木津交往的事。」

「不認識，我不認識他。」

「如果你害怕跟他扯上關係，那大可不用擔心。木津已經死了。」鮫島突然亮出牌底。

和雄的眼睛似乎稍微張大了一些，但並沒有更多的變化。

「所以你先不用管木津的事。可以告訴我你到夏威夷之前那幾天發生的事嗎？」

「為什麼？」

「告訴我。」

和雄想了想。他的眼神不定，視線不住地在天花板、地板、鏡子上游移。

「我跟原先生在一起。」

「從什麼時候開始？」

「上個月初。」

「星期幾？」

「忘了。星期四或星期五吧。」

鮫島拿出筆記本的日曆給他看。「你跟原先生離開日本是上個月十三號、星期一。現在我們也正在跟原醫生求證，所以馬上就會知道正確的日期。」

和雄的眼睛開始迅速眨動。「星期六。」

「所以說，是十一號對吧。這之前你人在哪裡？」

「朋友家。」

「你朋友叫什麼名字？」

「為什麼？你幹嘛問這個？」

「我要跟你朋友確認。」

「我又沒有做什麼壞事。」

「我知道，可是這必須要你朋友來證明。」

「什麼意思？」

「比方說，假設星期五發生了一個事件。我們必須證明那件跟木津有關、跟你無關。所以我才想知道你跟誰在一起。」

「星期五嗎？」

鮫島點點頭。

「以前一起打工的朋友家。呃，我不想牽連到我朋友……」

「我們不會麻煩到他。」

「可是，那、如果要告訴你，先讓我打個電話給他。」

「你先告訴我。」

和雄很猶豫。

「你最好告訴我，不然你可能會惹上大麻煩。」

「什麼麻煩？」

「——有人死了。」

「在哪？」

鮫島沒回答，只是盯著和雄。和雄可能是擔心從木津那裡帶走槍這件事，會被問罪吧。鮫島心想，看來他是真的不知道有連續襲警事件。

「砂上、砂上幸一。」

「哪幾個字？」

鮫島遞出便條。

「砂上幸一。」和雄在紙上寫下這幾個字。

「砂子的砂、上下的上、幸福的幸、數字的一。」鮫島說著，目的是為了讓鏡子另一側的刑警們聽到。

「住在哪裡？」

「中野。」

「原來如此。從門前仲町搭地下鐵東西線不用換車就可以到，是嗎？」鮫島說著，和雄抬起了頭。「可以告訴我電話號碼嗎？」

「我現在沒有帶通訊錄。」

「那你也沒辦法打電話給他囉？」說著，鮫島看了看手錶。

「他是做什麼工作的？」

「很多。」

「很多？比方說？」

「本來有一份正式的工作，但後來覺得太無聊，就辭掉了，開始打不同的工。」

「現在呢？」

「不知道。那個……可以抽菸嗎？」

鮫島點點頭。和雄從連帽外套口袋拿出維珍妮涼菸，點上火。

「你跟他認識很久了嗎？跟砂上？」

「三年或四年吧。」

「到砂上他家是星期五還是星期四？」

「星期五傍晚。」

「那之前都在門前仲町？」

和雄不情不願地點點頭。

「大概幾點離開門前仲町的？」

「三點左右。」
看來他是趁木津出門吃午餐的時候，拿了東西跑走。
「然後馬上就去找砂上了嗎？」
和雄再次點點頭。
「砂上當時在家嗎？」
和雄搖搖頭。
「那你怎麼辦？」
「我知道鑰匙放在哪裡，所以自己進了房間。」
「他住公寓嗎？」
「對。」
「也就是說，你知道砂上把鑰匙放在牛奶箱之類的地方，然後用那把鑰匙進了他房間，對嗎？」
「對。」
「那之後你是什麼時候跟原醫生聯絡的？」
「星期五晚上。」
「砂上當時人也在？」
「不在。他很晚回來。」

「砂上幾點回來？」
「十一點左右吧。」
「很晚嘛。去喝酒嗎？」
「有喝酒，然後好像跟人打架了，全身是血。」
「打架？」
「我也不知道。他喝醉了，心情很不好。好像錯過了好幾班電車。」
「是因為喝醉了？還是因為被打了之後身體不舒服？」
和雄搖搖頭。
「不知道。」
「砂上今年幾歲？」
「二十四歲。」
鮫島往後靠在椅子上，叼起菸。現在另一間房間的刑警們應該已經跟東京方面聯絡，指示找出住在中野的砂上幸一這個年輕人吧。和雄安靜著。鮫島感覺到，和雄心中應該下了某種決心吧。
「你以前跟砂上交往過嗎？」
和雄不斷直盯著鮫島，他的眼睛裡有強烈的反抗，眼神敏感地試探著警官對同性戀是否有歧視。

「只是普通朋友。」可能是從鮫島的表情上並沒有看出那樣的感覺，和雄悠悠地吐出了一句話。

「你為什麼沒有待在砂上那邊，要跟原醫生聯絡呢？」

和雄看著桌子表面。

「砂上人親切嗎？還是很兇？」

「很親切，但是也很兇。」

「什麼時候會兇你？」

「我表現出同性戀傾向的時候。」

「──也就是說，如果你太黏他就會不高興？」

他點了頭。

「你喜歡他嗎？」

和雄的眼睛停在桌子上的一個定點，沒有移動。

「砂上體格很魁梧嗎？」

「他長得很高，腳又長，很帥。」

「力氣也很大？」

「嗯。」

「很愛跟人吵架嗎？」

「有點。」

「一個力氣大身體又高大的傢伙，打架還會打輸？」

「聽說是遇上了流氓。跟流氓打起來，本來以為對方只有一個人，沒想到有很多人。」

「所以才不高興？」

「可能吧。」

「砂上遇上這種事，是會報復的人嗎？」

「他說是第一次遇到這種事，第一次被揍得這麼慘。」

「在哪裡被揍的？」

「不知道，我想應該是新宿。他說他去新宿的歌舞伎町聽什麼歌，回來的路上被打的。」

「聽歌？音樂會嗎？」

「嗯。幸一他經常去聽喜歡歌手的演唱會。」

「他喜歡哪些歌手？」

「不知道。他有很多CD和錄音帶，但是我一碰，他就會生氣。」

「所以說，你星期五傍晚離開木津家，到砂上住的公寓，大概是幾點到的？」

「四點或四點半。」

「然後到砂上回來之前，你一直都待在公寓裡？」

「對。」
「吃飯怎麼辦？」
「肚子餓的時候有出去買麵包。」
「所以有出門囉？」
「附近有一家店，我在那裡買回去的。」
「不覺得無聊嗎？」
「不會啊，就看電視。」
「然後到十一點左右，砂上回來，不但喝醉了，身上還受傷、渾身是血，心情很不好。
那砂上看到你之後有什反應？」
「就說『是你啊』，問我『你怎麼在這裡』。」
「那你怎麼回答他？」
「我告訴他我很快就走，請他讓我住一晚。」
「你真的打算很快就走嗎？」
「我打電話給原醫生，他邀我一起去夏威夷旅行。我跟他說，我要考慮一下……」
「這麼說，其實你是想繼續跟砂上在一起的？」
「──因為我以前就一直很喜歡他。」
「認識木津之前嗎？」

和雄點點頭。

「可是砂上是異性戀，所以他並沒有接受你。」

「對。我想要是待太久他會不高興，所以星期六跟原醫生約。」

「你馬上就到原醫生家去了嗎？」

和雄搖搖頭。

「吃過飯後，稍微喝了幾杯。然後開車到海灣大橋。」

「橫濱的海灣大橋嗎？原醫生有車嗎？」

「SAB。」

「你離開砂上家，是星期六的幾點？」

「五點左右，因為跟原醫生約七點見面。」

「約在哪裡？」

「澀谷。」

「澀谷的哪裡？」

「一家叫『aquras』的咖啡廳。」

「然後一起去吃飯嗎？」

「對。」

「你出門的時候，砂上在做什麼？」

「在睡覺。」
「身體不舒服？」
「對。」
「到澀谷途中有繞到其他地方嗎？」
和雄搖頭。
「你從木津那裡帶走了很多東西嗎？」
「——一點點。」
「一點點什麼？」
「衣服。」
「其他呢？」
「什麼其他？」和雄看著鮫島。
「你帶走的只有自己的東西嗎？」
「對。」
「是嗎……」鮫島再次點起一根菸。和雄的表情變得僵硬。
「砂上他，是什麼樣的人？」
和雄的表情有點驚訝。
「你既然喜歡砂上，那他應該是個好人吧？或者是個有趣的人？」

「他人很親切，可是又很兇。」
「這大家都一樣吧，心情好的時候對人親切，生氣就很可怕。」
「我說的不是這樣。他對鳥、貓等等，對動物很親切。之前還把被車撞到的小貓撿回來養。可是對人，對人的話他一生氣起來就很可怕。明明對貓很好，對人卻很兇。」
「他討厭人嗎？」
「可能吧。」
「他什麼時候會對人生氣？」
「他說他討厭愛逞威風的人、自以為了不起的人。」
「比方說流氓嗎？」
「嗯。還有警察。」說完，和雄看看鮫島又看看外山。
「因為警察也愛耍威風，所以討厭嗎？」
「他說警察愛擺架子，卻一點都幫不上忙。警察塞了滿街，每個人都霸道得要命，稍微穿得髒一點，就會囂張地叫人家『喂！你過來』，但是遇到流氓卻什麼都不管。他說，新宿的警察都怕流氓。」
「因為砂上被流氓揍的時候，警察沒有幫忙他嗎？」
「可能吧。」
鮫島慢慢地倒吸了一口氣。他看著外山，對方臉上也浮現嚴肅的表情。

十號那個星期五，新宿的確有很多警官，那是為了在御苑舉辦的園遊會實施的警戒。

「你從木津住處帶走的東西，除了衣服之外還有什麼？」

和雄暗暗地倒吸一口氣。

「你帶走了什麼？」

「沒有。」

「是嗎？木津說，你帶走了一樣東西。」

「——他騙人。」

「是嗎？」

他緊盯著和雄，和雄的眼神再次定在桌上的某一個點上。

「你跟原醫生見面時，從砂上家把所有行李都拿走了嗎？」

和雄沒有說話。

這時有人敲門。外山站起來，開了一道門縫。一張紙條遞到外山手中，外山看完之後交給鮫島，然後坐下。「砂上幸一，中野區彌生町一丁目X番X號，彌生第二棟二零三號室。電話三八五－XXXX，沒有前科、沒有犯案、逮捕紀錄。目前正以違反持有槍砲等取締法嫌疑，申請搜索令。未進行電話在宅確認。總部二班、八班、十三班，緊急出動中。」

鮫島將紙條摺起放進胸前口袋，鮫島摸著和雄的肩。和雄第一次露出害怕的表情。

「我們知道你從木津那裡帶走了木津的作品，可能是因為吵了一架覺得很火大，故意要找他麻煩吧。可是你又開始擔心之後會被木津報復，所以已經將那個東西藏好在某個地方了，對吧？」

「不知道，我什麼都沒有拿。」

「我說過，木津已經死了，你沒什麼好怕的了。」

和雄睜開眼睛，盯著鮫島。「你是說，這樣並不會有罪？」

「會不會有罪，就看你自己了。」

「你想威脅我？那我什麼都不說的。」

「好。那我就告訴你吧，你們出發到夏威夷那天，新宿有兩名警官被殺。隔了一週又有一個人被殺、一個重傷住院，在鬼門關前走了一遭，現在好不容易保住一命。同一週稍晚，也就是上週的星期六，又有一個警官被殺、一個受重傷。事發現場都在新宿，被襲擊的都是新宿署的警官。總共有四名警官死亡、兩名重傷。所有人都被同一支槍擊中，木津告訴我，你拿走的那支槍，用的是相同的子彈。」

和雄瞪大了眼睛，幾乎要撐破他的眼角。「不……不會吧，別開玩笑了！」裝可愛的媚勁消失，他的口氣大變。

「這不是開玩笑，你帶走的槍，殺死了警官！」

「不知道、我不知道，我不知道，我什麼都不知道！不可能有這種事！」

「和雄，你快老實招吧，你現在處境很不妙。如果是你把槍交給砂上，好讓他去報星期五的仇——」

「我沒有！我才沒有！」和雄差點要站起來，大叫著。

「我只是放著而已。我又不知道要拿來幹嘛、又覺得很危險，所以寄放在幸一那邊而已。這……這根本……太離譜了嘛！」

「你有告訴砂上那是槍嗎？」

和雄安靜了下來，眨眼的速度變得很快。

「說了是嗎？」

「可能說了吧，拜託他幫忙保管的時候。」

「你本來打算怎麼處置？」

「回來之後交給認識的幫派兄弟，請他幫忙賣掉。」

「你是怎麼跟砂上說的？」

「我說到時候錢會分他，所以請他在我回來之前保管好。他問我這是什麼，我就告訴他，是類似手槍的東西。」

「那砂上怎麼說？」

「他很興奮地問『真的是槍嗎？』可是東西用紙包著、還綁好了繩子，所以我告訴他不能亂碰。」

「東西看起來什麼樣子？」

「不知道。大概這麼大，用油紙和包裝紙包了兩層，裝在紙袋裡。」和雄用手比了個三、四十公分長寬的四方形。

「重量呢？」

「三公斤左右，滿重的。」

「渾蛋！」鮫島忍不住爆出一句。外山站起來，對他點點頭。

再次傳來敲門聲，鮫島走過去開了門，是負責偵訊原的刑警。

「證詞確認過了。」

鮫島回頭看和雄，和雄渾身顫抖，看著鮫島說：「我……我想上廁所。」

站在門外的制服警官帶和雄去了洗手間。

「先寫偵訊書吧。」外山說道。

鮫島點點頭。他叫來負責書記的刑警，等到和雄回來，便開始製作偵訊書。

和雄擔心自己被認定是砂上的共犯。他在內容與自己告訴鮫島幾乎一樣的文件上署名、蓋章。調查書完成後，在隔壁房間的警視廳一課警部進來。

「已進入砂上的公寓，發現五發彈殼。但未發現砂上、未發現槍枝和剩下的子彈。隔壁房間的人有聽到，過中午時出門的聲音。」

「回東京吧。砂上今天可能會動手。」鮫島說。

21

穿過傍晚的車陣，到達新宿署，時間是下午近五點。為了避免蜂擁的記者看到和雄，由另一輛車將他從後門送到署裡。

藤丸在總部裡焦急等著。雖然已經傳回消息，但鮫島還是再次重新說明。除了埋伏在砂上公寓的三班刑警，其餘刑警馬上聚集召開搜查會議。

會議開始的時間是下午五點二十分。

晶的演唱會是七點開始。看樣子這次也去不了——鮫島心想。

砂上的照片已經送到總部，是他有正職工作時期的照片，頭髮很短，繫著領帶。和雄看著照片說，他現在稍微瘦一點，頭髮也留長了。

照片分發到會議席上。看見這張照片時，鮫島覺得，這是個有一對陰暗眼睛的男人、看起來很不可靠，眼睛深處藏有莫名的陰暗。這眼神不同於瘋狂，讓人感覺到自暴自棄的危險性。然而，嘴角卻又主張著強烈的自戀。

他將眼神從照片上移開，叼起菸。

突然，他覺得一陣衝擊，視野中的某一處角落頓時亮起來，一陣驚訝也同時貫穿腦袋。

他再次看著照片。

會議開始，討論著重點配備的地點。在砂上家沒有發現到槍，就表示砂上很有可能帶著槍外出。換句話說，這就暗示著今天很可能是第四樁犯行的日子。

鮫島心想，不會錯。

鮫島看過砂上，砂上就是那天當他從新大久保的三溫暖要到ＴＥＣ表演廳去接晶時，在路上遇到被花井組的小混混毆打的男人。

一個年輕男人蹲在地上，被三個小混混包圍。一個拉著他的衣領，剩下兩個輪流有效率地踹踢他。

有人停下腳步觀看，但既沒有人制止，也沒有人企圖幫忙他。知道對方是流氓的那一瞬間，圍觀人群都不敢久留，紛紛散去。

就連鮫島自己也這麼想，真蠢。這不是針對打人的小混混，而是對被打的年輕人所發出的感想。並非同情，而是輕視。

那是對打破新宿這個地方暗規的年輕人，一種輕蔑的情感。

「不要你管！」「少管我！渾蛋！」

年輕人的話在耳邊迴響。要是再早個幾分鐘，在年輕人喪失所有鬥志之前，能有人介入阻止，或許他就不會說出這樣的話。或許，就不會對拋棄他的街道、拋棄他的行人、拋棄他的警官產生怨怒了。或許就是那一天，讓砂上對新宿署外勤警察官產生了憎恨。

鮫島的驚訝馬上就轉變為後悔。

被小混混圍毆、無人出手相救的憤怒——而砂上的憤怒並非朝向對自己施暴的人，而是朝向沒有拯救自己的人——警察。

當天的警官、警備警察人數格外得多，幾乎小心謹慎過了頭。身為一個市民，眼睜睜地看著警察大張旗鼓地加強戒備，自己卻無法接受保護，心中充滿了不甘。新宿明明有這樣多的警官，但是自己被揍、倒地、被踢、流血，卻沒有一個人報警，也沒有趕來現場幫忙的警察。

痛苦和屈辱，可能逐漸地轉變為憤怒和絕望，以及憎恨。

當時，鮫島沒有告訴那個受傷的男人自己是警察。一想到這裡，鮫島心裡就有一陣強烈的後悔。

如果自己表明了身分，如果自己讓他知道，警察並沒有見死不救……或許砂上對警察的憎恨，至少不會強烈到出現殺意吧。

自己當時急著趕路，為了趕赴跟晶的約，沒有告訴砂上自己是警察，就這樣眼睜睜地看著砂上離開。鮫島的心裡湧出一股難以遏抑的苦澀。

他得告訴砂上，自己是警察。同時還要告訴他，假使有警察應該受懲罰，那應該只有自己。

「砂上幸一上個月十號，曾經到新宿歌舞伎町聽演唱會，當時被幾名疑似幫派成員施暴，現場沒有任何人出面阻止，而且當天為了新宿御苑園遊會，新宿署管區內部署了相當大量的警力，但卻碰巧沒有發現現場，加以制止、保護——研判砂上可能因此懷恨，產生對警察的殺意。

「也有可能在這之前就曾經接受過外勤署員等的訊問，使他喪失對警察的信賴，在這樣的背景之下，再加上此次事件作為導火線，因而演變為殺意。很遺憾，當天本署的紀錄中並沒有記載這類暴力事件，這證明了警察官確實沒有對砂上進行保護。」藤丸說。

不！雖然遲了一些，但自己當天人確實在現場啊！鮫島忍下心中這樣的吶喊。

「砂上的犯案，是他將這種無端怨恨不斷累積，導致殺意愈來愈激烈的結果。目前還無法證明跟香田警視有過電話接觸的『艾德』就是砂上，但不管是或不是，今後誰也不能保證砂上挑選的犧牲者一定是警察。因此，今天晚上如果砂上打算繼續在管區內犯案，那麼在新宿的所有人都可能成為砂上的標靶。」

香田進了總部，要求對和雄進行偵訊，直到剛剛才結束。

「怎麼樣？」

聽到藤丸的問題，香田搖搖頭。

「從砂上或者是身邊其他人口中，都沒有聽過『艾德』這個名字。」

「是嗎……」

話雖如此，香田的表情卻並沒有顯得消沉。

「方便說幾句嗎？」香田請示了藤丸之後，開始對大家說。「剛剛對宮內和雄的偵訊，將重點放在上個月十號，砂上到新宿來的目的。據了解砂上是為了參加演唱會而來，因此我們詢問了警備課當天新宿管區內舉辦的演唱會。」

所有搜查員都注意著香田，包括鮫島在內。香田是個討人厭的警官，但並不愚蠢。

「包含本署以及四谷署的管區，新宿地區可容納百名以上觀眾的多目的劇場、表演廳，除了電影院以外共有十六所。其中可用於演唱會活動的，有十所。而上個月十號，實際上有歌手或者樂團使用的地點，共有四所。這四所分別是厚生年金會館、科瑪劇場、蘋果劇場、盧米內會館。

「厚生年金會館舉辦的是來自美國的搖滾樂團『Bug Eater』演唱會，科瑪劇場是偶像歌手松樹由利的音樂劇，蘋果劇場是日本搖滾歌手安藤芳紀的演唱會，盧米內會館是香頌歌手堺光子的演唱會。」香田在此停頓了一下，望著所有的搜查員。「其中松樹由利的音樂劇是追加公演，從今天開始在科瑪劇場連演三天。研判砂上幸一很有可能參加這場演唱會。」

香田回頭看看藤丸。

藤丸面露緊張的表情說：「你是說，砂上有可能在科瑪劇場內開槍？」

「到新宿來看松樹由利，對砂上來說是一切的原點。如果砂上是松樹由利的忠實歌迷，就非常有可能在會場犯案。」

旁人都可以發現，藤丸頓時臉色蒼白。「上演時間是幾點？」

「六點三十分進場、七點開演。」

「馬上聯絡主辦單位。」

「要求取消嗎？」

「沒錯！」

「可是，如果公演取消，砂上可能會因為失望變得自暴自棄。」香田急切地主張。

藤丸第一次顯得猶豫，但短短一瞬間後，他馬上做出決定。

「緊急在科瑪劇場周邊進行部署。動員所有目前有空的便衣警察，部署在內外，全員穿著防彈背心。務必在開場前找出砂上，拘捕到案。現場指揮官為香田警視和戶根崎警視，完畢！」

搜查員們立即站起來。

「香田警視——」鮫島快步走近香田。正要往出口走去的香田停下腳步，其他搜查員也停下了腳步，看著鮫島和香田。

「什麼事？」

「Live House呢？」

「Live House？」

「如果包含業餘樂團，新宿出借場地給樂團的Live House數量相當可觀。」

「那又怎麼樣？」

「砂上幸一也有可能到這類Live House去。」

「你知道光是歌舞伎町有多少這種Live House嗎？這種地方不會一一跟警備課報備，而且演出行程的紀錄多半也很隨便。如果想查，你就自己查吧。」

香田轉過身去。

「砂上幸一的住處裡有松樹由利的唱片或海報嗎？」

「誰知道！你幹嘛不自己親眼去確認。」他保持背對鮫島的姿勢。

總部的電話鈴響。值班的刑警接起電話，大叫：「香田警視。」

「幹嘛?!」香田毫不掩飾自己的不耐，大聲怒吼。很明顯可以看出他迫不及待地想盡速前往科瑪劇場。

「是『艾德』打來的。」

現場凝結著一陣緊張的氣氛。

藤丸小聲地說：「不管他是不是砂上，絕對不要讓他知道，我們已經掌握砂上這個名字。」

香田點點頭，對鮫島投以銳利的一瞥，走近電話。同時也馬上有人聯絡了ＮＴＴ的淀橋營業所。

「是香田。」

「我是『艾德』，好久不見。」聲音透過擴音器播放出來，聲音裡甚至帶有樂在其中的喜悅。

香田按捺怒氣，大口地深呼吸。「真的好久不見了。」

「我本來以為你不在呢。」

「怎麼會呢，我一直都在等你的電話。」

「真的嗎？別故意逗我開心了。我現在下班，剛到新宿。」

「喔？到新宿有什麼事？」

「這個嘛，我正在考慮要做什麼好。怎麼樣，你是不是稍微更了解我一點了？」

「沒有，我舉白旗投降。」

「這怎麼行呢，日本警察不是很優秀嗎？如果你們真想知道我的身分，我就告訴你們一條寶貴的情報吧。」

「什麼情報？」

「我到目前為止從來沒被警察抓過，所以就算你們去查紀錄也是白費力氣。被警察抓過的人，會害怕警官，但是我不怕。而且我這種人，跟你們是同樣的類型。」

「同樣的類型？」

「沒有錯。你們跟我之間隔著法律，面對面站著，就像照鏡子一樣。不、不只是這樣，應該說，我就在你們身邊。」

「我聽不懂。」

「你覺得，為什麼我射擊會這麼拿手？每次都能精準地命中目標呢？」

「你的意思是說，跟警察或自衛隊有關嗎？」

「艾德」吃吃地笑了起來。

「你好好想想吧。那，我會再打來。」

「等一等，急什麼。你應該還有時間吧。」

「你們可別想追蹤，我現在還得去一個地方。」

「要去很多人的地方嗎？」

「誰知道呢。我會再打電話。」電話斷了。

「——應該不是。」藤丸說。

「新宿車站周邊各分局，新宿車站東口地下街，商店旁公共電話，號碼四谷—六五七九，再重複一次，商店旁公共電話，號碼四谷—六五七九，請拘捕可疑人物。」放在總部的署外活動用無線機，開始將指令送給負責無線的人員。追蹤電話來源成功了。

「這裡是新宿二零三，新宿。」幾分鐘後接獲回報。

「這裡是新宿，請說。」

「目前已抵達該電話前進行搜索，但未發現可疑人物。因為行人眾多，很難發現目標人物。」

無線科看著藤丸。「好。」

「這裡是新宿，新宿二零三，狀況已經了解。辛苦了。」

「準備前往科瑪劇場。」香田對藤丸稍息行禮。

「好。對主辦單位的說明，就麻煩你了。行動上以人命為第一優先。」

「了解。」香田離開。

鮫島看看鐘，已經六點多。科瑪劇場的音樂劇和晶的現場演唱會，在同一個時間開始。

香田的推理也不是沒有可能。

鮫島猶豫，該不該把自己曾經遇過砂上這件事告訴藤丸。可是，現在還有更急著該確認的事情。鮫島離開總部，開車往中野出發。

中野附近是典型的密集住宅區。緊密排列的房屋之間，兩戶的牆壁幾乎相接得很近，穿過其間的道路，寬幅大約只能容納一輛車子勉強通過。而且道路在彎道或轉角的地方，往往為了避開門柱或牆壁，形成相當尖銳的角。

狹窄道路的兩端，就像圍牆一樣櫛比鱗次地排列著小房子、小公寓、宿舍、便利商店、菸店、洗衣店、餐廳等等。這是大都會才看得到的迷宮。

鮫島在途中放棄開車前進，因為他知道這段路是連續的單行道，所以就算能開到目的地，回程時也無法走同一條路回來。

警察很習慣看地圖，但即使如此，要在住宅密集區的狹窄巷道中左彎右拐地穿梭，尋找陌生的建築物，也相當吃力。

好不容易找到的彌生第二棟，是棟木造灰泥的兩層樓公寓。建築物呈細長型往後延伸，設在側面的鐵製樓梯面對馬路。面對這棟公寓的右邊是座寺廟，左邊是結構相同的彌生第一棟。

木造公寓周邊部沒有車輛，路也很窄，地形上如果有陌生的車停在這，一定會很醒目。附近雖然沒有看到任何明顯的部署，但鮫島卻可以感覺到埋伏的緊張空氣。

木造公寓一樓部分包圍著寺廟境內的圍牆暗處站著四名、寺廟境內內部藏有四名。埋伏總數有三班、十八名，所以其他十名一定都在同一座木造公寓的房間裡，屏息等待著。

埋伏的現場指揮者是十三班的班長，警視廳一課的矢木警部。矢木人在砂上隔壁房間二零四號房。守在木造公寓樓梯下的刑警告訴了鮫島，他敲了二零四號房的門。當然，砂上並沒有出現。

這棟木造公寓每樓有四間房間，從二樓後方依序是二零一、二零二、二零三、二零四，二零四號房是離樓梯最近的房間。

「是誰？」年輕男人不安的聲音從嵌著磨砂玻璃的三合板房門對面傳來。

「我是新宿署的鮫島，請問矢木先生在嗎？」

門打開。從裡面流出一股充斥男人體臭、悶燥的味道。開門的是一個十八歲左右穿著牛仔褲的年輕人，另外四個身穿防彈背心的男人，盤腿席地坐在接近入口的木板地廚房裡。

矢木坐在最邊上，黑白參半的頭髮剪得極短，體格好比柔道選手。他在短袖白襯衫外穿著防彈背心，手槍插在左腰。

「怎麼了？」年輕人在門前閃身讓鮫島進來，矢木抬頭看著鮫島。行動收訊器的耳機塞在左耳，右手裡拿著另外一個數位無線電，這是接收警視廳通訊專用的數位頻道。矢木也知道，鮫島並不是在總部指示下到這裡來的。

「我想看一下房間。」鮫島進了房中，反手關上了門。

「為什麼？」

「為了確認嫌犯今天到底是去看誰的演唱會。」鮫島耐著性子說明。時間已經快要到六點五十。

「不是科瑪嗎？剛聽說是那裡啊？」

「就是為了確認這件事才來的。」

矢木狐疑地盯著鮫島，「總部知道這件事嗎？」

「不知道。」

矢木嘆了一口氣。「好吧，算了。那你動作快一點啊。」矢木從休閒褲口袋裡掏出鑰匙，交給鮫島。

鮫島點點頭，「非常感謝你。」

拿到鑰匙，他離開二零四號，插入二零三號房門。戴上手套，將手電筒從後褲袋裡抽出來。房裡的格局跟二零四號房一樣，有一個小廚房和一間房間。進去後左手有流理檯，後面是廁所。鋪了木板的廚房大約一坪半，後面有三坪的和室。房裡雖然門窗緊閉，但跟二零四號房相比還是比較涼爽一些。鮫島心想，那個住在二零四號房協助埋伏的年輕人，一定很困擾吧。脫了鞋，他進入室內。三坪房間裡有一張單人床和一張小和式桌。房裡還有書架，上面塞著幾十本文庫本的書和漫畫。旁邊放著電視、錄影機，還有一座迷你音響。

鮫島拿起手電筒照著室內的牆壁，跟隔壁二零四號房相鄰的牆壁是一座壁櫃，壁櫃的拉門上貼著全是女性的搖滾樂團SHOW－YA的海報。室內的食物味道意外地淡，看來砂上三餐多半都是外食解決的。

鮫島走向迷你音響。電視櫃下面擺著錄影機，再下面放著錄影帶和ＣＤ盒，總共有十來個，旁邊有金色的東西反射著光芒，鮫島湊上前去看。五個彈殼並排著，三零－零六的彈殼長度有六公分多，跟鮫島的小指頭差不多長。從前端插入彈頭部分開始，有約一公分的長度呈現凹陷、變得較細。為了執行搜索令，總部可能請來了公寓管理員或者房東在一旁見證，由於擔心砂上隨時會回來，所以決定等拘捕到案後再收押證物。

彈殼整齊地縱向排成一列。

鮫島打開電視櫃的玻璃門。小心不要碰到彈殼，拿出ＣＤ盒。

其中有歌謠，也有搖滾樂，不過全都是女歌手的作品。

他轉向迷你音響，這台音響有CD播放器和兩個卡帶播放器，從最上面開始依序是調諧器、卡式錄音機、CD播放器，兩邊設有喇叭。調諧器上整齊地排著二十幾個卡帶盒子。

他照亮著盒身，上面幾乎都沒有寫曲名索引。寫著「松任谷由實」和「吉田美奈子」的帶子看起來很舊。並沒有看到「松樹由利」這個名字。

鮫島正想移動，卻被某個東西勾住了腳尖。手電筒一照，原來是台纏捲著耳機線的隨身聽。他撿起隨身聽，按下退帶鍵，裡面放著一片卡帶。他拿出卡帶，看看曲名索引。看起來像是全新的卡帶，沒有寫任何東西。他放回帶子，打開電源。

砂上離開房間之前，最後聽的是什麼？鮫島把耳機抵在左耳前。

中斷的音樂從耳機裡流出來，音量雖然不太大，但是卻讓鮫島全身凍結。「……」廚房傳來聲響，覺得不安的矢木前來探視。鮫島很快按掉隨身聽，拿下耳機。他全身冒出冷汗，清楚地感覺到腦中的血液一口氣急退。

鮫島走向廚房。矢木站在入口，窺探著房間裡。鮫島走近後，他用手電筒照著鮫島的臉。「你在幹嘛啊？到底——」他說到一半停了下來，發現到鮫島的臉色不太對勁。

「抱歉，我看完了。」鮫島把鑰匙還給矢木。雖然只有短短一瞬間，但耳機裡放出來晶的歌聲，縈繞在左耳不去。

「你要回新宿嗎？」回到走廊上後，矢木問他。

鮫島點點頭，看著手錶。已經快要七點了。腳剛邁出半步，鮫島又停了下來。他在想，要不要用矢木的無線跟總部聯絡，把部署的警力從科瑪劇場轉移到ＴＥＣ表演廳。
但是負責指揮科瑪劇場的是香田，而且香田確信砂上人在科瑪劇場。要用無線的聯絡來說服他改變心意沒那麼容易。砂上的目標不是松樹由利而是晶的機率，也不過是百分之五十，兩者都有可能是狙擊對象。
如果調動一半的警力到ＴＥＣ表演廳，因此導致無法防止在科瑪劇場或者其他地方的犯行——即使不是香田，任何現場指揮官都會考量到這個可能性，而有所遲疑。
剩下的一線希望，就是地點，ＴＥＣ表演廳在歌舞伎町裡位於比科瑪劇場更後方的位置。要前往ＴＥＣ表演廳的砂上，可能會發現部署在科瑪劇場周邊的警官。現在最重要的是跟ＴＥＣ表演廳聯絡，不要讓晶上台。
「矢木先生，警視廳來電。」二零四號房有一位刑警來叫矢木。鮫島想，可能是抓到砂上了吧，所以跟著矢木進了二零四號房。
「這裡是十三班的矢木。」矢木接過無線電，把耳機塞進耳裡。
「是……是……了解。」矢木如此簡短回答後，拿下耳機。
「人抓到了嗎？」在一旁引頸期待的一名刑警問道，鮫島的心情也一樣。上天保佑，最好是已經逮到了。
「嫌犯這次不知道為什麼，跑去襲擊幫派。三十分鐘前，花井組的歌舞伎町總部，一名正在搭電梯的小混混被一槍擊中頭當場斃命。嵌在電梯牆壁上的子彈是三零一零六的來福槍彈，跟之前使用的槍枝一致。」

沒有錯，從殺害警官開始的這場屠殺，砂上打算在今天的演唱會上做個了結。他先接連殺了好幾個警官，然後殺掉毆打自己的小混混，而最後，他將要襲擊帶來這一切的現場演唱會。砂上正在一步步回溯當時的事件。鮫島的直覺這麼告訴他。

「可以借一下電話嗎？」鮫島對二零四號房的年輕主人說。

「可是——」年輕人露出很難堪的表情。

「因為我沒付電話費，所以被停話了。現在在等家裡寄錢來……」

鮫島衝出二零四號房。他記得彌生第二棟附近有一座公共電話。他衝下鐵製樓梯，開始往街上跑。眼前看到了一座綠色公共電話，穿著成套運動服的年輕男人手裡拿著話筒。鮫島一邊跑一邊抽出警察手冊。

「抱歉！我有急事，請先讓我用電話。」

年輕男人嚇了一跳，往後退，「請用。」

幸好ＴＥＣ表演廳的電話號碼抄在手冊裡。他看看手錶，已經是七點零八分了。

他馬上把年輕人剛用的電話卡直接再插進去，按下ＴＥＣ表演廳的號碼。

通話中。

他再按了一次號碼，還是講話中。鮫島放回話筒，隨便地道了謝，開始奔跑。

一回到停車處，他馬上急速發動引擎。回到新宿最快的路徑，是先到本鄉通，匯入山手通，避開壅塞的青梅街道，走榮町通到西新宿。

車子在本鄉通上，來到與山手通的交會處。往左轉是青梅街道，往右轉則是方南通的延長榮町通，來到一個十字路口。但是現在右轉方向塞得嚴重，反而是左轉往青梅街道車流比較順暢。鮫島再也沒有其他時候，比現在更痛恨自己車子的一般配備。就算想反向開到對面車道，這台ＢＭＷ上也沒有裝警笛。他將方向盤往左切，走上青梅街道，但是只走了四、五百公尺就進入壅塞地帶。壅塞狀態從山手通與青梅街道交叉的中野坂上十字路口就一直延續，等上兩輪燈號變換也不奇怪。

鮫島用力地捶著方向盤。他打亮警示燈，把ＢＭＷ靠向左邊車道。一百五十公尺左右前的中野坂上十字路口，是地下鐵丸之內線的車站。中野坂上的下一站就是新宿車站了。下了ＢＭＷ的鮫島，再次開始奔跑。閃著警示燈的ＢＭＷ停在禁止停車的區域，但現在已經顧不得那麼多了。

他傾全力跑過一百五十公尺，衝下中野坂上的地下鐵入口樓梯。

剪票口有座公共電話。他正想上前去，就聽到列車進入月台的聲音。是往池袋方向的車。他抽出警察手冊，過了剪票口，跳上電車敞開的門裡。

22

全身被汗濕透。

只要幾分鐘、只要幾分鐘就到新宿了，鮫島這麼告訴自己。

七點二十分，假設稍微晚一點開場，這時候晶也已經唱完第一首了。

鮫島闔上眼睛。鼓和吉他、貝斯開始了前奏，晶拿著麥克風在舞台上起舞。

砂上會馬上射殺晶嗎？

不，他應該不會這麼做。砂上是「Who's Honey」的歌迷，是個會去聽現場演唱會、甚至出錢買他們自製錄音帶的歌迷。

他睜開眼睛，把手撐在門上，鮫島盯著映照在玻璃中的自己，頭髮緊貼在自己額頭上。眼睛裡有著焦急、憤怒，以及恐懼。

小十四歲的情人，警察官和搖滾歌手。

鮫島非常害怕。失去晶的恐懼，讓他打從心裡害怕。

砂上應該會聽完歌，他不可能不聽晶的歌。晶現在應該很亢奮，把自己的一切燃燒在唱歌這件事上。這樣的晶唱出來的歌，不可能有人連一小節都不聽，就想結束。從丹田深處釋放出氣息，震動著喉嚨，把所有情緒都化為吶喊，與鼓、吉他、貝斯、鍵盤結合的聲音共同激盪。乘著韻律、敲打著拍子，吶喊著吸引著所有的耳朵。

全身散發著汗水和熱情，宛如烈焰的歌聲撕裂了空氣，貫穿聽眾的胸口。她嬌小的身體只要一站上舞台，就不懂得停止，會一直舞動到最後。

跟吉他手四目交纏，在貝斯手身上貼著背，又跑到鍵盤手身邊蹭著，在鼓手前挺胸搖擺。她會把所有觀眾的目光焦點都鎖在自己身體上，要求大家跟自己一起跳舞、狂叫。

演唱會場整體會成為巨大的波浪開始搖動，受到晶一舉一動的牽引。鮫島的眼前彷彿看到，晶不穿胸罩的舞台裝下呼之欲出的「火箭波」，吸引著上百雙眼睛。

鮫島緊咬著牙。砂上不會開槍，不聽到最後的安可曲結束，他絕對不會開槍。直到晶對來聽演唱會的人答禮致謝之前，他不會開槍。

鮫島吸了一口氣，這股氣停頓在喉嚨和胸口之間，這感覺就像強忍住哭聲時幾乎哽咽的感覺。

晶應該說話算話的，「要是你敢不來，我就打一一〇報警！」要是她真的這麼做就好了。

鮫島發現自己把行動收訊器放在ＢＭＷ上。如果身上有行動收訊器，要是砂上在科瑪劇場旁被抓到，說不定就能聽到消息。

玻璃窗外頓時明亮，列車進了新宿站內。

撥開擁擠的人潮，鮫島衝上樓梯。通路和剪票口都塞滿了人，密密麻麻的人頭一直連綿到往歌舞伎町方向的東口出口，密集到人幾乎都可以走在上面了。

鮫島在通路上奔跑著，他不斷跑著，推開並肩的情侶，差點撞倒了老人家，還險些被嬰兒車絆倒。穿過剪票口的商店旁邊有公共電話，但是那裡正在打電話的人和等著用電話的人排成了長龍。

他往出東口的樓梯跑去。打電話的人通常會集中使用設置在明顯地方的公共電話，他心裡已經決定要用哪裡的公共電話。

同樣在車站裡，如果是設置地點比較不明顯的公共電話，即使其他電話前排了長龍，也有可能沒人使用。通往地面的幾道階梯之一，後面有兩台公共電話，現在剛好有一台沒有人用。

左邊電話前站著一個身穿深藍色西裝的小個子男人，他正背對這裡，右耳貼著話筒，偶爾會觀望一下周圍。

鮫島跑上前去時，男人好像受到什麼驚嚇，手裡的話筒差點滑落。鮫島看也沒看他一眼，抓起右邊電話的話筒。他將話筒抵在左耳，放入硬幣，按下ＴＥＣ表演廳的號碼。這次響起了等待的嘟聲，太好了，快點接、快接啊。

「喂，這裡是ＴＥＣ表演廳！」

「Who's Honey」激烈的樂聲和男人吶喊的回應，同時竄進耳裡。太好了。演奏還在繼續。「我叫鮫島，有急事找晶。」

「不好意思！演奏中我們沒有辦法請客人聽電話！」男人拚命提高音量，用不輸給樂聲的大嗓門說著。

「不是客人！我是說現在正在表演的『Who's Honey』主唱，晶！」

「啊？這沒辦法，表演九點結束——」

「不能等到那時候！我是警察！」

咚！激烈的聲音在左邊響起。因為右耳不能聽而用話筒貼著左耳的鮫島，也可以感覺到那聲響。鮫島看了看旁邊，那個穿著西裝的男人大大地睜著眼睛和嘴巴，往後退了兩步。剛剛的聲響是他用力掛斷話筒的聲音。

他用混雜著驚嚇和恐懼的表情凝視著鮫島，男人年約三十七、八歲，有少年禿。或許是不習慣穿西裝吧，年紀不小了，但領帶的繫法還很笨拙。

男人的嘴巴囁嚅著，似乎在說著什麼。好像在說「警察」，但是沒能聽清楚。鮫島的左耳傳來搖滾樂聲和ＴＥＣ表演廳男人的聲音。

「警察?!別惡作劇了！」

「不是惡作劇！我有急事！」

「總之，到表演結束之前是不可能的！請你九點之後再打來！」

TEC表演廳的男人掛斷了電話。鮫島放回話筒，心想，這樣或許也好。如果表演當中晶走下舞台，說不定砂上會察覺到有異狀。

鮫島抬起頭，身穿西裝的男人開始朝人群中跑去，他遺忘的肩包放在公共電話旁。男人的身影馬上隱沒在地下街人潮當中，隨即有兩個制服警官跑來。愣愣地望著鮫島，這兩人都是新宿車站東口派出所的巡查。

兩人看到鮫島，很驚訝地停下腳步。「鮫島警部！您剛剛用過公共電話嗎？」

「我用的是這邊。」說著，鮫島馬上了解發生了什麼事。

「『艾德』是嗎？」

「是的！」巡查點點頭。

鮫島注視著男人消失的方位。星期六晚上的人潮，吞沒了一切。

「年齡三十七、八歲左右，上下都是深藍色衣服，戴眼鏡，身高一百六十公分，還有，這是他忘了帶走的東西。」鮫島指著包包。巡查馬上對著接收器麥克風報告「艾德」的特徵，開始查緝。

「您說大約三十七、八歲是嗎？」另一個巡查很驚訝地問，因為警署的通知上寫著「艾德」是個二十多歲的年輕人。

「是的。」說完，鮫島準備離開。

「警部，您要到科瑪那邊嗎？」巡查的聲音讓鮫島停下了腳步。

「抓到那傢伙了嗎？」

「還沒。」叫住他的巡查搖搖頭。

「過來。」鮫島說完後開始跑。

兩個巡查一時愣住，呆呆地目送著鮫島。

「過來！」鮫島再次大聲吼著，又開始跑。其中一個巡查戴著手套的手抓著「艾德」留下的包包。

鮫島直直往地下街跑去。穿過薩布納德地下街，從地下穿過新宿通、靖國通。地下街的人也不少，但是因為沒有紅綠燈，所以可以更快往歌舞伎町方向前進。

鮫島衝上薩布納德地下街盡頭的樓梯，上來就是面對靖國通的人行道。是歌舞伎町一丁目。鮫島繼續往前跑。到達科瑪劇場所在的新宿東寶會館前，這條單行道上滿滿是人。

到處都可以看到嚴陣以待、武裝配備的警官，有制服也有便服。平常大搖大擺走在街上的流氓或小混混，現在一個都沒看到。銷聲匿跡的程度，更甚於上個月十號那天。因為除了大量的制服警官之外，還有站在各個路口，睜亮眼睛的便服刑警。雖然平時也有便服刑警的巡邏，尤其是防犯課的刑警們，幾乎每天都會外出巡邏。但是今天特別不一樣，歌舞伎町路上便服刑警的人數，多到讓人懷疑是不是出動了全新宿署、甚至全東京的便服刑警。注意到這一點的眼尖流氓或皮條客、扒手，早就一溜煙逃得乾乾淨淨。

但儘管如此，跟星期六晚上來到新宿歌舞伎町的人數相比，那些消失的人數只不過是九牛一毛。歌舞伎町的面積僅僅零點三四平方公里，但是卻有兩千多家餐廳在這裡開業，以週末來說，一個晚上造訪這裡的人數往往多達四十萬人。就算出動一千位刑警、警官守在這裡，比例也不過是四百比一。要在一瞬間從四百個人裡找出一個人，就算對象是自己的妻子兒女，也不太可能。

來到東寶會館前，鮫島忍不住停下了腳步。科瑪劇場的入口開始排了一大條人龍，蜿蜒圍繞著整座東寶會館，隊伍慢慢地往科瑪劇場裡魚貫前進。

入口的地方有拿著無線電的一群刑警。看到這些人，鮫島就了解到底是怎麼一回事。

一定是跟主辦單位談過之後，依然無法讓公演取消的香田，命令對所有入場者進行檢查。科瑪劇場可以容納的人數有兩千三百名。因為無法取消公演，討論之後決定採取變通的檢查方式，當然，這勢必會超過開演時間，因此決定等到完全檢查完後再開始入場，所以現在聽眾還沒有完全進入劇場內。

情況相當不妙，歌舞伎町廣場周邊埋伏的搜查員，眼睛幾乎都盯著這條隊伍，注意著有沒有人中途逃走，或者行動可疑，焦點完全放在接近科瑪劇場的人身上。

儘管ＴＥＣ表演廳所在的ＴＥＣ會館，跟科瑪劇場只離了一條路，但ＴＥＣ會館的位置在科瑪劇場背面，如果走風林會館等所在的區役所通那條路，可以不經過歌舞伎町廣場就到達。而更諷刺的是，科瑪劇場背面，就是新宿署歌舞伎町派出所。
ＴＥＣ會館隔著馬路位於歌舞伎町派出所的斜對面，但是歌舞伎町派出所比較接近科瑪劇場。ＴＥＣ會館地下二樓的ＴＥＣ表演廳入口樓梯在建築物的側面，從派出所這裡看來剛好是個死角，所以從派出所內部無法確認有什麼人進出。
鮫島大大地深呼吸一口氣。現在ＴＥＣ會館那邊看起來還沒有任何動靜。
鮫島迂迴繞過隊伍，穿過歌舞伎町廣場，往ＴＥＣ會館的方向前進。兩個巡查雖然面帶疑惑，還是緊緊跟在他身後。
通往ＴＥＣ表演廳的樓梯，在地下一樓的平台轉向一百八十度。鮫島站在平台，回頭看著跟著來的兩位巡查。站在平台上，腳底就可以感覺到「Who's Honey」擊鼓的節拍。
「好，告訴我你們倆的名字。」鮫島一邊注意著腳下可見的ＴＥＣ表演廳入口大門，一邊問。
兩位制服警官互相看了看彼此，抱著肩包的警官先開口，「我是渡邊巡查長。」年齡大約三十左右。
「我是阪江巡查。」比渡邊看來年輕個兩、三歲。
鮫島再次深呼吸，調整著呼吸。兩位巡查的氣息也很紊亂。「你們兩個說不定抓住了特別晉升的機會。」
兩人睜大了眼睛，「請問這是什麼意思？」渡邊問道。

「嫌犯可能在下面的Live House裡。」

「不會吧！」阪江伸手要去拿掛在肩上的收訊器麥克風。

「冷靜一點，」鮫島制止了他，說：「還不確定一定在裡面。而且，如果來了一大票警察，你就等著瞧吧。下面有上百位聽眾，一定會造成恐慌的。」

如果砂上人不在ＴＥＣ表演廳，而毫不知情的自己帶著大隊警官衝進大廳，晶是一定不會善罷甘休的。鮫島腦中浮現了很諷刺的畫面，毀了演唱會的處罰，可能是絕交，或者是酒瓶的一擊。

到時候這兩個警察將會以施暴傷害現行犯的罪名逮捕晶。不過，這也可以讓晶逃過來福的槍下。為了保護晶，現在自己什麼都願意做——鮫島由衷地這麼想。

「那我們該怎麼辦呢？」渡邊問道。

「你們先待在這裡。嫌犯的照片有吧？」

兩個人點點頭。

「嫌犯比照片頭髮更長、也更瘦。個子很高，比我還要高。」

阪江乾嚥了一口口水，緊張讓他臉色變得蒼白。

「我先進去裡面，出入口的樓梯只有這一道。另外也有電梯，不過因為表演，不能使用。如果他在裡面，我就會出來對你們打暗號。如果我進去過了五分鐘還沒出來，你們就進去。要小心，悄悄地進去，不要掉以輕心！」

渡邊打開手槍套的蓋子，臉上也換了一個表情。

「不要亂開槍啊，裡面有很多人，要是引起混亂，場面就很難控制了。」

「我知道了。」

「看到我的暗號，就可以呼叫支援。」

「是。」

鮫島輪流看了看兩人的臉，然後點點頭下了樓。他站在門前，看了手錶。已經七點四十分了。

透過門扉可以聽到晶的歌聲。鮫島抬頭望著平台上的兩人，指著手錶，伸展開五隻手指，意思在告訴他們從現在開始計時五分鐘。

推開門。

熱氣和聲音，像鐵鎚一樣直擊臉部。現在正好進入吉他獨奏的部分，晶在正面大約八坪大的舞台上激烈地舞動著，身穿綴著亮片的紫色背心和同樣紫色的短褲，胸口的汗水反射著聚光燈。

觀眾席全滿，沒有一個人坐在椅子上。大家肩碰肩，隨著節奏跳著舞。吉他即興演奏來到幾乎要刺穿耳膜的高音，切穿了因人群的熱氣和汗水而沸騰的空氣。觀眾人數全部大約有一百五十名。

「請問您有票嗎？」入口處的狹窄空間放著一張椅子和桌子，接待處的少女大聲叫著。

「我是鮫島，晶有沒有交代？」鮫島用下巴指向舞台的方向。

女孩用力地點點頭。「有有有！已經全滿了啦，還是請進吧！」

吉他獨奏結束，貝斯開始演奏拍弦部分。觀眾席前方有人狂叫著。

晶一邊用指尖打著拍子，一邊接近貝斯手，身體的重心下移，一邊讓上身往後傾，一邊舔著舌仰頭看著貝斯手的臉。迸出的汗水在聚光燈的照耀下，看起來就像小顆珍珠在閃爍。

鮫島走上觀眾席的中央走道。觀眾席隔著中央走道左右各有六個位置，前後將近十排。全部都是不劃位的座位，現在完全坐滿，人數甚至可能超過了座位的數目。也有一些座位上容納不下的觀眾站到中央走道上來，忘我地舞動著。

晶離開貝斯手身邊，回頭看鼓手，鼓手開始以激烈的節奏敲擊出韻律。節奏愈來愈快，搭上鍵盤，然後吉他和貝斯同時加入。

現場響起一片歡聲鼓譟。鮫島感到一陣暈眩。是〈Stay Here〉的前奏。

他覺得嘴裡乾澀，額頭流下來的汗滴進了眼睛。

他尋找著高個子的身影。所有人的眼睛都注視著舞台，踩著節拍，動著肩、搖著頭。鮫島慢慢地接近最前排。觀眾有六成都是男性，有典型的龐克，也有很普通的年輕人。

「Get Away！」晶大叫著。合音也大叫。

「Get Away！」觀眾跟合音一起大叫。鮫島覺得，吉他的聲音比之前聽到的時候更加重了一點。

「人家都說 最好快點遠去！」

鮫島已經可以看到站在最前排觀眾的背影。最前排最左邊，有一個高出旁人一顆頭的身影。鮫島停下了腳步。

「這裡是城市最底層 哭喊的聲音 每夜 每夜」

長髮已經剪成俐落的短髮，身穿麻質清爽外套搭配牛仔褲。右肩可以看到一條黑色的背帶。

「Get Away！」「Get Away！」

「大家都說 最好快點遠去！這裡是城市最底層 哀嘆的聲音 今天 明天」

大家都非常瘋狂。節奏快速，而且又帶有藍調氣氛的〈Stay Here〉，在「Who's Honey」的自創曲中，是最受歡迎的一首。但是看到男人背影的那個瞬間，聲響逐漸從鮫島的左耳淡出。晶的叫聲、吉他的切音、貝斯的波動、鍵盤的泣訴、鼓的節拍，全都消失了。

男人的頭在搖動，鮫島不斷地注視著他。他想看清楚男人右肩上背的到底是什麼東西。可是走到男人前面，有可能被對方發現，而且，他也沒有辦法再往前進。中央走道最前排，聚光燈光圈照射下的空間，有一群瘋狂舞動的男女。這是「Who's Honey」已經擁有的死忠追星族。那男人看來徹底入迷地聽著〈Stay Here〉。除了頭以外，肩膀也微微地擺動著。

第一段即將結束。晶往後退，吉他手走上前來。男人的右手抓住了肩帶。鮫島拚命地睜大了眼睛，豎立起指尖，看著男人的右手。站在那男人前方的女人，背影遮住了男人右肩以下，剛好那女人劇烈地扭動著腰部，有一瞬間可以看到男人的手。

不是他！

看到的瞬間，他這麼想。男人掛在肩上的是行動電話，一個既黑又薄的四角形箱子上放著話筒。

不是他，那個男人不是砂上。鮫島把視線從男人背後移開，轉到右邊。

就在這時候，他腦海裡突然浮現起在木津「工房」看到的鐵架。木津拿來當作盾牌、從內側開槍的那座鐵架，上面堆了很多牛皮紙箱，最下層有好幾個傘的細長箱子，上面有錄影帶盒，除此之外，還有一個大箱子，上面寫著ＮＴＴ幾個字。

鮫島迅速轉回來。男人也剛好回頭看背後，他將行動電話從肩上拿下，用兩手抓著。越過搖擺的肩頭，鮫島跟男人的四眼相對，是砂上幸一，那陰鬱的眼神望向入口方向，並沒有發現鮫島。接著他的眼睛突然張得很大。鮫島越過大家的肩頭回頭看著入口，渡邊和阪江的制服進入了他視線一角。

「Get Away 大家都說 最好快點離開 這裡是黑暗的正中央 哭叫的聲音 每夜 每夜」

砂上把行動電話打橫，高高舉起，電池盒底部朝著入口的方向。鮫島的右手抽出手槍，朝向天花板拉下扳機，新南部的槍口發出炸破樂聲的爆音和火焰。

「趴下——」鮫島大叫著。會場同聲響起慘叫，觀眾們跌在椅子上。行動電話下面部分吐出火焰。鮫島反射性地縮了縮頭，他不知道槍彈飛往哪個方向。

一邊縮頭，鮫島還是伸長了雙手，將手中抓著的新南部瞄準砂上。「丟下槍！砂上！」

砂上用力地睜著眼瞪著鮫島，彷彿眼角就要迸裂。接著他很快地扭過脖子，看著僵在舞台中央的晶。

鮫島的右手拇指按下新南部的擊錘，轉動彈筒，擊錘被固定在翹起的位置。木津口中「不中用的傢伙」的三八口徑短槍身左輪手槍的照門和準星連成一直線，瞄準砂上的胸口。

砂上的眼睛快速地在鮫島和晶之間來回，最後停在晶身上，他轉向舞台，正要將行動電話伸出去，他右手手指放在行動電話側邊一個奇妙的突起上。鮫島扣下了扳機。

這次他確實看到火焰朝砂上噴去，咚的槍聲在舞台上迴響。砂上的身體就好像肩膀被狠揍了一拳般轉了一圈，撞到舞台側邊，跌倒在地。慘叫聲再次響起。

「救護車！」鮫島這麼大叫著，沒有轉過身。他跨過在觀眾座位下發著抖的「追星族」，走近砂上。砂上的左肩朝下，扭著腳倒地。行動電話被壓在他的側腹下。

右肩上的血跡逐漸擴散。

「砂上！聽得到我說話嗎？」鮫島叫著他。

砂上睜開眼睛，微微地點點頭。子彈打碎了右肩骨、停在這裡。嘴巴裡沒有吐血。子彈並沒有打中肺部。「不中用的傢伙」在鮫島的手中往上彈，因此子彈命中的位置比瞄準的地方更高。鮫島在砂上身邊屈膝跪下。

砂上轉動眼睛，看著鮫島。臉頰上有褪去一半的瘀青痕跡。

「記得我嗎？」鮫島叫著他，「記得嗎?!」

砂上痛苦地眨眼，看著鮫島。他輕輕地搖頭，並不記得鮫島。

「救護車馬上就來，你撐著點。」鮫島說。

砂上點點頭。鮫島站起來，望向砂上發射的第一彈飛向的角度。渡邊跨著緊張僵硬的腳步走向這邊。吊在牆邊的擴音器上開了洞，子彈貫穿擴音器，嵌入對面的水泥牆。鮫島吐出一口氣，仰望著舞台。

晶驚訝得說不出話來，俯瞰著鮫島。胸口激動地上下起伏。

「沒想到……沒想到……」晶說，一邊不敢置信地搖著頭。悸動還沒平息下來，「你還真的帶著警察闖進來。」

23

他已經不記得自己是怎麼樣跑過那些地方的了，但是一回神，人已經在薩布納德地下街。當他看到那個男人命令兩個制服警官跟在自己身後跑著的時候，全身都僵住了。

他真的是刑警，在自己身旁說話的那個纏著繃帶的男人，是真正的警官。

他們三個是為了逮捕自己而奔跑的，他做好了被抓的心理準備。

但似乎不是。這三人從他眼前衝過，爬上樓梯，上了地面。

一定發生了什麼事，而且還是相當嚴重的事。

他先在「極限男子漢」打發了一陣時間，然後再從那裡打電話到搜查總部，不過香田警視卻不在。

他覺得很生氣，自己特地要把這套費心推理後充滿自信的結果告訴他，犯人可能當過警官或者是自衛隊員。他自己在二十年前也曾經考過警察人員考試，但是因為身高不夠而被刷掉。他稍微猶豫了一瞬間。很明顯地，這三人一定是為了某椿大事件而奔跑。

香田警視之所以人不在搜查總部，可能也是因為這個緣故。

他下定決心。他追在三人身後，爬上樓梯來到歌舞伎町的街上。

科瑪劇場周邊全是警官，當他發現這個現象，腳步稍微有了遲疑。

他抑制著心裡的興奮和恐懼，追在三個警官身後。他只好相信，今天為了面試會場整隊這份打工工作而穿的西裝，可以讓自己的身影不那麼顯眼。

犯人在科瑪劇場嗎？可是三人卻跑過了科瑪劇場前，這時他們已經不像剛剛那樣狂奔，領在前面纏繃帶的男人改採快步走路。他注意到跟在後面的其中一位制服警官手裡的包包，差點又停下腳步，那是他的肩包。從公共電話前逃走時，忘了帶走。

裡面有打工的會場地圖和求職雜誌，還有手套。沒希望了，他幾乎要哭出來。警察應該會從打工地點查出自己的身分吧。但即使如此，他還是繼續往前走，看著三人在科瑪劇場前轉彎，接近歌舞伎町派出所斜對面的某棟建築物。想要親眼看看到底發生什麼事的好奇心，戰勝了恐懼。這三人現在追的顯然不是自己，而是其他的事件。

這三人停在掛著ＴＥＣ會館招牌的大樓地下樓梯轉角平台。他從樓梯上偷偷看著下面的狀況。纏繃帶的男人一個人進了地下二樓的店裡。從上面看到兩名制服警官打開手槍套的蓋子，他倒吸了一口氣。身體已經無法動彈。沒有錯，真正的犯人就在這裡面。兩名制服警官隨時準備拔出手槍，就是最好的證明。而剛剛那個繃帶刑警，身上也一定帶了手槍。

兩名制服警官完全沒注意到從地上往下窺探的他。兩人似乎都緊張到了極點，盯著刑警進去的那扇門。

只有三個人嗎？只有三個人，就想要抓住連續殺人犯？還是，待會兒會一口氣湧進大批警力？制服警官行動了。

他們看著手錶，手放在店門上。打開的門縫流洩出激烈的搖滾樂聲。這次他們沒有像剛剛刑警進去時一樣重新關上。門維持打開的狀態，兩名警官進到店裡。

他聽見了叫聲和清楚的槍聲，砰！咚！接連聽見兩發聲響。慘叫聲同時響起，音樂戛然停止。他再也忍不住，衝下了樓梯。穿過敞開沒關的店門的那一瞬間，他聽到了交錯的怒吼聲和槍聲。正面舞台有一個漂亮的女孩站在樂團前。觀眾全都趴在椅子上倒下。站在觀眾席的只有兩名制服警官，和在舞台附近拿著手槍的繃帶男。

「救護車！」繃帶男大叫著。

太棒了……他嘴裡喃喃唸著。太棒了、太棒了、太棒了……終於，他親眼目睹了逮捕犯人的那一個瞬間。站在走道上的一個制服警官，一個轉身面向後方，朝他跑來，完全沒看他一眼，往店外奔去。

繃帶男俯身在倒在舞台旁的男人面前，好像在對他說話。他聽不見他們說話的內容，不過，那刑警認真又拚命的側臉，深深地刻劃在他心裡。

是那個刑警抓到的，是那個刑警擊倒犯人的，那個刑警是英雄。而那個刑警跟自己，剛剛就相鄰並肩著打過電話。接下來，他只希望看一眼犯人的長相。看看到底是不是如同自己的想像，真的是前警官或自衛隊員。

他穿過陸續起身離開的觀眾，像被強大的力量吸引一般，慢慢接近舞台。

剩下的一名制服警官和綁帶刑警，跪在倒地男人身旁。

那是在刑警跟舞台上的女孩說了幾句話之後。

倒在地上的是一個高個短髮的年輕男人。外套的右肩吸飽了血，顏色變得很深。

他走近到兩名跪地的警察官身邊。刑警察覺到他站在一旁，抬起了頭。刑警的眼神跟他對上。刑警盯著他一瞬間，之後輕輕地移開了視線。就好像完全忘記他這個人一樣。刑警的臉上除了緊張和安心，還有他不懂為什麼會出現的，一種類似悲哀的表情。

24

「真是嚇死我了。」偵訊結束了，離開偵訊室的晶對在新宿署走廊上的鮫島這麼說。晶沒聽過砂上的名字，但是演唱會的時候見過好幾次，記得他長相。

「演唱會泡湯了呢。」鮫島說。

晶什麼也沒說，嘆了一口氣，搖搖頭。鮫島輕輕地握住她的手，晶用力地回握。晶的身體微微地在顫抖。「現、現在才開始發抖，沒想到他竟然打算殺我。」

「他好像打算同歸於盡。」

「開什麼玩笑啊。」

鮫島停下腳步，看著晶。

「幹嘛啦？」晶用又哭又笑的表情，反望著鮫島。

「我只是覺得太好了，沒有在妳的『火箭波』中間開個洞。」

「渾蛋。」晶把臉埋在鮫島胸口，然後靜靜地開始啜泣。

「哭得太慘，會洗掉妳搖滾女王面具的。」

「囉嗦！」

「唱片公司一定很高興吧，剛好在出道前轟動地宣傳一番。」

「看我宰了你。」晶兩手掐在鮫島的脖子上，路過的刑警和制服警官停下腳步，驚訝地看著他們。

「好了、好了，別鬧了。」鮫島急忙拉開晶的手。

香田就在一旁。受盡屈辱和徒勞的折磨，又看到這樣的鮫島和晶，他無言地佇立著。

鮫島久久凝視著對方，晶也回過頭去看香田。

「真卑鄙，搞什麼個人秀……」香田小聲地說著，眼睛看著腳邊。

「多虧你發現演唱會這個線索。」鮫島平靜地說。

香田慢慢慢慢地睜大了眼睛。低聲說：「我不會認同你的！休想叫我認同你！身為一個警察官，絕不允許你這種行為！」

「你說的或許沒錯，但是──」

「住嘴！我再也不想看到你這張臉。聽好了！我會毀了你，總有一天我一定會毀了你！」

晶突然比出中指伸到香田眼前，鮫島根本來不及制止。「Fuck You！」

香田的臉脹得鮮紅，彷彿馬上就要趨前揮拳。但是他硬是按捺住自己，一轉身背過去，邁步離開。

「不要太胡鬧了，妳想被射殺嗎？」

晶突然笑了，「那到時候你會替我殺了那傢伙嗎？」

「走了。」鮫島拉起晶的手。離開前還有個地方要去。

來到防犯課的刑警辦公室前，他讓晶在走廊上等，自己進去裡面。

桃井一個人坐在課長席上。鮫島進來之後，他不經意從桌上的文件前抬起頭，看著他。

鮫島和桃井兩人無言地看著對方。

「辛苦了。」桃井用他沒有抑揚頓挫的聲音說道。

鮫島點點頭，「謝謝您，課長。請問我可以回家了嗎？」

「總部那邊已經沒事了嗎？」

「今天暫時沒事了。」

「是嗎？」桃井小聲地說。視線正要回到文件上，好像突然想起了什麼，開口說。「木津的墓地決定了，就放在我兒子旁邊。明天就是納骨儀式……」

「我會去的。」

桃井點點頭。

鮫島對他說：「往後還要繼續在防犯課，受您關照。」

「好。」桃井說著，望向窗外。電視轉播車的燈光，把新宿署的正面照得亮如白晝。

「鮫島要回到防犯是嗎？這隻『新宿鮫』啊……」

鮫島點頭，然後行了一禮，轉身向後走去，直到鮫島打開刑警辦公室的門，桃井都還注視著窗外，一動也不動。

鮫島關上門，踏上走廊。晶追在他身後，問道：「你剛剛跟誰在說話？」

「警察。」鮫島一邊走、一邊回答。

「廢話！這我當然知道啊。跟哪一個警察？」晶不耐煩地問。

鮫島一把擁住晶的肩，晶嚇了一跳，不過馬上就把身體倚了過去。鮫島回答她，「新宿署最棒的警察。」

本作品純屬虛構，與特定個人、團體等一律無關。

——作者謹識

參考文獻

《我的罪永遠在我面前》，松橋忠士著，ORIGIN出版中心。
《警備公安警察的素顏》，大野達三著，新日本新書。
《日本的警察 警視廳VS大阪府警》，久保博司著，講談社。
《目黑警署物語》，佐佐惇行著，文藝春秋。
《刑事長掃黑日記》、《黑道出馬 流氓奔走》，本間新市著，BEST BOOK。
《為什麼要有警察》，原野翹著，岩波JUNIOR新書。
《警視廳背後的也是黑暗》，嘉田敏夫、丸山昇編著，第三書館。
《欲望迷宮》，橋本克彥著，時事通信社。
《派出所背後的黑暗》，松本均著，第三書館。
《巡查部長的真心話手冊》，嘉田敏夫著，第三書館。
《日本警察腐蝕的構造》，小林道雄著，講談社。
《別冊 GUN》《別冊 GUN PART3》，國際出版股份有限公司。

其餘還有許多提供資料的朋友，以及光文社佐藤隆三、渡邊克朗兩位，都給予許多關照。在此謹表謝忱。多謝各位。

大澤在昌　一九九〇年九月

附錄——
日本警察階級制度

除了課長、科長、管理官等官階之外，日本警界還有所謂「警察階級」制度。日本警察以警察廳長官為頂點，形成一個金字塔型的階級社會。但警察廳長官並非階級，而是職稱，警察的最高階級是警視廳的首長警視總監。其他階級依序為：

「巡查→巡查部長→警部補→警部→警視→警視正→警視長→警視監→警視總監」，再上去就是警察廳的首長警察長官。

警視正以上是國家公務員，其人事權屬於警察廳。至於巡查長，則是對有年資卻升不上巡查部長者的封號，不屬於正式階級。

階級依警察法施行規則規定，設警視總監一人、警視監二十人、警視長（包括警視正）五四五人，不得隨意增減。

巡查、巡查部長、警部補占百分之三十，其餘的百分之十，當然也是愈往上人數愈少，非特考組大致上最高只能升到警視正。

階級與職位

階級＼單位	警察廳	警視廳	縣警本部（大）	縣警本部（小）	署（大）	署（小）
警視監	局長 審議官	部長	本部長	—	—	—
警視長	課長	部長	部長	本部長	—	—
警視正	室長 理事官	課長 參事官	部長	部長	署長	—
警視	課長代理	課長 管理官	課長	課長	副署長	署長
警部	係長	係長	課長代理	課長代理	課長	課長
警部補	主任	主任	係長	係長	係長	係長
巡查部長	係	係	主任	主任	主任	主任
巡查	—	係	係	係	係	係

錄用與升遷

日本的警察，大致有以下三種採用型態。

＊特考組—國家公務員一種考試及格者。

＊普通組—高中、大學畢業，考取各都道府縣所舉辦的警察考試者。

＊准特考組—國家公務員二種考試及格者。

「特考組」（也稱官僚組），是在通過國家特考直接進入警界，不必先去唸警察學校，一入廳就是警部補。一年的錄取名額僅有二十幾個，所以幾乎都是東大、京大等名校畢業生的天下。在警察大學接受三個月的初任幹部教育後，再到前線的警署（類似台灣的地方分局）實習九個月，然後升警部、研修，到警察廳工作。完成約三年半的實習後，才能升為警視。

普通組則是從最小的巡查做起，要升到警部，每一個階級都要經過考試，並且要有一定的實務經驗才能應考。而且競爭激烈；光是巡查部長的升等考試，競爭率就在二十倍以上。一般而言，三十歲左右才能當上巡查部長，四十歲左右才有機會升任警部。

為了提振普通組警員的士氣，日本警察人事還有所謂的推薦群晉升管道。也就是從各地方的年輕警部補中，選拔成績優秀者到警察廳工作。

警察廳

日本的警察體系是由地方政府各自運作，而警察廳就是日本警察的樞紐，功能類似台灣的警政署。為了避免各地警察制度產生歧異，警察廳居於監督指導的地位，負責統一全國的通信、裝備、鑑識、警察教育等事務。遇到單一地方政府無法解決的大規模案件，或重大的天災人禍時，也是由警察廳負責聯絡、統合各地方政府的警力。

警視廳

警視廳的轄區只限東京一地。但因為東京是首都，因此除了保護東京都市民之外，也有保衛國家的責任。因此，其他地區的警察本部只接受警察廳的間接監督，唯有警視廳是直接受警察廳監督。警視廳的最高首長稱為警視總監。警視總監不只是職務名稱，也是日本警界最高職級。

參考連結：http://zh.wikipedia.org/zh-hk/%E6%97%A5%E6%9C%AC%E8%AD%A6%E5%AF%9F

http://charles.blogkaki.net/viewblog-9309

http://www.pagras.net/wps/misc/police1.html

http://tieba.baidu.com/f?kz=632256024

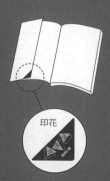

□集滿4個印花贈品（二款任選其一）：

A：【推理謎】LOGO皮質燙銀典藏書套一個

（黑色，25開本適用，限量1000個）

B：【推理謎】吉祥物『獨角獸』圖案皮質燙金典藏書套一個

（咖啡色，25開本適用，限量1000個）

□集滿8個印花贈品（二款任選其一）：

C：【推理謎】LOGO皮質燙金證件名片夾一個

（紅色，11.5cm x 8.6cm，限量500個）

D：【推理謎】吉祥物『獨角獸』圖案環保購物袋一個

（米色，不織布材質，41.5cm x 38.6cm，限量1000個）

□集滿12個印花贈品（二款任選其一）：

E：【推理謎】LOGO不鏽鋼繩鑰匙圈一個

（限量500個）

F：【推理謎】吉祥物『獨角獸』圖案馬克杯一個

（白色，320cc容量，限量500個）

【注意事項】

◎本活動僅限台灣地區讀者參加。

◎贈品兌換期限自2008年1月1日起至2011年12月31日止（以郵戳為憑）。

◎贈品圖片僅供參考，所有贈品應以實物為準。

◎所有贈品數量有限，送完為止。如讀者欲兌換的贈品已送完，皇冠文化集團有權直接改換其他贈品，不另徵求同意和通知。贈品存量將定期在【推理謎】官網上公佈，請讀者在兌換前先行查閱或直接致電：（02）27168888分機114、303讀者服務部確認。

◎皇冠文化集團保留修改或取消謎人俱樂部活動辦法的權利。辦法如有更動，將隨時在【推理謎】官網上公佈。

國家圖書館出版品預行編目資料

新宿鮫／大澤在昌 作；詹慕如 譯. --
初版. -- 臺北市：皇冠, 2010.08
面；公分. --（皇冠叢書；第4007種）（大澤在昌作品集；01）
譯自：新宿鮫
ISBN 978-957-33-2693-9（平裝）

861.57　　99013701

皇冠叢書第4007種
大澤在昌作品集 1

新宿鮫

作　者—大澤在昌
譯　者—詹慕如
發行人—平雲
出版發行—皇冠文化出版有限公司
台北市敦化北路120巷50號
電話◎02-27168888
郵撥帳號◎15261516號
皇冠出版社(香港)有限公司
香港上環文咸東街50號寶恒商業中心
23樓2301-3室
電話◎2529-1778　傳真◎2527-0904
出版統籌—盧春旭
責任編輯—孟繁珍
版權負責—莊靜君
外文編輯—蔡君平
美術設計—王瓊瑤
行銷企劃—林泓伸
印　務—江宥廷
校　對—黃素芬・熊啟萍・孟繁珍
著作完成日期—1990年
初版一刷日期—2010年8月

法律顧問—王惠光律師

讀者服務傳真專線◎02-27150507
電腦編號◎532001
ISBN◎978-957-33-2693-9
Printed in Taiwan
本書定價◎新台幣280元/港幣93元

謎人俱樂部贈品兌換卡

我要選擇以下贈品（須符合印花數量）：□A □B □C □D □E □F

1	2	3	4
5	6	7	8
9	10	11	12

我的基本資料

姓名：＿＿＿＿＿＿＿＿＿＿

出生：＿＿＿＿ 年 ＿＿＿＿ 月 ＿＿＿＿ 日　性別：□男 □女

職業：□學生 □軍公教 □工 □商 □服務業

□家管 □自由業 □其他＿＿＿＿＿＿＿＿

地址：□□□□□ ＿＿＿＿＿＿＿＿＿＿

電話：（家）＿＿＿＿＿＿＿＿（公司）＿＿＿＿＿＿＿＿

手機：＿＿＿＿＿＿＿＿＿＿

e-mail：＿＿＿＿＿＿＿＿＿＿

□我不願意收到皇冠新書edm或電子報。

我對【推理謎】系列的建議：

寄件人：

地址：□□□□□

北區郵政管理局登
記證北台字1648號
免 貼 郵 票

〔限國內讀者使用〕

10547

台北市敦化北路120巷50號

皇冠文化出版有限公司　收